滄狼行
卷19
暗影殺機
指雲
笑天道

目錄

CONTENTS

第一章

盜亦有道

沐蘭湘諷刺道：「還真是個威震八方的綠林豪傑啊，
中原道上的綠林好漢都知道盜亦有道，
想不到楊寨主在這茶馬古道上也算一號人物了，
卻是如此的不講規矩！」
楊一龍道:「奶奶的，我看你小子是活得不耐煩了！」

沐蘭湘諷刺道：「還真是個威震八方的綠林豪傑啊，中原道上的綠林好漢都知道盜亦有道，想不到楊寨主在這茶馬古道上也算一號人物了，卻是如此的不講規矩！」

楊一龍睜大了眼睛，頭上的羽毛無風自飄：「奶奶的，在這茶馬古道上幾十年了還沒人敢跟老子這樣說話，我看你小子是活得不耐煩了，老子這手中的五股托天叉就是規矩，你若是在老子手下能走過五十回合，老子二話不說就放你走，怎麼樣！」

沐蘭湘還未及開口，屈彩鳳先對她行了個禮：「主人，就讓我來會會這位楊大當家吧。」

沐蘭湘微微一笑：「那就有勞劉管事了。」

屈彩鳳二話不說，慢慢地下了馬，收起氣息，沒有用任何輕功，儘管易了容，但看起來她的身形還是很單薄，像是一陣風就能吹走的樣子。

苗人們一陣哄笑：「哈哈哈，就這弱不禁風的樣子，也敢跟咱們寨主較量，暈了頭吧。」

「就是，咱寨主一叉子就能把這小子打成一灘肉泥。讓這小子哭都沒的哭去！」

楊一龍卻是眉頭深鎖，緊緊地盯著屈彩鳳的腳，雖然他強於外力，內功不是太強，但畢竟也見過世面，這屈彩鳳走路看似弱不禁風，但腳步卻是極為沉穩，這是練武多年的人舉手投足間特有的氣場，讓他一時間反而提高了警惕。

一邊的黑瘦漢子也明顯注意到了這點，輕聲道：「寨主，這小子看來有些功夫在身上，且讓屬下先試他一試。」

楊一龍點了點頭：「好，吳先生多加小心！」

黑瘦漢人一躍而出，空中還翻了一個跟頭，身形瀟灑，落在道中，紋絲不動，衣袂隨風飄揚，甚是瀟灑，一邊的苗人嘍囉們齊齊地喝了聲彩。

屈彩鳳這時正好走到此人的面前五尺之處，停下了腳步，面無表情地問道：「不知閣下高姓大名？」

黑瘦漢人冷笑道：「我姓張，名三平，小子，你現在棄劍投降，向我們楊大寨主磕幾個頭認罪，還來得及。」

屈彩鳳道：「既然是比試，就沒這麼多話好說了，想不到川西青城派的名劍客『松風劍』張三平，居然來到這苗疆當了好漢。」

張三平臉色一變，他出身青城派，為人亦正亦邪，在青城派二代弟子中，也算是劍法一流的佼佼者了，一手松風劍法，盡得青城劍法的精髓，出手穩，準，狠，即使在江湖上也堪稱一流。

十年前，青城派與唐門聯手，跟巫山派在川東大戰，結果被殺得慘敗，掌門流風道人戰死，張三平由於並非嫡傳大弟子，因此繼任掌門沒他的份，一怒之下離開青城，四處遊蕩，機緣巧合之下來到了這滾龍寨，憑著高超的劍法和計謀，成了楊一龍的左膀右臂，在寨中的武功也僅次於楊一龍而已。

張三平一看自己被叫破了來歷，不由得上下打量了屈彩鳳幾眼：「閣下既然知道姓張的來歷，想必在江湖上也非無名小卒，可否亮出萬兒來？」

屈彩鳳冷回道：「在下的身分無足掛齒，只是我知道貴寨原來是巫山派的屬下，遵守的也是巫山派林老寨主的規矩，即使是打劫，如果心存殺心，想要謀財害命，要按規矩進行處罰的，動手的人每人要削兩根手指頭，對不對？」

張三平冷笑道：「你知道的還不少啊，不過巫山派的總舵早就完蛋了，寨主屈彩鳳也早已經改投魔教，巫山派早就樹倒猢猻散了，那些規矩，我們自然不會再遵守。還是手底下見真章的好。朋友，最好留個名字，免得一會兒成了無名野鬼，我都不知道你叫什麼。」

屈彩鳳的眼中寒芒一閃：「怎麼，你還想傷人性命嗎？」

張三平笑道：「你們今天是這幾年來第一個敢公然挑戰我們滾龍寨的，如果不殺了你們，以後也沒人怕我們了，少廢話，亮出萬兒吧！」

屈彩鳳銀牙一咬，道：「我姓吳，叫吳晴。」

張三平喃喃地念了兩遍，搖搖頭，右手長劍出鞘，寒光耀眼，抖出了兩朵劍花：「姓吳的，亮傢伙吧。」

屈彩鳳搖搖頭：「沒這個必要，吳某就以這對肉掌來接張兄的松風劍法吧！」

張三平一咬牙：「找死！」周身騰起一層黑氣，劍聲上發出一陣清嘯之聲，向著屈彩鳳就攻了過來。

屈彩鳳的腳下有條不紊地踏著流光飛步，身形如楊柳條一般，左扭右閃，輕鬆寫意之間，就避開了張三平的十餘招，每一下看似都是險險地避過，張三平只需要稍微改個方向或者變刺為削，就能傷到他，可是就是每一劍都差了那麼一寸半寸，硬是沾不到她的半點身子。

一邊的苗人嘍囉們不知其中虛實，看著屈彩鳳的樣子甚是狼狽，東倒西歪的，隨時都可能被張三平擊中，一個個都拍手大笑，以為張三平的取勝只在瞬息之間，只有沐蘭湘神情瀟灑，搖著扇子，面帶微笑地看著兩人打鬥。

楊一龍的額頭開始冒汗，意識到張三平看似大占上風，實際上完全被屈彩鳳所控制，已經不可能有取勝的希望了。

又鬥了三十多招，張三平的喘息聲開始加劇，雖然劍是越舞越快，周身的黑氣也越來越重，可是屈彩鳳的身子，仍然無法讓他沾上一星半點。

他畢竟是一流的劍手，這下心裡愈加地慌張，眼看松風劍法已經使完一套了，卻沒有一點勝利的希望，這讓他渾身汗出如漿，心知對面的高手也就是以貓捉耗子的心態來玩自己，若是他想擊倒自己，只怕自己早已經躺下了。

張三平一咬牙，松風劍法最後一招，也是致命殺招「**松風三點頭**」連環使出，一聲清嘯，長劍抖出三下，幻出七朵劍花，分襲屈彩鳳的三處要穴，而三劍攻出之後，他的腳尖向著地上一點，身形向後飛速退出。

屈彩鳳格格一笑：「怎麼，不打了？我還想再多看幾招呢！」

說話間，她的身形突然一閃，不可思議地從那七朵劍花間穿過，張三平只覺得眼前一花，右手腕處一涼，那把精鋼長劍居然一下子就到了屈彩鳳的手中，緊接著他右手一痛，再一看，驚得叫了起來，自己的食中二根手指已經不翼而飛，削落自己手指的劍法之快，甚至讓他沒有感覺到疼痛。

屈彩鳳的身形飛快地在張三平的身邊轉了一個圈，那把帶著血光的長劍，一下子插在了張三平背上的劍鞘裡，然後屈彩鳳飛快地回到了自己原先站立的位置，眾人只覺得眼前一花，也不知怎麼的，只見屈彩鳳抱臂傲然而立，嘴角邊掛著一絲戲謔的微笑，看著在五尺外咬著牙關，左手捂著右手手腕，斷指處血流如注的張三平。

十指連心，張三平這一下可謂是痛徹心扉，他極力忍受著痛苦，一邊點了自己手腕上的兩處穴道以止血，一邊從懷裡摸出一個藥瓶，用牙咬了塞子，往斷指處倒上了白色的藥粉。

雲南白藥乃是天下治外傷止血的聖藥，藥粉上創，其血立止，兩個苗人嘍囉連忙上前為其斷指處包紮。

張三平怒吼道：「你究意是什麼人，敢這樣傷我！」

屈彩鳳冷冷地說道：「我剛才就說過，你不按巫山派的規矩行事，那就別怪我們代屈彩鳳以這種家法來處置你。」

張三平疼得滿頭大汗，臉上的肌肉不停地抖動著：「我們，我們不是巫山派的屬下了，你，你究竟是什麼人，為什麼要這樣廢我！」

屈彩鳳眼中寒芒一閃：「到目前為止你們還沒有脫離巫山派，巫山派的規矩對你們仍然有效，這也是**天下綠林的規矩**，**劫財不傷人**，**打劫留一線**，如果連這點都做不到，別怪人家按道上的規矩治你，張三平，以後你最好清楚，天外有天，人外有人，別以為仗著巫山派或者是滾龍寨的勢，就可以為所欲為。」

楊一龍喝道：「來人，給我把張軍師扶下去！」

剛才給張三平包紮裹傷的那兩個嘍囉連忙把張三平給扶了下去。

屈彩鳳衝著楊一龍微微一笑：「楊寨主，你也想和在下比劃一下嗎？」

楊一龍那被油彩塗得五顏六色的臉上看不清楚表情，只能看到那雙黑白相間的眼睛不停地打量著屈彩鳳，久久，他才長嘆一聲，把五股托天叉重重地向著地上一插：「罷了，我知道不是你的對手，認栽便是，你們走吧。」

那些苗人嘍囉們不敢相信自己的耳朵，紛紛嚷了起來：「寨主，不能就這麼放他們走了。」

「寨主，要是就這麼讓他們走了，我們的臉還往哪裡擱啊。」

「寨主，我們人多勢眾，一起上就是，還怕收拾不了這兩個小子嗎？」

楊一龍心煩意亂，怒吼一聲：「嚷嚷個屁啊，還嫌今天不夠丟人嗎？」

楊一龍畢竟在這寨子裡有絕對的威信，雷鳴般的聲音一出，頓時壓制住了剛才嗡嗡不斷地喊打叫殺聲，所有的嘍囉們都收起了刀槍弩箭，雖然臉上還有憤憤不平之色，但沒人再打著出手的主意了。

屈彩鳳和沐蘭湘相視一笑，那些腳夫夥計們也一個個臉上掛著笑容，從馬腹和車肚子底下鑽了出來，苗人嘍囉們自覺地讓開了一條路，通向前方的大道。

沐蘭湘微微一笑：「楊寨主，你果然豪爽，贏得起也輸得起，不失綠林好漢的本色，在下佩服。」

楊一龍冷冷地回道：「技不如人，也沒什麼好說的，今天楊某認栽，你們走吧。」

沐蘭湘搖了搖頭：「在下說過，這一路嘛，行商運貨是在其次，主要是想多結交些朋友，我看楊寨主為人英雄，又豪爽仗義，可謂人傑，現在仍然是想跟楊寨主交個朋友，不知楊寨主是否肯賞臉呢？」

楊一龍哈哈一笑：「二位的武功如此之高，我看走這趟貨是假，來我滾龍寨才是真吧，當著明人不說暗話，你們究竟是什麼人，要做什麼，劃下個道兒吧。」

沐蘭湘向屈彩鳳點了點頭，屈彩鳳心領神會，從懷中摸出一塊羅剎令，扔給了楊一龍。

楊一龍接過令一看，臉色大變，連忙問道：「你們，你們怎麼會有這塊權杖！」

屈彩鳳微微一笑：「楊寨主，我記得你三個月前派人去找屈寨主，想要和她重新取得聯繫，聽她的號令，對吧。」

楊一龍點點頭，把鋼叉向地上一插，走上前去，把羅剎令交回給屈彩鳳，恭敬地說道：「不錯，我們滾龍寨一直是巫山派的旗下分寨，聽到屈寨主重出江湖的消息後，就馬上派人過去聯繫了，只是那次沒有見到屈寨主，著實遺憾，二位是屈寨主派來的嗎？」

屈彩鳳點點頭：「你說對了，咱們就是天臺幫座下總壇特使，這一位是史梅史護法，而我，名叫吳晴，乃是總壇副護法，這回跟史護法一起來這滾龍寨和扣虎塘。」

楊一龍臉色一變：「天臺幫？你們不是巫山派的人？」

屈彩鳳道：「楊寨主誤會了，屈大姐的意思是，現在暫時不宜打出巫山派這塊招牌，朝廷視我們巫山派為眼中釘，肉中刺，所以我們要暫避風頭，慢慢恢復自己的實力後，再恢復巫山派的名稱。」

楊一龍眼中閃出一絲疑慮：「我們上次派人聯絡的時候，巫山派可並沒有改名啊，還有，聽說屈寨主加入了魔教，這個傳言是真的嗎？」

沐蘭湘擺出威嚴道：「楊寨主，在商道上說天臺幫的事，是不是有點不合時宜呢？」

楊一龍一拍自己的腦門，哈哈一笑：「怪我怪我，史護法，吳護法，二位上使大駕光臨，自然要上山談事，弟兄們，收兵回寨，打掃出會客廳，為二位上使接風洗塵。」

屈彩鳳走上前去，從懷裡摸出一錠足有五十兩重的銀元寶，說道：「這趟你們辛苦了，拿著這個回成都吧。」

這些夥計和那些苗人嘍囉見了，個個雙眼放光，興沖沖地拿了銀子，很快就不見了人影。

楊一龍吩咐手下：「把貨都搬進山寨，注意，都小心抬著，二位上使的貨就是宗主的，誰也不許動。」

沐蘭湘道：「楊寨主，大姐有令，這些財物都分給寨裡的兄弟們，不用客氣。」

楊一龍笑逐顏開道：「好，那就多謝宗主的美意啦。這邊請！」

兩女跟著楊一龍一路上了山，點蒼山壯麗秀美，二人一路走來，看到怪石嶙峋，奇峰迴轉之處，不由得連連點頭，暗嘆大自然的鬼斧神工。

行過三道寨門，走上山頂的滾龍寨。

這是個典型的苗家寨子，兩邊布滿了高腰竹屋，與內地那種木製平房完全是兩種風格，穿著苗家特有的升底繡花衣、赤著天足的苗家女子們，則坐在門口一邊縫著衣服，一邊好奇地對著兩個漢人裝束的「男子」東張西望。

沐蘭湘看到這些女子紛紛盯著自己看，還竊竊私語，忙運起密語問沐蘭湘道：「姐姐，這些女子怎麼赤著腳，還盯著男人看啊。」

「這是人家的風俗，苗女本就奔放多情，也喜歡漢人俊俏的公子哥兒，很多都被漢人拐走了，只怕她們是看上你了。」屈彩鳳取笑道。

沐蘭湘勾了勾嘴角，道：「啊，沒父母之命也能這樣私奔啊，成何體統！」

屈彩鳳道：「我倒覺得這沒什麼不好，只要是自己真心喜歡的男人，又兩情相悅，要那麼多煩人的規矩作什麼?!妹妹，其實，你要是不老是擔心什麼父母之命、媒妁之言的話，不早就跟你的大師兄在一起了嗎？」

沐蘭湘嬌顏一紅，嘟著嘴說：「姐姐又在尋我的開心了，我跟大師兄可是清清白白的，可沒像這些苗女那樣。」

屈彩鳳笑道：「好了，不說這些，沐妹妹臉皮薄，開不起玩笑，還是說正事吧，你看到滄行跟來了嗎？」

沐蘭湘用密語回道：「剛才你在跟張三平打鬥的時候，我看到大師兄悄悄地攀岩而上，這會兒應該已經摸進來了，他的身手你還不知道嘛？完全不用擔心。」

屈彩鳳應聲道：「這就好，我們在明，他在暗，想必可以查出滾龍寨的虛實。妹妹，對這楊一龍，你怎麼看？」

「我覺得此人是個英雄豪傑，很爽快，不像被人拉攏或者收買。倒是姐姐，你今天一出手就削人家軍師的兩根手指頭，是不是有些太過分了？雖然人家沒說什麼，但這樣見面就見血，終歸不好。」沐蘭湘秀眉微蹙道。

屈彩鳳冷笑道：「這種程度的教訓算輕微了，如果我今天不是易容改扮，看到哪個寨子這樣打劫商隊，謀財害命，非殺了他們不可！盜亦有道，這樣攔路殺人的強盜，我師父和我不知剿滅過多少。」

沐蘭湘緩頰道：「可是他們畢竟已經不在巫山派的名下了，而且姐姐你這回重出江湖是在魔教的名下，也怪不得他們有自立之心，不按巫山派的規矩來，也是情理之中。」

屈彩鳳態度強硬地說：「不，妹子，我這個人就是這個脾氣，如果沒看到也罷了，既然我碰到了，就一定會管到底，用張三平的兩根手指告訴寨中的上下人等，不要做那種謀財害命的事。」

「彩鳳，真有你的，讓我也嘆服不已，既立了威，又沒傷到苗人，不是這樣的話，也鎮不住那楊一龍。」李滄行的聲音突然在兩人的耳邊響了起來。

二女眼中閃過一絲喜色。沐蘭湘用眼角餘光掃視四周，卻沒有發現李滄行的蹤跡，忍不住問道：「師兄，你在哪裡呀，怎麼我們看不到你？」

「這個不重要，時間緊迫，剛才我看到楊一龍派人下山，不知道是向沐王府的人報信，還是叫來扣虎塘的馬寨主，我們要做好準備才是。」李滄行回道。

屈彩鳳密語道：「滄行，依你所見，楊一龍靠得住嗎？」

李滄行沒有回答，卻是問道：「彩鳳，你以前來過這個寨子沒有？」

屈彩鳳搖搖頭：「說來慚愧，這是我第一次來滾龍寨，怎麼，你覺得有問題？」

李滄行密語道：「上次巫山派總舵有難時，兩個寨主帶隊來助戰，當時有沒有漢人在其中？」

屈彩鳳臉色微變，道：「沒有，全是苗人，沒有漢人，滄行，你的意思是？」

李滄行面色凝重道：「我覺得有些不對勁，張三平一個漢人竟能在這裡坐到軍師的位置，甚至很多話是他代楊一龍開口，我覺得這裡面不簡單，一會兒要是馬寨主來了，你們要小心應對，我在旁邊仔細觀察。」

幾人說話間，來到山寨中最高大宏偉的一個大堂前，門口的木牌上用苗文和漢文寫著「議事廳」三字，幾十名全副武裝的寨兵威風凜凜地分立兩旁。

楊一龍向沐蘭湘和屈彩鳳笑道：「二位護法，這裡就是我們的議事廳了，還請上座。」

沐蘭湘和屈彩鳳衝著楊一龍一抱拳：「那我二人就卻之不恭了，楊寨主請。」

主賓紛紛進了屋子，謙讓一番後，沐蘭湘盤膝坐在上首的一席位置，屈彩鳳隔席而坐，楊一龍坐上主位，張三平則敬陪末座。知道屈彩鳳和沐蘭湘的身分後，他再也凶不起來了，眼神裡也充滿了恭順。

待眾人坐定，楊一龍對沐蘭湘道：「貴使，宗主新建了天臺幫，總舵是在浙江的天臺山嗎？」

沐蘭湘點點頭：「暫時以那裡為基地。」

楊一龍又問：「上次突襲巫山派總舵的事結果如何？我們在這裡一直等消息呢。」

屈彩鳳接口道：「大姐為了奪回巫山派總舵，不惜加入魔教，更鋌而走險，在實力還不足的情況下強攻巫山，但是楚天舒知道了我們的計畫，早有防範，還找了伏魔盟的人來對付我們，幸虧有朋友相助，我們才脫離險境。楊寨主，當時我們急著轉移，沒時間跟你派來的使者詳細說明大姐這回重出江湖的計畫，大姐深感過意不去，因而才派我們前來。」

張三平疑道：「二位上使，請恕在下眼拙，以前我去巫山派總舵時，從未見過二位，江湖上好像也沒有二位的名頭啊。」

屈彩鳳眼中寒光一閃：「張軍師，我二人的身分也要向你報告嗎？」

張三平連忙說道：「在下不敢，只是，今天親身體會了上使的高絕武功，佩服不已，如此高絕的武功，在整個武林中也是極為稀少的，在下真的是仰慕上使的神功，這才想要知道得更清楚一些。」

屈彩鳳冷笑道：「怎麼，想要再找我報仇嗎？」

張三平咬牙道：「上使不用笑話在下，在下的斤兩，自己清楚得很，就是再練兩輩子，也趕不上上使的神功，單純只是好奇而已，如果上使執意不肯說，便權當姓張的胡言亂語好了。」

屈彩鳳看了眼楊一龍，這個滾龍寨主對張三平如此放肆的舉動竟不加以阻止，顯然張三平問出了他心裡的話，便道：「楊寨主，你是不是也和張軍師抱有同樣的疑問呢？」

楊一龍打了個哈哈：「這個嘛，楊某確實想知道二位的真實姓名，我滾龍寨的苗人雖然是邊陲野人，但也想見識一下天下的英雄豪傑，現在我們巫山派，不，應該是天臺幫有如此高手，大業復興有望啊。」

沐蘭湘聞言道：「不瞞楊寨主，我二人出身塞北武林，大姐當年被奸人所害，巫山派總舵毀於一旦，心力交瘁下遠走天山，我二人機緣巧合下被大姐所救，也被她的人品武功所折服，從此投入巫山派門下，這回大姐回中原，我二人千里相隨，為的就是幫大姐報得大仇，重建巫山派。」

楊一龍眉頭舒展開來：「原來是這樣，二位是塞外的高手，怪不得如此武功，中原道上從沒聽說過，以前在巫山派中也沒有見過。」

屈彩鳳笑道：「我二人都是西域人士，史梅和吳晴只是我們臨時改的中原漢名，楊寨主沒有聽說過也很正常。大姐在天臺山忙新總舵的事，但是她說楊寨主和扣虎塘的馬寨主在巫山派最危難的時候千里來援，這樣忠誠的老弟兄，一定不能丟下，說什麼也要知會一聲才是，所以派我二人走這一趟，順便看看四川雲貴一帶原巫山派各分寨的情況。」

楊一龍嘆了口氣，道：「說來真是讓人喪氣，自從四年前巫山派總舵遭難之後，我們滾龍寨和其他不少分寨就成了沒娘沒爹的孤兒，過得那叫一個慘啊，我知道二位上使對今天我們攔路搶劫的事很反感，因為這確實不合巫山派定下的規矩，可是現在山寨維持很困難，不這樣做不行啊。」

屈彩鳳眼中透出一絲意味深長的神色：「原來是這樣啊，那倒是我們錯怪楊寨主了，只是剛才這位張軍師說，現在滾龍寨並非巫山派屬下，這話是什麼意思呢？」

張三平嚇得擺手道：「上使，這是小人一時的口誤，不是實情。」

屈彩鳳卻不放過，連聲質問：「口誤？若不是我們今天扮成商隊，或者是武功不及你，只怕早就被你們殺了，從開始到最後，你們可曾打過巫山派的旗號？我暗示你們是巫山派門下，你還清楚地否認了這點，這難道也是口誤？」

張三平頭上冒起汗珠子，低下頭，不敢面對屈彩鳳的目光。

楊一龍看到他的窘態，連忙解釋道：「上使，請不要誤會，張軍師對山寨一向忠心耿耿，不提巫山派的命令是我下的，與他無關。」

屈彩鳳眉毛一挑：「哦，居然是楊寨主下的令，這讓在下有些不解，您一邊派人到巫山跟我們取得聯繫，一邊又否認與巫山派的關係，這是何原因呢？」

一個蒼老的聲音從門外響起：「上使，此事乃是老朽和楊寨主共同的決定，最後由老朽拍的板，怪不得楊寨主。」

楊一龍聞聲而起，屈彩鳳和沐蘭湘看向門口，只聽一陣竹梯聲響，一個七十多歲，苗人打扮，錦布纏頭，一身上好苗繡大褂的白髮老者昂首闊步地走進了議事廳，只見此人白眉如刀，鷹鉤鼻，雙眼炯炯有神，獅口虬鬚，端的是老當益壯，威風凜凜。

屈彩鳳用暗語對沐蘭湘道：「此人想必就是**扣虎塘的寨主馬三立**了，比楊一龍還要高一輩，在苗疆是成名多年的高手，一手點蒼派七十二式回風舞柳劍法，號稱『**天南第一劍**』。」

果然，楊一龍上前迎了過去：「馬老，您怎麼親自前來了，本來我還準備帶兩位上使到您那裡去呢。」

馬三立哈哈一笑：「在哪裡不是一樣，聽到上使前來的消息，我就馬上趕了過來。」說著，以手按胸，深深地一鞠躬，向起身的屈彩鳳和沐蘭湘行起禮來，「扣虎塘寨主馬三立，見過兩位上使。」

沐蘭湘回禮道：「馬寨主客氣了，我們出來前，大姐特別強調，說馬老是雲南地區德高望重的武林前輩，千萬不可以對待屬下分寨的規矩對待，我等還是以後輩之禮見過馬寨主。」

馬三立擺擺手：「這可不行，若是年紀大就是位尊，那會亂了規矩，這裡沒有前輩後輩，只有巫山派總舵的上使和分寨的寨主之分。」

楊一龍小聲說道：「馬老，最近宗主把巫山派改名為天臺幫，以免引起官府的注意力。」

馬三立臉色微變：「哦，竟有此事？」

屈彩鳳點點頭：「正是，本來屈大姐想打響回中原的第一仗，可惜賊人狡猾，設下了埋伏，所以我們才轉戰浙江，在天臺山落了腳。」

馬三立急問：「宗主沒有受傷吧？」

屈彩鳳笑道：「托馬老的福，大姐安然無恙，多虧有朋友事先向我們示警，才得以全身而退。」

馬三立懊惱地道：「唉，老朽當年沒有和楊老寨主一起救援總舵，楊老寨主戰死，我卻獨活，真不知道這次要是宗主出事的話，我死後在九泉下還有何面目去見老宗主和楊老寨主啊。」

沐蘭湘安慰道：「馬老多慮了，那天就是沒有人示警，大姐也安排了後路，不會有大礙。對了，剛才您說不打巫山派的旗號是您的決定，這是為何？」

馬三立正色道：「二位上使有所不知，自從總舵蒙難以來，這幾年各處分寨的日子都不好過，上次赴援總寨，我們兩家寨子的精銳幾乎全都殉難，人丁缺乏，沐王府又接到了朝廷的命令，說我們是巫山派的下屬，必須要出兵剿滅，我們跟沐王府打了一兩年，元氣更是大傷，靠著寨子的險要地形才勉強存活，後來只能跟沐王府談判，去掉巫山派下屬分寨的名號，不再打出巫山派的旗幟，又給了沐王府一大筆錢，他們這才退兵。」

楊一龍附和道：「是啊，當時我們內交外困，加上不知道宗主的下落，只能先行權宜之計，暫去巫山派的名號，但我們的心可是向著巫山派的，不然也不會一聽到宗主重新出山的消息，就馬上派人前去聯絡。」

屈彩鳳心中一陣感動，正準備說出自己真實身分的時候，卻聽李滄行的聲音在耳邊響起：「彩鳳，沉住氣，現在一切情況還不明朗，不要光聽其言，還要觀其行。」

屈彩鳳定了定神，暗罵自己實在是感情用事，險些表明了身分，開口道：「既然是這樣，我想宗主是不會怪罪二位名義上脫離巫山派之舉的。宗主說過，像馬老和楊寨主這樣的忠實弟兄，就算一時為情勢所迫，離開巫山派，也是我們的好兄弟，巫山派無力保護各分寨，連自己的總舵都守不住，也不能責怪各分寨的弟兄們另尋出路。」

馬三立白髯飄飄道：「上使這話我可不愛聽，當年我們兩個寨子差點被沐王府所滅，是老宗主救了我們，這份恩情，說什麼也要回報！而且這些年來我們在巫山派大旗的保護下，發展得是兵強馬壯，總舵被毀，是我們援救不力，怎麼可以在宗主得勢的時候依附，倒楣的時候就離去呢？這樣豈是大丈夫所為！」

沐蘭湘笑道：「馬老果然是義薄雲天，晚輩佩服。」

馬三立突然問道：「只是，老朽聽說宗主這次重出江湖，加入魔教，現在又說到天臺山開宗立派，這是怎麼回事呢？」

屈彩鳳道：「大姐重出江湖時，幾乎是孤身一人，身邊除了我們兩個外，只有十幾個在西域塞外跟著她的人，本來想取出總舵的存銀，結果發現洞庭幫早就把我們在總舵的藏銀給取了出來。江湖爭霸，講的就是金銀財寶，即使是弟兄們再忠心，沒錢發給大家，總不能讓人白白出力幹活。正當我們窘迫的時候，冷天雄找到了宗主，開出加入魔教的條件，不過只是秘密加入，他為我們提供急需的錢財。」

馬三立聞言道：「原來是這樣，那宗主是暫時寄身在冷天雄那兒，等待時機自立吧。」

屈彩鳳正色道：「正是如此，魔教當年也參與了圍攻巫山派總舵，加上一直與禍國奸賊，也是攻滅總舵的禍首嚴世蕃勾結，她又怎麼可能真正地加入魔教呢。」

馬三立眼中現出一絲疑惑：「攻巫山派總舵的，居然有魔教的份？還是嚴世蕃指使的？怎麼會這樣，以前宗主和魔教不是結盟關係嗎？」

屈彩鳳想到馬三立在此偏遠之地，對中原的武林形勢，尤其是各派間背後複雜的關係並不清楚，於是簡單扼要地把巫山派和魔教、嚴世蕃結盟到結仇的經過說了一遍，聽得馬三立和楊一龍怒髮衝冠，咬牙切齒。

馬三立恨恨地說道：「嚴世蕃這個奸賊，不得好死！我姓馬的，有生之年一定要提三尺劍取他的狗頭，以祭老宗主和我們兩寨戰死的上千弟兄！」

屈彩鳳想到總舵覆滅的那個晚上，也是黯然神傷，鳳目淚光閃閃，忙低下頭佯裝喝茶，強行按下淚水。

沐蘭湘接口道：「冷天雄說他和嚴世蕃的合作也一直不開心，有扔下嚴世蕃自立的意思，所以才會選擇跟我們聯手，其實依宗主看來，他是想讓我們拖住洞庭幫和伏魔盟，然後他好安心經營東南沿海，與倭寇合作，假以時日，再大肆進軍中原，到時候只怕我們巫山派也會是他消滅的對象。」

馬三立咬牙怒道：「宗主可不能遂了他的心思，洞庭幫固然是死仇，可是魔教也不是什麼好東西，兩邊都得防著。」

屈彩鳳點點頭：「宗主加入魔教的消息，很可能便是冷天雄放出來的，宗主一向跟錦衣衛的天狼交好，他也是宗主最忠誠的朋友，此人現在創立了黑龍會，在東南一帶大敗魔教和洞庭幫，還把為禍東南數十年的倭寇給平定了，天臺山就是他讓給宗主，我們才得以立足的。」

楊一龍眉頭一動：「這個天狼我聽說過，即使是消息閉塞的苗疆，也流傳著他的大名，聽說他破白蓮教，又在東南招安過倭寇首領，後來不知為何叛出了錦衣衛，從此不知所蹤。」

屈彩鳳道：「大姐跟天狼是多年的生死之交，後來我們才知道天狼的真實身分是武當的前大弟子李滄行。」

馬三立訝異道：「李滄行？就是那個在落月峽一戰中名動天下的李滄行嗎？怪不得有如此的本事。此人既然是武當出身，又為何會加入錦衣衛，最後還要自立呢？」

屈彩鳳搖搖頭：「具體的情況，我也不是太清楚，不過我們曾聽大姐說，巫山派總舵蒙難時，天狼曾經捨命相助過，也因此跟錦衣衛總指揮使陸炳反目，我想他離開錦衣衛，也是這個原因吧。」

馬三立和楊一龍對視一眼，楊一龍道：「這天狼就算和宗主有私交，關係不錯，也不可能因此背叛錦衣衛吧，我聽說錦衣衛總指揮使陸炳多次想要拉攏我們巫山派，難道這天狼不是奉命行事的嗎？」

屈彩鳳微微一笑：「天狼是信了陸炳要斬奸除惡、匡扶社稷的話才進了錦衣衛，但是陸炳卻為了官位又和嚴世蕃重新結盟，背叛天狼，使他一怒之下叛出錦衣衛。」

馬三立聞言道：「原來如此，只是此人畢竟出身正道門派，跟咱們綠林不是一路人，宗主跟他合作，真的沒有問題嗎？」

屈彩鳳毫不猶豫地道：「沒有問題，我親眼見過他幾次捨命相救宗主，而且這次還冒著得罪整個武林正道的風險給我們提供庇護，不僅是大姐，我也信得過他。」

馬三立兩道白眉皺了起來：「上使，我這個人說話直，您別往心裡去，但我總覺得以前我們巫山派可是號令天下的綠林豪傑，羅剎令所到之處，各地的山寨豪強無有不從，可現在聽你這樣說，倒成了我們依附起這個什麼天狼了，老宗主若在，只怕不會選擇這條路。」

屈彩鳳正色道：「天狼並沒有強行要求我們加入他的黑龍會，只是見我們有難，出手援助，我們受了人家的恩惠，便不應該再懷疑人家的動機。當年老宗主在時，並沒有碰到這種朝廷和江湖正邪各派都容不得我們巫山派，要聯手加以剿滅的情況，總舵之難，始於與嚴世蕃的翻臉決裂，我相信如果老宗主在的話，也不會跟這樣的奸賊一直狼狽為奸的。」

馬三立點點頭：「這話說得不錯，其實從一開始我就不贊成跟官府攪在一起，**我們綠林好漢，要的就是這天不怕地不怕的自由**，如果出於一時的好處投靠官府，以後總會吃虧倒楣的，因為**他們是官**，**我們是匪，天生就是對頭**。」

楊一龍插話道：「上使，我聽說宗主是因為那個什麼太祖錦囊的事才得罪了嚴世蕃，是真的嗎？」

屈彩鳳聽到太祖錦囊，馬上警惕起來，臉上不動聲色道：「什麼太祖錦囊？楊寨主說的話，我不太明白。」

「楊寨主，二位上使是從塞外來的，不知道這事很正常，此事老宗主也只跟我和你爹說過，並嚴格叮囑不得外傳，你今天在這裡提及此事，實在是不太妥當。」馬三立板起臉道。

楊一龍立即向張三平使了個眼色，張三平識趣地退出屋子，偌大的議事廳裡，只剩下四個人。

屈彩鳳沉聲道：「楊寨主，這樣絕密的事，怎麼能對著外人說呢？」

楊一龍面有愧色道：「對不起，我一時心急，忘了還有外人在場。」

沐蘭湘緩頰道：「算了，反正這太祖錦囊之事已經傳遍了江湖，吳老弟也不必過於糾結此事。楊寨主，你說得不錯，嚴世蕃和陸炳先後接近宗主，就是為了有朝一日能取得這太祖錦囊，宗主正是看清了這一點，加上知道了嚴世蕃勾結蒙古人和倭寇，通敵賣國的事，才毅然與他們決裂的。」

馬三立道：「既然如此，那個天狼就一定是真心嗎？他是不是也懷了奪取太祖錦囊之心，才故意接近宗主的？」

屈彩鳳搖搖頭：「不，宗主和我們說過，太祖錦囊的下落，她早就告訴過天狼了，可是天狼卻從來沒有取出此物的念頭，他說這東西一旦出世，必然會引起天下大亂，野心家們會靠此起兵作亂，最後受害的只是天下百姓。」

馬三立睜大了眼睛：「**天底下真有如此不貪戀權勢之人？**」

屈彩鳳微微一笑：「人各有志，天狼只想為自己的師父復仇，並不想奪取天下，如果他真是有野心的人，宗主也不會與他如此接近了。」

馬三立感慨道：「想不到江湖後輩之中，竟然也有如此人物，看來我真的是老了。本來我還想著這次宗主能取出這錦囊，然後靠著這東西奪取天下，為我們巫山派死難的兄弟報仇呢，可沒想到會是這個結果，那就是了，宗主也認同了這天狼的理念，不取錦囊報仇了？」

屈彩鳳點點頭：「是的，我們和天狼商量過，那個錦囊取出來沒什麼用，不可能靠此物就奪取天下，只會成為野心家手中的道具，所以不如就這麼埋著，我們要報仇，靠自己在東南一帶發展勢力就行，不一定要走起兵的道路。」

李滄行的話突然在屈彩鳳的耳邊響起：「彩鳳，這兩個寨主大有問題，太祖錦囊的事，你師父怎麼可能會告訴他們？」

屈彩鳳猛的一驚，身子不由得震動了一下，手中端著的杯子差點把水灑了出來，馬三立和楊一龍對視一眼，問道：「吳護法，老朽所言有什麼不對嗎？」

屈彩鳳也是經歷過許多大場面的人，馬上鎮定下來，喝了口水，道：「沒什麼不對，只是我突然在想，太祖錦囊乃是極為機密之事，老宗主肯把這個天大的秘密告知二位，可真是對二位莫大的信任啊！」

馬三立哈哈一笑：「實不相瞞，老宗主當年來雲南的時候，就是剛從大內取了太祖錦囊，為避禍躲到這裡，為了救我們兩家，不慎暴露了行蹤，更惹得沐王府派大兵來圍剿，老宗主為了打退沐王府的軍隊，不得已帶著我們夜闖軍營，向沐王出示了這太祖錦囊，這是我和楊老寨主親眼所見，回想起來，歷歷在目如昨日啊。」

屈彩鳳道：「原來如此，二位前輩把這個秘密保守了這麼多年，真是難為你們了。」

馬三立嘆了口氣：「我們親眼見識過太祖錦囊的威力，沐王府在雲南可說是獨霸一方的豪雄，可是見了錦囊照樣也只能退兵，所以我很奇怪當年楊老寨主和我兒子帶人去總舵支援的時候，難道沒有提醒宗主取出錦囊，以此逼退嚴世蕃的大軍嗎？」

沐蘭湘嘆道：「馬寨主有所不知，那個錦囊裡的東西沒有厲害到直接就能號令天下的程度，就是現任皇帝在位，皇命也經常有臣子不遵的時候，更不用說已經死了兩百年的開國太祖皇帝的遺詔了，沐王府是大明的忠臣，在雲南為大明鎮守邊疆這麼多代人，所以他們認這遺詔，但不代表嚴世蕃這樣的亂臣賊子也承認啊，到時候他若是得到了這太祖錦囊，沒準就可能自己想當皇帝了，大姐和天狼權衡利弊之後，還是決定不用這東西。」

馬三立無奈地道：「實在是太可惜了。對了，這次二位上使來這裡，有什麼旨意要傳達嗎？」

第二章

神秘勢力

李滄行隱身在草叢裡，對這一切聽得清清楚楚，
他迅速地作出了判斷：
沐王府對楊一龍的控制是擺在明面上的，
馬三立背後的那股神秘勢力才是真正的深不可測，
也許真正的對手就是馬三立背後的那個黑影。

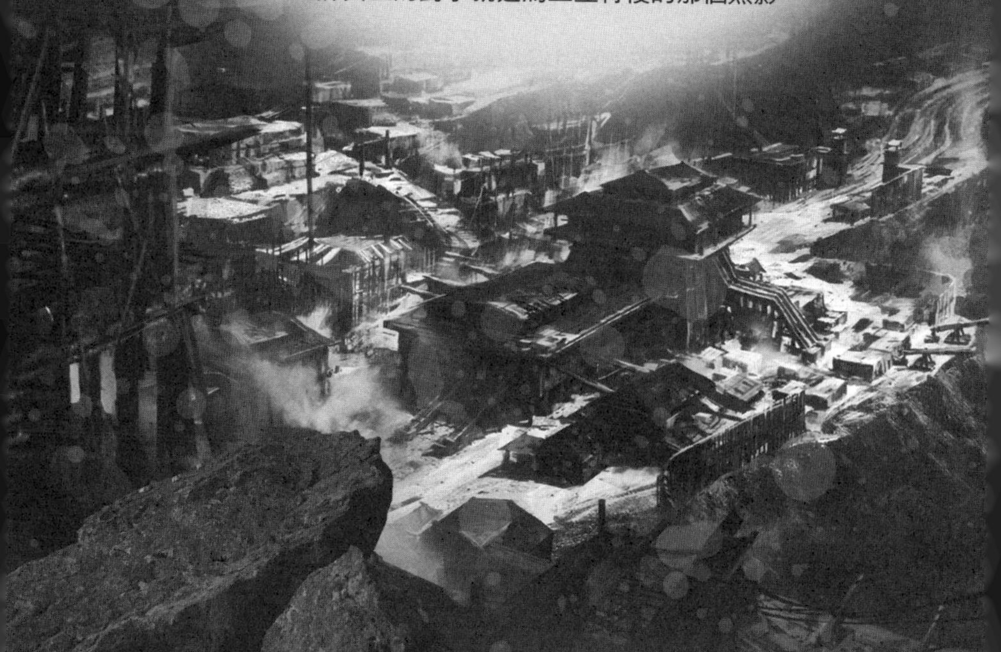

屈彩鳳嘴角勾了勾：「大姐對二位的情況非常關心，很想知道她不在的這幾年裡，滾龍寨和扣虎塘是如何度過的？我們現在算是基本上安定了下來，對於忠誠我們的老弟兄們，一定要照顧到，本來大姐交代了，如果實在是有困難，無法堅持的兄弟就來天臺山，不過我看二位現在是兵強馬壯，不至於此。所以我想聽聽這些年二位是怎麼撐過來的，也好把這個經驗向其他分寨推廣。」

楊一龍道：「回吳護法的話，這些年就是因為我們跟沐王府達成了協議，沒再打巫山派的旗號，所以他們也就沒再為難我們。」

沐蘭湘「哦」了聲，「可是剛才二位說，上次總舵蒙難的時候，大部分的精英都戰死了，為何幾年的時間就恢復到如此的規模呢？」

馬三立嘆了口氣，「不瞞二位，我們這幾年算是昧著良心在發財，按巫山派的老規矩，是不能對茶馬古道上的商隊下手的，即使攔截，也是十中抽一成或者一成半，可現在為了儘快恢復實力，只能拋下這些規矩，十中抽五了。」

這正是屈彩鳳想要問的，不待沐蘭湘開口，便追問道：「這又是為什麼，難道保持老規矩，就養活不了自己了嗎？」

馬三立搖搖頭：「吳護法，你有所不知，我們跟沐王府休戰的條件，就是以後不得在茶馬古道對他們四大家將之一，白家的商隊下手，只要插了白家的旗子，我們就不得打劫，然而這道上的商隊，十家有七八都向白家交了錢，掛了旗，所以我們只好對不掛旗的商隊多收點了。」

屈彩鳳冷冷地道：「這我可以理解，但**奪人錢財也罷了，為何還要取人性命？**楊寨主，今天你是碰到了我們，才沒有得手，若是那些不會武功的商隊，豈不是早就成了你們的刀下之鬼？」

楊一龍辯稱道：「吳護法，今天的事是意外，我們每次打劫都是儘量不傷人的，以往的商隊看到我們往往直接就跪地求饒，交出錢財了，只是今天……」

屈彩鳳橫眉一豎，厲聲道：「只是今天碰到了我們這樣不願意當肥羊一樣給你們宰的，所以你就起了殺心，想要殺一儆百，只留幾個挑夫的命，讓他們四處宣揚你們的厲害，以後便再也不會有人敢反抗你們了，是不是?!」

楊一龍面紅耳赤，嘴張了又張，卻是一個字也說不出來，立在原地不知如何是好。

馬三立也不悅地道：「楊寨主，這可就是你的不是了，咱們雖然沒有掛巫山派的旗號，但畢竟跟了巫山派這麼多年，當初老宗主定下的規矩，難道你忘了嗎？」

楊一龍眼中閃過一絲不平之色，抬起頭，似乎想說什麼，卻被馬三立繼續搶白道：「如果你的父親還活著，一定不會做這種事，賢侄啊，年輕人不能太離經叛道，就算我們不在巫山派，綠林的規矩也是要守的，若是動不動就殺人越貨，那以後還有誰走這條茶馬古道？沒有商旅經過了，我們又向誰去收錢？」

楊一龍咬了咬牙，臉上一絲怨氣一閃而沒：「馬叔教訓得是，是小侄貪圖小利，做下這等惡事，今天幸虧是被二位護法看了個正著，及時阻止，我才得以收手，不然若是今天開了個壞頭，以後成了習慣，就真的變成打家劫舍的惡匪了。」

馬三立臉色舒緩了一些，轉而對沐蘭湘和屈彩鳳行禮道：「二位尊使，楊寨主確實是初犯，我在這裡可以為他作證，以後我也會對他多加約束和勸告，還請二位尊使回覆宗主，我們兩寨忠心效順天臺幫，按巫山派的老規矩行事，不敢再有任何違背，還請宗主放心。」

沐蘭湘笑道：「既然楊寨主是初犯，吳護法又削了那張三平的兩根手指頭以示懲戒，我想這事就到此為止吧。吳護法，你說呢？」

屈彩鳳順勢道：「既然史護法這樣說了，那我也沒什麼要補充的，希望楊寨主引以為戒，以後莫要再讓我們看到或聽到這樣的事發生。」

楊一龍滿頭大汗，連連點頭道：「多謝史護法，多謝吳護法。」

馬三立不滿地道：「賢侄，不是我說你，那個張三平來歷不明，又總是出些歪點子，這個打劫抽五成就是他提的，當時我不好說什麼，這次劫財殺人，也是這小子的主意嗎？」

屈彩鳳冷笑道：「馬寨主說對了，就是此人要親手殺了我們，本來我們喬裝成商隊，也是想帶給兩寨一些見面禮，可想不到這張三平居然出手就要殺人，可見這廝平時是何等的猖狂！楊寨主，剛才馬寨主來之前，你還把這張三平奉若上賓，難道以後你還要重用此人嗎？」

楊一龍猶豫了一下：「吳護法，非是我有意包庇張軍師，實在是這幾年我們的困難時期，全是靠張軍師出謀劃策，想了許多辦法，才讓寨子漸漸地恢復了元氣，這也助長了他的驕狂之氣，今天吳護法出手教訓，想必他已經知錯了。作為劍客，兩根手指被削，這輩子只怕不能右手用劍了，以後他也不會再主動害人，我想把他留下來出些點子，讓他將功贖罪，還請二位護法包容。」

屈彩鳳本待出口相譏，卻聽李滄行的聲音響起：「彩鳳，不要為這事跟他們硬頂，先答應下來，我自有計較。」

屈彩鳳於是說道：「既然楊寨主這樣求情了，我也不好多說什麼，只是楊寨主，張三平畢竟是你的下屬，請你嚴格約束他，以後若是再犯，可就不是兩根手指頭這麼簡單的事了。」

楊一龍連聲道：「多謝尊使，多謝尊使。」

沐蘭湘道：「二位寨主，時間也不早了，我們想在滾龍寨裡走走看看，明天有空再去扣虎塘，不知是否能安排一下？」

楊一龍趕忙道：「我早已吩咐下面的人擺好酒宴，殺牛宰豬，今天全寨上下歡宴一場，以歡迎二位尊使。」

沐蘭湘拱手道：「那就卻之不恭了，久聞苗疆地區民風開放，熱情好客，今天倒是可以親眼見識一番。」

李滄行的聲音再次響起：「事有古怪，馬三立看樣子也參與了殺人越貨的事，不然剛才楊一龍的反應不會那麼奇怪，一會兒我暗中探查一番，你們儘量不動聲色，如果我所料不錯的話，楊一龍和馬三立會暗中監視你們，這兩人事後少不得一番爭吵和計較，到時候我一查便知。」

屈彩鳳回道：「好，就依你所言，看來那馬三立很討厭這個張三平，想借我們的手把此人除去，滄行，我隱約感覺到楊馬二人背後有不同的勢力支持，真相應該會在這幾天暴露出來。」

沐蘭湘也道：「大師兄，千萬要保護好自己，不要暴露。」

李滄行哈哈一笑：「師兄我在錦衣衛這些年可不是吃閒飯的，我已經扮成了寨中的人，一舉一動都盡收眼底。你們今天就放心地吃喝休息吧，一切有我。」

屈彩鳳和沐蘭湘跟著楊一龍與馬三立走出了屋子，天色已經黑了下來，寨中處處點起火堆，烤起了牛肉豬肉，酒香四溢，好一頓別有風情的苗疆盛宴。

席間，馬三立興致很高，勸酒不斷，楊一龍卻是一副心事重重的樣子，兩女也不多問，直到酒過多巡後，才裝著不勝酒力退席。

待兩女走後，楊一龍立即向馬三立使了個眼色，兩人先後起身，向寨外走去，來到後山的一處懸崖邊上。

月光下，一隊打著火把巡山的嘍囉看到有人前來，為首一名隊長模樣的人立即喝問道：「什麼人？」

楊一龍臉色陰沉，在火光的照耀下顯得非常地嚇人，隊長心中一驚，按胸行禮道：「參見寨主！」

楊一龍擺擺手道：「我和馬寨主有要事相談，你們不用巡視這裡，也別讓人接近此處。」

那名隊長點頭應是，片刻之後，火光和腳步聲便消失不見，除了浪濤拍岸的聲音，就只剩下林中夜梟的鳴叫聲。

楊一龍對著馬三立冷冷地道：「馬叔可真是讓小侄開了眼，這種嫁禍於人的招數，小侄算是領教了。」

「賢侄好像有些不太高興啊，難不成今天想要殺人劫財的，是我馬三立不成？」

此時楊一龍全無剛才在議事廳在外人面前對馬三立的恭敬模樣，提高聲音道：「馬叔，明人不說暗話，這個殺人劫財的主意明明是你出的，這些年我們也一直是這樣做，北邊來的商隊由我們下手，南邊來的由你扣虎塘下手，憑什麼把責任推得一乾二淨，全弄到我們滾龍寨身上？」

馬三立神情自若，緩緩說道：「哦，賢侄覺得我要是道出實情，跟你一起承擔這件事，會有什麼不同嗎？」

楊一龍「哼」了聲：「當然不一樣，你是跟著老宗主一輩的人，別說今天那兩個小子，就是宗主親臨，也不敢把你怎麼樣。」

馬三立哈哈一笑：「你小子還是嫩啊，今天這架勢你還看不出來嗎，這兩個人來者不善，那個副使能不用兵刃，空手在幾十招內奪下張三平的劍，還削了他兩根手指；姓張的武功你最清楚，就是我老馬也沒這本事，何況還有個高深莫測的正使，咱們連人家的武功來歷都沒摸到，他們明擺著就是故意試探我們的，我就算把責任扛下來了，又有什麼用？只會讓他們更起疑心，認定我們背著總舵在做什麼了。」

楊一龍聞言道：「可是你不應該把責任推在張三平的身上，這人的來歷你不是不知道，我們出賣了他，到時候在這裡也不可能立足了。」

馬三立冷笑道：「怎麼，你還是怕了沐王府？」

楊一龍反問道：「馬叔，咱們現在有跟沐王府對抗的本錢嗎？你不會真以為這兩個人會留下來幫著咱們對付沐王府吧。」

馬三立搖搖頭：「當初要跟沐王府講和，成為他們屬下的，是你楊一龍，我馬三立可從來沒答應過，你看，現在他們對我還不是客客氣氣的嘛？」

楊一龍嗤了聲：「馬叔，現在只有你我二人在場，說這種話，不覺得太沒意思了嗎？你別以為我不知道，你背後照樣有人。」

馬三立臉色一變：「賢侄，話可不能亂說啊，你投靠了沐王府，沐朝弼派了張三平來監視你，我不想山寨裡給人放個釘子，所以拒絕了他，這事你不是不知道，為什麼說我背後有人？」

楊一龍不屑地勾了勾嘴角：「馬叔，沐王府以把張三平派到我的寨子作為條件，這才沒有攻擊我這裡，你沒有接受他的條件，這麼多年卻完好無損，甚至勢力發展得比我們滾龍寨還要大，哼，不要以為我從來不提這事，就代表我楊一龍真的是傻瓜！還有，白家的商隊你有時候也會搶，可白家卻不敢對你有什麼報復舉動，如果不是你的靠山比沐王府更大，更硬，會有這種事嗎？」

馬三立聽楊一龍說完，面色平靜地道：「賢侄，今天你是想問個結果嗎？為什麼你不當著那兩個使者的面說這件事？」

楊一龍咬咬牙：「馬叔，我們互相心裡有數，老實說，當年我爹和你投靠巫山派，報恩是一回事，更重要的是看中了人家手上的太祖錦囊，指望著靠這個護身符來保我們的寨子，前些年，我們還要蒙面假扮強人，攔路搶劫，後來巫山派總舵覆滅，咱們連裝都不用裝了，直接明搶，咱們可是一條繩子上的螞蚱，把你的事抖出去，我又能有何好處？」

馬三立道：「既然如此，那你還問我做什麼？你有你的陽關道，我有我的獨木橋，大家一起發財，這裡山高皇帝遠，以前林鳳仙在的時候，我們也沒怎麼聽過她的號令，現在屈彩鳳如喪家之犬，寄人籬下，我們又怎麼可能繼續奉她的號令呢。」

楊一龍不解地道：「馬叔，你的意思是？」

馬三立哈哈一笑：「怎麼，賢侄是想要對這兩個使者下毒手嗎？我勸你還是打消這種想法吧。」

楊一龍咬了咬牙：「怎麼，馬叔怕了？」

馬三立冷冷地說道：「怕？賢侄，都在江湖上摸爬滾打這麼多年了，還提什麼怕不怕，但這不代表一衝動，血上頭就沒腦子，明白嗎？」

楊一龍恨恨地說道：「馬叔，你腦子好使，那你告訴我，為什麼不能動這兩個傢伙，屈彩鳳已經自顧不暇了，上次我們的人回報也說她身邊只剩下幾百人，突襲巫山派總舵一戰也不可能沒有損失，要不然以屈彩鳳的心高氣傲，怎麼可能甘願到那個天狼那兒寄人籬下？別說是這兩個使者，就是屈彩鳳自己來了，我們也沒什麼好擔心的，大不了向沐王府求助便是。」

馬三立搖搖頭，眼中露出一絲冷厲的神色：「這次來的兩個人的武功你不是沒見過，你先告訴我，光這兩個人，合我們二寨之力，是不是有本事能拿下？」

楊一龍眼中凶光一閃：「就算打不過，下毒，或者趁他們睡覺的時候下手不可以嗎，人在我們寨子裡，還怕沒本事收拾他們？」

馬三立嘆了口氣：「你打小就是這個衝動暴躁的性子，這都幾十歲的人了，一點長進都沒有，非要把你爹留下的這點基業也斷送在你手上，你就高興了？」

楊一龍怒道：「我怎麼就會斷送我爹的基業了？」

馬三立的臉色在月光的照耀下變得陰沉可怕：「你好好想想，這兩個人武功如此之高，又是刻意地以商隊過路的方式來試探我們，他們如果真把我們當成自己人，不加防備，又怎麼會做出如此舉動？」

楊一龍的心猛地一沉：「你的意思是，**屈彩鳳已經對我們產生了懷疑？派這兩個人來，就是想調查清楚我們的情況，以後還可能對我們動手？**」

馬三立面無表情地點了點頭：「你說還有別的解釋嗎？而且，現在我最擔心的一點，就是屈彩鳳和那個什麼天狼聯合在一起，天狼的名頭我聽說過，連魔教都在他的手下連連吃虧，最近又大敗冷天雄，逼著魔教放棄了四個省的分舵，如此人物，要是幫著屈彩鳳和我們作對，那可就麻煩了。」

楊一龍的頭上開始冒汗：「可是，這個什麼天狼只盯著東南一帶創立自己的基業，還不至於來我們雲南邊疆，跟我們搶地盤吧。」

馬三立搖搖頭：「我沒說這兩個人是天狼派來的，只是說有這種可能，天狼如果跟傳聞中的一樣，那他的最大仇家就是魔教，這雲南乃是魔教的總舵所在，若想攻取，必須要在這裡有落腳點才行，我看不排除天狼看中了我們兩個寨子，想要在這裡開分舵的可能。」

楊一龍急道：「我們可是名義上巫山派的人，就算改名叫了天臺幫，一樣是換湯不換藥的綠林勢力，天狼一個錦衣衛的叛徒，有什麼資格來這裡對我們發號施令？寨中的弟兄們也不可能答應的。」

馬三立的白眉一揚：「所以他們要抓我們一個把柄，如果屈彩鳳是真心想恢復跟我們的聯繫，不會採用這種喬裝找碴的方式，今天那個姓史的話不多，倒是另一個姓吳的咄咄逼人，依我看，這個姓吳的只怕是天狼派來的，而姓史的則可能是屈彩鳳的人。」

楊一龍咬牙切齒地道：「那按你的意思，他們是有備而來，我們就是下毒行刺，也不可能得手了？」

馬三立點點頭，「這兩人武功極高，我們是無法對付的，如果人家鐵了心要查我們的底細，你跟沐王府有關係的事一定瞞不住的，所以我讓你趕走張三平，就是不想讓你跟沐王府的關係暴露了。」

楊一龍眼中凶光一閃：「哼，暴露了又如何，她屈彩鳳自己都跑路了，還不許我跟找沐王府做靠山？就算我承認張三平是沐王府派來的人，她又能拿我們怎麼樣?!」

馬三立冷冷地道：「你說的都是綠林道上的規矩，那個什麼天狼可不是我們綠林中人，不跟咱們講這些，人家到時候抓住這個把柄，說我們背叛巫山派，投入沐王府門下，只此一條，就可以對我們兩個下手，名正言順地吞併我們兩家寨子。」

楊一龍嘆了口氣，整個人也不復剛才的凶悍：「那現在怎麼辦，我連夜把張三平給打發走嗎？」

馬三立搖搖頭：「已經來不及了，我在大堂上說把張三平趕走，是唯一的機會，當時你拒絕了，現在再趕人走，只會引起那兩個人的懷疑，此刻你只能透過張三平抓緊聯繫沐王府，看看那邊有什麼指示。」

楊一龍憂心地問道：「沐王府能鬥得過這個天狼嗎？既然天狼跟魔教是死仇，要不我們找冷天雄碰碰運氣如何？」

馬三立沉吟道：「暫時先不要走這條路，畢竟屈彩鳳跟魔教已經翻臉成仇，我們在這個時候公然投向魔教，那就是撕破臉的事了，再說，這麼多年來，魔教也沒少打我們兩個寨子的主意，就怕到時請神容易送神難。還是穩妥點，一邊先摸這兩個人的底，一邊找沐王府的人幫忙，實在不行的話，再找魔教求援。」

楊一龍眨了眨眼睛：「馬叔，你的靠山就不能出手相助嗎？總不能只有我去找沐王府，你卻在這裡看熱鬧吧。」

馬三立眉毛一揚：「一龍啊，都什麼時候了，你還跟我計較這個，現在你是在明處，我在暗處，我當然會找我的朋友相助，可是那兩個傢伙主要是衝著你來，所以你先要穩住，必要的時候，可以承認跟沐王府有聯繫，但要一口咬定，那是當年沐王府停戰撤兵的條件之一，張三平也是沐王府強行派在我們這裡監視的人，到時候把所有的責任都推到他身上就行。」

楊一龍聽了一愣：「這張三平有嘴，又不是傻子，怎麼可能願意把責任給扛下來呢，萬一這小子嘴不嚴反水，那我們不全給他賣了?!」

馬三立哈哈一笑：「這就要你透過張三平向沐王府傳信，說明利害關係了，天狼是衝著我們來的，不敢把沐王府怎麼樣，到時候我也會為你說話的。」

楊一龍點點頭：「那我這就去找張三平。」

馬三立道：「賢侄，讓你受委屈啦，只要這次能安然度過，我們以後在這裡就可以呼風喚雨了，明裡打著屈彩鳳的旗號，暗中跟沐王府聯繫，也不得罪誰，就在這裡逍遙自在，不是勝過活神仙嗎？」

楊一龍佩服道：「薑還是老的辣，幸虧馬叔提醒了我，才沒讓小侄一錯到底，前面對馬叔多有不恭，得罪了，您可不要放在心上啊。」

馬三立道：「這次事發突然，我沒辦法跟你事前聯繫，也難怪你會錯怪我，

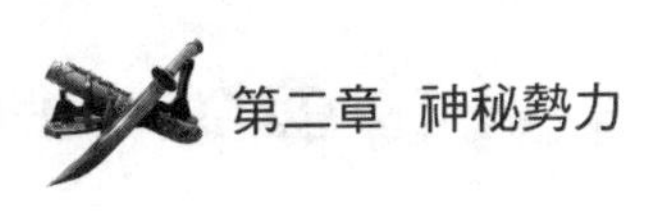

我來之前，已經找人向我的朋友通報此事了，實在不行，我就讓他們出面對付這兩個傢伙。你放心吧。這幾天招呼好這兩個傢伙，最好讓他們以為我們沒什麼用處，這裡無利可圖，這樣才可能主動放棄掉。」

馬三立又看了眼天上的月亮，道：「時候不早了，我得連夜回扣虎塘布置，若是那兩個使者問起，你就說我寨中還有些事要處理，先趕回去了，順便要安排接待兩位尊使的事宜，讓他們在這裡視察結束後，隨時去扣虎塘。切記，不要讓張三平落在他們的手裡，這些天也儘量不要安排張三平出來活動，免得生事。」

楊一龍順從地點點頭：「好，那就恭送馬叔了。」

李滄行隱身在草叢裡，對這一切聽得清清楚楚，在兩人爾虞我詐，勾心鬥角的同時，他迅速地作出了判斷：**沐王府對楊一龍的控制是擺在明面上的，馬三立背後的那股神秘勢力才是真正的深不可測**，這回雲南之行，也許真正的對手就是馬三立背後的那個黑影。

李滄行直覺自己離此次雲南之行的真相越來越近了。

李滄行去到沐蘭湘與屈彩鳳的住處，用傳音入密的方式告知二女自己要隨馬三立去一趟扣虎塘，讓兩人這幾天拖住楊一龍，儘量不要打草驚蛇。

布置完一切之後，李滄行回到寨門，正好馬三立帶著幾十個手下出寨，憑著多年的跟蹤潛伏之術，跟在這隊人馬後面。

只見馬三立走走停停，忽左忽右，沒有任何方向和目的，他的手下們似乎也對此早已習以為常，打著火把默默地趕著路，連一句問話也沒有。

如此這般，在蒼山洱海走了一個多時辰，已是四更，突然間，烏雲密布的天空中傳來一聲鷹嘯，馬三立臉色一變，立即收住腳步，停了下來，李滄行也連忙隱身於一塊大石下，只留下兩隻炯炯有神的眼睛，注視著頭頂上的天空。

一隻玄色的獵鷹在空中盤旋，苗疆之地極少見到這些產自北方的凶猛鷹隼，李滄行心中一動，這隻鷹看起來比起柳生雄霸的那隻海冬青毫不遜色，好像還會自己觀察地形。

馬三立從懷中摸出一支竹哨，放在嘴裡吹了起來，三聲淒厲的長聲和兩聲柔和的短聲過後，那隻玄色大鷹緩緩地盤旋而下，不偏不倚地正停到馬三立的肩頭，這回李滄行看得清楚，鷹爪上纏著一卷用絲帛製成的條子，馬三立將之取了下來，那隻大鷹一飛沖天，離地而去，很快就不見了蹤影。

馬三立看過條子後，面沉如水，對身後的手下們說道：「你們回寨子去，我有點事要辦，辦完了自己回去。」

等到手下們紛紛行禮而退後，馬三立深吸了一口氣，突然身形一動竄了出去，速度快如閃電，讓李滄行也略一吃驚，原以為他的武功比起楊一龍強得有限，沒想到他的身法不遜於錢廣來、裴文淵等人。

李滄行把輕功提到九成五以上，在後面緊緊地跟著馬三立。

馬三立在山裡兜了一個多時辰，東方的天邊吐出晨曦，馬三立此時奔到一處方圓數里的湖泊邊上，終於停了下來。

李滄行隱身於草叢中，看著百餘步外的馬三立，湖上起了一層輕紗般的霧氣，透著一絲詭異，湖的中央則是一處精舍，亮著燭光，穿過這層白霧，朦朦朧朧的，彷彿鬼火一般。

馬三立奔上湖面，這個舉動讓李滄行大吃一驚，從岸邊到精舍至少有一兩里的路，即使再高明的輕功高手，也不可能在水上借力飛出這麼遠，馬三立的輕功雖好，也絕不可能達到這種程度。

正當李滄行吃驚時，才發現馬三立腳下踏著的並非是水，而是一根根的暗樁，隨著踩踏順序的不同，居然有進有退，時而向前，時而向左，每次落下的時候，總能有一處暗樁借力，而在一根根暗樁升起的同時，卻有別的暗樁落下，**看似平靜的水面下，暗流湧動，帶動著這些由機關控制的暗樁起起伏伏。**

李滄行看馬三立行走的順序，居然暗合九宮八卦的方位，從湖邊到中央一共六十四處落腳點，都在李滄行的腦海裡打下了烙印，分毫不差。

李滄行悄悄地潛行到湖邊，大清早的湖面上，鴉雀無聲，只有風吹湖面的波濤拍岸之聲輕輕在耳邊迴響，李滄行尋思這樣上島只怕會引起島上之人的警覺，左思右想，還是沒有踩樁過湖，而是打坐在地上，運起聽風之術，努力地捕捉起精舍中的聲音來。

只聽一個蒼老的聲音說道：「三立，今天情況如何，那兩個人究竟是什麼來頭，武功路數查過了嗎？」

馬三立恭聲道：「回主人，今天事發突然，我也是後來接到楊一龍派人傳的信才趕了過去，沒看到他們交手，不過我問過滾龍寨的人，說那個叫吳晴的，四十七招就奪下張三平的劍，還削斷了他兩根手指頭，因為速度太快，我的人又功力不夠，所以連人家用的什麼手法也沒看清楚。」

蒼老聲音道：「張三平出身青城，一手松風劍法算得西南一帶劍客裡的高手，天下能在五十招內空手奪他劍的人不會超過二十個，屈彩鳳才能做到這點。我跟你說的事情，你查了沒有，來人跟天狼有沒有什麼關係？」

馬三立搖搖頭：「這事我也覺得很奇怪，那個名叫史梅的正使，話並不多，倒是副使吳晴一直得理不饒人，好像他才是正使一樣。」

蒼老聲音冷笑道：「剛才我收到消息，屈彩鳳人現在並不在天臺山，只怕這兩個使者中，有一個便是屈彩鳳所扮，至於另一個，哼，我料十有八九就是那個天狼了，也就是當年江湖上大大有名的李滄行。」

馬三立驚道：「什麼，天狼就是李滄行？這怎麼可能呢?!」

蒼老聲音道：「我剛接到這消息時，也吃了一驚，雲南這裡與中原相隔太遠，消息也來得慢，若不是我的朋友在第一時間飛信來報，我到現在都不知道這李滄行的身分呢。不過話說回來，他的身分一暴露，我對他為什麼如此仇恨魔教，倒是可以理解了。」

馬三立咬牙道：「這小子當年就打死過老魔頭向天行，這些年在錦衣衛裡更是不知道學了多少厲害功夫，連魔教都敗在了他的手下，如果是他親自前來，主人，我們可就麻煩了。」

蒼老聲音冷笑道：「哼，你不明白，這李滄行的底細，天底下沒有人比我更清楚了，必要的時候，我會出面跟他說明一切，也許他會成為我們做大事最好的助力呢。」

馬三立驚道：「主人，你說什麼，你準備親自出面見此人？」

蒼老聲音斷然道：「現在還不是時候，首先我還沒弄清楚這兩個人裡是不是有李滄行，但從你剛才說的話來判斷，那個什麼叫吳晴的副使處處喧賓奪主，句句都針對楊一龍，我看此人沒把自己當外人，如果我所料不錯的話，這個吳晴應該是屈彩鳳所扮，我這幾天會找機會試他一試。」

馬三立道：「過幾天我把這兩個人請到我們寨子裡，我可以安排手下跟他們比試，甚至親自上場，以我的功力，即使不敵，應該也能看出他們的武功路數來。」

蒼老聲音緩緩說道：「這事還容我再考慮考慮，那楊一龍為人衝動，性格浮躁，一旦他和沐王府的關係暴露，對我們不是什麼好事，我們的關係就要轉入地下，必要的時候，你就承認自己也投靠了沐王府。」

馬三立道：「這樣能行得通嗎？難道主人在沐王府也有人？」

蒼老聲音冷笑道：「我來此地幾十年，如果連沐王府裡都沒有安插進去眼線臥底，也不用活了。三立，事已至此，也不怕告訴你，我跟沐朝弼有合作關係，咱們是各取所需。」

馬三立驚道：「不是吧，主人，沐家世世代代想的都是那件事，跟我們的根本目標完全衝突啊。」

蒼老聲音哈哈一笑：「此一時，彼一時，世上沒有永遠的朋友，只有永遠的利益。由於李滄行的出現，我們又可以和沐家，還有他們背後的那些人成為朋友了。你放心，如果李滄行這回也來了，我一定能探出他的目的，到時候視情況看跟他是友是敵。」

馬三立小聲問道：「主人，那萬蠱門的事，是不是也要早作預防？」

李滄行聽到這裡，心猛的一沉，正可謂踏破鐵鞋無覓處，得來全不費功夫，自己千方百計想要找的萬蠱門，居然在馬三立和那個神秘主人的對話中露出了端倪，他連忙豎起耳朵，努力地聽起來。

蒼老聲音帶著幾分怒氣道：「三立，你是怎麼回事，不是早就告訴過你，此事絕不能提嗎？我們與萬蠱門的關係一旦暴露，那可會毀了我們的大事！」

馬三立連忙告饒道：「老奴該死，只是這回情況危急，所以老奴才會想到這一點，向主人進言。」

蒼老聲音冷冷地道：「你能想到的事，我還能想不到嘛？算了，既然你提到了，我不妨告訴你，在李滄行舉辦的南少林武林大會上，陸炳拿出了了取自紫光真人屍體中的金蠶，林鳳仙當年被金蠶蠱所害的事只怕也瞞不住了。」

馬三立倒吸一口冷氣：「啊，萬蠱門門主做事一向滴水不漏，從來沒有出過岔子，怎麼會……」

蒼老聲音不耐煩地打斷馬三立：「智者千慮，總有一失，再說以前的萬蠱門門主從來沒有什麼雄心壯志，只想苟且偷生，這位卻是野心勃勃，想要奪取天下，雖然他心機深沉，布勢多年，但不可能完全不留下蛛絲馬跡，我有預感，他那個計畫最終會搬起石頭砸了自己的腳。

「更糟的是，為了保住萬蠱門主的身分，他的手下打死了陸炳的女兒鳳舞，哼，想不到鳳舞居然是峨嵋的柳如煙，倒是大大出乎我意料之外。現在陸炳和李滄行一定會聯手探查萬蠱門主，我們的處境不妙啊。」

李滄行聽得咬牙切齒，打定主意，只等馬三立一走，自己便要潛入湖心精舍，不管用什麼手段，都要逼得此人開口，說出萬蠱門主的身分。

這時，馬三立的聲音再度響起：「主人，要不要我們給那萬蠱門主報個信，讓他先做好準備，切斷與外界的一切聯繫？」

蒼老聲音沉默了一會兒後道：「此事不急，那兩個人還在楊一龍的寨子裡待著，你要想方設法把他們往沐王府的方向引，這段時間我們暫停聯繫，等他們離開雲南，一切安全之後，再商議下一步的事，如果有緊急情況，我會讓玄羽去找你的。」

馬三立應了聲是，很快，他的身影就從竹舍中鑽了出來，沿著來路，飛快地從原路離開。

李滄行強忍著心中的激動，照剛才馬三立所走的方位，悄無聲息地落到精舍外，只見竹門關閉著，透過門中的縫隙，隱約可以看到兩道光線穿過，似是亮著燭火，李滄行悄悄地向前邁步。

靜，太靜了，站在門口，李滄行卻感覺不到屋中有任何活人的氣息，斬龍刀劈空而出，直接砍翻那兩道竹門，他的身形一飛沖天，以防可能從門裡射出暗器和雷火彈。

預料中的暗器沒有出現，也沒有絕世高手人劍合一，連環殺出的跡象，甚至感覺不到任何戰氣。李滄行覺得有些不對，他很確信，從馬三立走，到自己過湖，不過幾分鐘的時間，功力再高的人，也不可能在自己的眼皮底下逃掉，**這裡是個湖，難道這個神秘老人會以游泳的方式離開？**

李滄行迅速落到地面，只見小屋內空無一人，四周放滿了銅鏡，屋子正中央有一支銅製的管子通到地下。李滄行拔刀四顧，卻只在銅鏡裡看到自己的影子，而**每面銅鏡擺的角度都照向屋角一處罈子上，罈子上飄著詭異的青煙，竟是自己的影像。**

李滄行瞪大了眼睛，他從沒有見過如此奇妙的場景，青煙上的人，隨著鏡中自己的一舉一動不停地變化著姿勢。

剛才聽到的那個蒼老聲音響了起來：「想不到大名鼎鼎的李滄行親自光臨，寒舍可謂是蓬蓽生輝啊。」

李滄行聽得真切，聲音是從銅管裡傳出來的。老人說道：「李滄行，不用費事尋找了，這裡是老夫精心布置的一處鏡像之所，你的一舉一動，老夫都可以通過鏡中的影像照在罈子上，然後通過傳煙之法看得一清二楚，這根銅管，則從湖底直通老夫的所在，老夫是用傳聲之法和你說話的，你不必費力尋找，即使你找到，老夫也早已不在了。」

李滄行對著銅管厲聲道：「你是什麼人，那個萬蠱門主又是誰？只要你肯告訴我，我可以給你豐厚的回報！」

蒼老聲音笑道：「李滄行，我確實知道萬蠱門主的身分，這世上知道他真實身分的，也只有老夫一個人而已，很抱歉，老夫是不會告訴你的。」

李滄行雙目盡赤，吼道：「我現在就去找馬三立，查到你的身分，下次我見到你的時候，你不可能再這麼舒服地躲在哪個陰暗的角落裡，靠著這些奇技淫巧跟我說話！」

蒼老聲音哈哈一笑：「李滄行，雖然我沒有見過你，但聽說太多你的事情，只是實在是聞名不如見面啊，你的表現太讓我失望了，你不會傻到以為馬三立這樣的奴才，能知道我的身分，知道我的所在吧？你既然跟著他來到這裡，應該看到他是接到了我的飛鷹傳信後才知道到哪裡和我碰頭，只要我不出面，他根本不知道我在哪裡，又怎麼可能向你透露些什麼呢。」

李滄行微微一愣，轉而平復自己因為過於激動而有些混亂的腦袋，他收起刀，對著銅管說道：「那我們還是來談談合作的事吧。」

蒼老聲音有些意外：「李滄行，你何來的自信，老夫願意和你合作？」

李滄行胸有成竹地道：「如果你沒有跟我合作的想法，就不會出聲了，只會清理掉一切痕跡，斷絕跟馬三立的所有關係，這樣我永遠也不可能再找到你，對不對？」

蒼老聲音笑了起來：「不錯，看來你果然不是一介武夫，剛才是老夫小瞧了你，你若沒有這等智力，也不會在江湖上闖出這麼大的成就，看來你對這個萬蠱門主是志在必得啊。」

李滄行的聲音中掩飾不住他的激動與憤怒：「你應該很清楚我被這個萬蠱門主害得有多慘，殺父之仇，奪妻之恨，加上我這一生的悲慘命運，全都拜此人所賜，我每天晚上做夢都恨不得將其食肉寢皮，你如果肯幫我這個忙，叫我做什麼，我都願意。」

蒼老聲音「嘿嘿」一笑：「年輕人，不要太激動，你的事情我都知道，也深表同情，但在我看來，那萬蠱門主也是個可憐之人，他跟你一樣，年輕時身逢劇變，所以憤世嫉俗，只不過他選擇了向全天下復仇而已，而你便成了他可憐的復仇工具。」

李滄行忍不住吼了起來：「我是無辜的，為什麼要淪為他的道具？他要報仇，向害他的人復仇就好，為什麼要害我，還有那麼多無辜的人？」

蒼老聲音冷笑道：「李滄行，你應該很清楚你的身分，要怪，就怪你爹娘為什麼把你生在這個世上吧！」

李滄行渾身一震，失聲道：「你，你知道什麼？」

第三章

山中老人

蒼老聲音哈哈一笑：「凡夫俗子才會留戀人間的權勢，
而真正可以超脫世外的高人，追求的就是長生不老了。」
李滄行道：「還不知道如何稱呼閣下。」
蒼老聲音道：「你就稱我為山中老人吧，
咱們也許可以做個忘年交呢。」

蒼老聲音道：「好了，我們的桂王殿下，你不要以為你的身世只有黑袍一人知道，若不是你有個皇帝老子和蒙古娘親，那萬蠱門主又怎麼會選中你作為報仇的對象呢！」

李滄行腦子「轟」地一聲，質問道：「你究竟是什麼人，這些事又是從何知道的?!」

蒼老聲音道：「我知道的事比你想像的還要多，幾乎你所有的一切，我都瞭若指掌，包括你掉進劉裕墓中，得到了斬龍刀法；你北破白蓮教，東南撫倭寇，甚至三年來在塞外大漠暗中積蓄力量，大敗英雄門，趁勝直入中原，建幫立派，我都一清二楚，只是我還是低估了你的本事，沒想到你能打敗魔教和洞庭幫，甚至破壞了萬蠱門主多年來設下的那個局。」

李滄行狐疑道：「你對我的一舉一動如此熟悉，是不是那個內鬼告訴你的？」

蒼老聲音得意的大笑：「年輕人，你說反了，不是他告訴我，而是我告訴他的，萬蠱門主可不是黑袍，他沒有那麼大的勢力，沒有遍及大明兩京一十三省的眼線和手下，自然也不可能對外界的一舉一動都清清楚楚，這些事情還需要我來通知他，明白嗎？」

李滄行聽了道：「這麼說來，你跟這個萬蠱門主是一路人，這麼多年一直在幫著他對付我，還有我的朋友們，是吧？」

蒼老聲音道：「李滄行，我跟你沒什麼仇，也曾勸過萬蠱門主不要逼你逼得太狠，但他當時低估了你的本事，以為靠鳳舞就能把你騙得團團轉，我早就提醒過他，永遠不要把希望放在女人的身上，她們是感情的動物，再怎麼訓練，也不可能做到完全可靠的，鳳舞越愛你，就越可能背叛他，果不其然，鳳舞最後還是輸在了一個情字上。」

李滄行想到鳳舞之死，就是一陣心痛：「就算你跟這個萬蠱門主不是一路人，那為何又要幫助他做這些壞事？就算你只給他提供情報，也不可能沒有回報的吧。」

蒼老聲音平靜地道：「那就是我們兩人之間的秘密了，萬蠱門主有自己的計畫，我也有自己想要做的事，大的方向上不衝突，所以我可以跟他合作。」

李滄行不禁說道：「大事？又是要趁機起兵，奪取天下嗎？你既然知道黑袍的勢力比他大，為什麼不去跟黑袍做朋友呢？」

蒼老聲音冷笑道：「黑袍的野心太大，我可不會跟他一樣成天做著皇帝夢，而且就衝著他那個已經傳承了百餘年的建文帝一系，我們就不可能合作。」

李滄行道：「我不明白你的意思，勢力越大越強的朋友，越能幫上自己的忙，你剛才既然說自己並沒有奪取天下，自立為君的願望，為什麼不和這黑袍合作呢？」

蒼老聲音平靜地道：「你仔細想想，以黑袍的勢力，我跟他合作，最多只是錦上添花，幫不了他太多，而且他如果造反成功，登基為帝，像我這樣助他成事的人，就會成為他警惕和防備的對象，一如當年助成祖朱棣起兵的姚廣孝一樣。所以這種敗了就要滅族，成功了也要提心吊膽的日子，我可不想過。」

李滄行心中一動，連忙道：「這麼說來，**這個萬蠱門主的意圖並不是奪取天下了？**」

蒼老聲音哈哈一笑：「李滄行，你終於想明白了呀，凡夫俗子才會留戀人間的權勢，而**真正可以超脫世外的高人，追求的就是長生不老了**，就好比現在的嘉靖皇帝，如果真能獲得永生，他會毫不猶豫地用他的江山來換的。」

李滄行完全認同這個想法，道：「對了，說了這麼多，還不知道如何稱呼閣下。」

蒼老聲音道：「今天也算是你我的初遇，**你就稱我為山中老人吧**，咱們也許可以做個忘年交呢。」

李滄行心中暗想，等我查出這萬蠱門主的身分，連你這老賊的賬一塊算！嘴上卻道：「山中老人，這名字倒是有幾分意思，好，以後就這樣叫你了，前輩，你既然說那萬蠱門主追求的是永生，為何他又要設下如此陰謀，來害我們這麼多人呢？」

蒼老聲音哈哈一笑：「李滄行，你又會錯意了，不是那萬蠱門主要永生，而是我追求永生，這世間的榮華富貴，權勢美人，不過是過眼雲煙，老夫早已看透，**只有永久的生命，才是老夫所追求的**，當然，像你這樣緣分未盡之人，是不會瞭解的。」

李滄行靈光一閃道：「你的話倒是提醒了我，你跟萬蠱門主合作，大概是看中了他那個可以吸取絕頂高手內力的金蠶蠱吧。」

蒼老聲音頓了一下：「你，你是怎麼想到這點的？」

李滄行笑道：「既然你對人世間的權勢，甚至皇位都不感興趣，那萬蠱門主還有什麼能讓你付出這麼大代價幫他？想來想去，只有他那些可以吸取絕頂高手內力的金蠶蠱了，**這東西能讓你增加數十年的功力，也能助你修仙長生，對吧？**」

山中老人拍手讚道：「難怪陸炳和黑袍他們這麼看重你，萬蠱門主也在你身上費這麼大功夫。不錯，你說對了，**我要的就是那金蠶。**」

李滄行譏諷道：「只可惜那三隻金蠶，紫光師伯身上的那隻已經毀了，林鳳仙身上的那隻也被屈彩鳳隨著屍體一起焚化掉，看來你的投資要打水漂了。」

山中老人不為所動地說：「這事就不勞你費心了。李滄行，既然你知道萬蠱門主給了我什麼，那你說說，**你又能給我什麼東西，讓我願意出手幫你？**」

李滄行笑道：「你不是要長生嗎？我控制了東南，各種需要長生的海外仙丹，異國靈藥，以後只有我李滄行才能搞得到了。這點能夠讓你跟我合作嗎？」

山中老人冷冷地道：「李滄行，現在是大明朝，不是秦始皇的時代，以為海上有什麼仙山仙人，這才有徐福這種方士出海求長生不老藥的事，我大明早已多次下西洋，那裡沒什麼長生不老的丹藥，你若是想每年賺個幾百上千萬兩的銀子，或許還可以，但要說想助我找到長生不老的仙藥，那是不可能的。」

李滄行搖搖頭道：「前輩，西洋人既然可以造出火槍大炮這些東西，想必有不少藥材是我們中土沒有的，也許人家也有什麼可以取代金蠶的靈丹妙藥呢。」

山中老人想了想，道：「你說的也有幾分道理，好吧，這個可以勉強作為你和我保持某種合作的前提，但你想要知道萬蠱門主的身分，我是絕對不會告訴你的。」

李滄行咬牙道：「那你可不可以告訴我，他究竟想要做什麼，他的仇人是誰，為什麼要向我們報復？」

山中老人道：「李滄行，你旁敲側擊的本事不錯嘛，只不過你的問題我也不能回答，不然以你的聰明，很快就會知道這人是誰了，我只能提示你一點，**這個人是為情所困，家破人亡，妻離子散，跟你的悲劇有得比拼**，所以才會走上這條不歸路。倒是你，請你告訴我，你這回來雲南想做什麼？」

李滄行知道跟這個快修煉成精的老狐狸鬥智，不能全說真話，也不能全說假話，慢慢取得他的信任，然後想辦法套出更多自己想要知道的事才是王道，便道：「上次南少林的滅魔盟大會上，我知道了金蠶蠱的事，也知道了萬蠱門的存在，這個萬蠱門主即使不是害我多年的那個武當內鬼，也跟這個內鬼有極緊密的關係，所以我來雲南，就是想查出此人的下落。」

山中老人滿意地道：「很好，李滄行，只要你肯跟我說實話，你我之間進行這種情報交流是可以的。好，我問完了，你可以再問個新的問題。」

李滄行道：「**那個黑袍在江湖上的真實身分是什麼，他的龐大實力又在哪裡？**」

山中老人笑了起來：「李滄行，真有你的，居然能一下子轉到黑袍身上，怎麼，你對你的這位合作盟友，真的一無所知嗎？」

李滄行道：「我只知道此人想要起兵謀反，拉上我跟他一起奪取天下，至於他那張面具下的臉，還有他的手下，我一無所知。」

山中老人聽了道：「對黑袍，我的瞭解也不多，如果不是萬蠱門主在武當臥底時偶然發現，也不會知道你師父和黑袍的關係，我一開始以為他是嚴氏父子的人，後來才發現他背著嚴氏父子在暗地裡招兵買馬，圖謀不軌，只不過他的人多是販夫走卒，商賈掌櫃，平時是看不出來的。」

李滄行臉上閃過一絲失望：「那你知道的也不比我多啊，這個問題我是不是太虧了點？」

山中老人「嘿嘿」一笑：「既然如此，我就多告訴你一件事，黑袍這個人，你要當心，他不是你真正的盟友，據我所知，**楚天舒和展慕白也跟他搭上了關係，就是專門用來牽制你的棋子**。在南少林，展慕白屢次向你發難，就是受了黑袍的挑唆，明白了嗎？」

李滄行不信道：「黑袍怎麼會找上楚天舒和展慕白？他們怎麼會走到一起呢？」

山中老人道：「楚天舒乃是東廠首領，展慕白也是一派宗主，這兩個人對黑袍都有用，他們最大的仇家是魔教，其次是屈彩鳳，你雖然願意和楚展二人對付魔教，卻要死保屈彩鳳，為此還拒絕過楚天舒的招覽，所以當黑袍開出跟他們長期合作，先滅魔教，再殺屈彩鳳的條件時，他們怎麼可能拒絕呢？」

李滄行咬牙道：「可黑袍不是傻瓜，為了這兩個人來得罪我，值得嗎？」

山中老人道：「現在該我問你了，你既然問到黑袍，那我也問你黑袍的事情，我知道黑袍找你，一是看中了你的這個皇子血統，二來是你跟屈彩鳳的關係，十有八九可以得到太祖錦囊，但是黑袍也是建文帝的後人，有皇子的血統，就算你們真的可以聯手起事，推翻了現在的嘉靖皇帝，那位置也只有一個，你會成為他最大的敵人，那黑袍為什麼還要跟你合作呢？只是因為那太祖錦囊？」

李滄行其實也一直在想這個問題，自己究竟能給黑袍帶來什麼，沉吟道：「具體的原因我也不清楚，只是有一點，聽說只有純血才可以使用太祖錦囊和那個建文帝詔書，我想黑袍是不是血脈不夠純正，所以自己無法使用這兩樣東西呢？」

山中老人聽了說道：「很有可能，那我再問你一件事，這太祖錦囊中究竟寫了些什麼，為什麼得到這東西就可以奪取天下？」

李滄行道：「我的回答恐怕要讓你失望了，我從來沒有拿過這個太祖錦囊，裡面寫了些什麼，我一無所知。」

山中老人不信地道：「怎麼可能！你不知道太祖錦囊的內容，跟黑袍又如何能合作？再說了，就算你不知道錦囊內容，難道黑袍還不知道那詔書副本的內容嗎，他會不跟你說這個？」

李滄行回道：「前輩應該知道，我並沒有奪取天下之心，只有黑袍對這個感興趣，而且我也一向以為，憑著一個死了兩百年的開國皇帝留下的什麼遺詔就想取得天下，基本上是做夢，所以我沒答應黑袍取出錦囊、馬上起兵的提議，而是在東南徐圖發展，你覺得我要是知道了錦囊裡有什麼辦法能迅速奪得天下，還會用這一招嗎？」

山中老人長嘆一聲：「你確實比黑袍要務實許多，好吧，我問完了，你可以提新的問題了。」

李滄行雙目炯炯道：「**沐王府跟你是什麼關係？**」

山中老人顯然對這個問題有些意外，半天沒有說話，久久才道：「你為什麼想起來問這個？」

李滄行冷笑道：「如果晚輩所料不錯的話，這個萬蠱門自從大明開國後就潛伏了下來，所以，萬蠱門一直是和沐王府合作，只不過因為這一任的萬蠱門主，如你所說的那樣為報仇走上了絕路，這才跟你扯上了關係，對不對？」

山中老人半天說不出話來，久久才道：「李滄行，儘管我一直提醒自己不要低估你，但你還是一再地讓老夫刮目相看，不錯，你猜得完全正確，當年是沐王府的首任王爺沐英保下了萬蠱門，想要把他們收為己用，以控制和對付雲南的各路牛鬼蛇神，這麼多年來，萬蠱門得到沐王府的保護，一直也很恭順，直到現任的這個門主，因身逢劇變，這才走上復仇之路，**而我，是能幫他復仇的唯一一個人。**」

李滄行緊跟著問道：「那為什麼沐王府不幫他復仇？找老東家總比找你這個新朋友要來得靠譜吧。」

山中老人聲音透出一絲不屑：「沐王府？他們只想在雲南割據稱王，當他們的土皇帝罷了，對於天下大勢毫無興趣，他們是不可能為了這個萬蠱門主的復仇計畫，把自己沐家兩百年的榮華富貴給押上的。所以這個萬蠱門主，也只有找我合作了，我意在修仙，對人世間的事了無牽掛，而他能給我助我修仙長生的金蠶，所以我就幫他，就這麼簡單。」

李滄行推論道：「可要是你在修仙成功前，被這個萬蠱門主的瘋狂計畫給牽連上，那又怎麼辦？像你這樣的修仙者，這回見我來勢凶猛，猛追萬蠱門主的下落，所以才會使出這**嫁禍他人**的損招，把我往沐王府的方向去引，讓我以為沐王府跟萬蠱門才是一路人，這樣你只要斬斷跟萬蠱門主的聯繫，就能保得平安，對不對？」

山中老人哈哈一笑：「你果然聰明，一語中的！不錯，我就是這樣考慮的，不過，現在你知道了我的存在，也知道了我跟萬蠱門主的關係，我的計畫就失效了。」

李滄行點點頭：「好，換你問吧。」

山中老人道：「昨天那兩個使者留宿在滾龍寨，你卻到了這裡，想必你是以那兩個人為幌子，自己則尾隨於後暗中調查，是這樣吧？」

李滄行道：「正是如此。」

山中老人繼續說道：「我想知道的，就是那兩個人的身分！那個叫吳晴的副使，想必就是屈彩鳳吧，叫史梅的正使，難不成就是你那個朝思暮想的小師妹沐蘭湘？」

李滄行道：「前輩既然已經猜到了，又何必多問？」

山中老人笑道：「總是要確認一下嘛，不過，我若是你，就不會把這兩個女人帶來苗疆。」

李滄行怪道：「為什麼？我一個人不能分身行事，她們也想要查出事情的真相，這有什麼問題嗎？」

山中老人賣關子道：「有些事現在不方便多說，但總有一天，你會為這個決定後悔的。我想問的都問完了，咱們如果有機會再合作的話，以後再見面。」

李滄行急道：「你這樣就走了嗎？我覺得今天我很吃虧啊，我想知道的事，基本上你一條也沒有回答，倒是你從我這裡得到了不少情報。前輩，合作應該是雙方都拿出誠意來，不該這樣欺負後輩吧。」

山中老人狡滑地道：「李滄行，我如果把什麼都跟你說了，那就是在給自己挖墳，你別以為我不清楚你的心思，一旦你從我這裡套出萬蠱門主的底細，一定會把我視為報仇對象的，為了我老人家能多活幾年，不至於在成仙長生前就被你壞了大事，我還是保留一些的好。至於萬蠱門主更多的細節，要看你以後的表現，我再決定是否向你透露。」

「既然如此，以後我們怎麼聯繫呢？若是我想找你，是通過馬三立傳話嗎？」李滄行追問道。

山中老人「嘿嘿」笑道：「李滄行啊，我勸你不要浪費時間和精力在我身上，只要我不露破綻，你是不可能查到我的。你去好好地探查一番沐王府，我想會有一份驚喜的。好了，今天的對話到此為止，祝你好運，我認為有必要的時候，自會聯繫你的。」

銅管中再無聲音，李滄行嘆了口氣，轉身欲走，只聽到銅管中傳出一陣爆炸聲，然後一切歸於沉寂。他知道這是山中老人炸毀了那個密室，毀掉了所有的痕跡。

李滄行踱出湖中小屋，定了定神，向前方發足奔去。

入夜，沐蘭湘和屈彩鳳各自在床上和衣而眠，屋外巡夜寨丁的腳步聲和梆子聲清晰可聞，兩女閉著眼睛假裝入睡，卻是用傳音入密的方法在說著悄悄話。

「姐姐，師兄一天都沒有回來，你說他會不會出什麼事呀。」

「傻妹妹，你對滄行這點信心也沒有嗎？即使是蒙古大漠和倭寇的龍潭虎穴都讓他闖過來了，這小小的雲南還困得住他這條真龍嗎？別胡思亂想了，我們在這裡拖住姓楊的，給滄行爭取時間，這才是最好的辦法。」

沐蘭湘又道：「這兩天那楊一龍對我們可是殷勤備至，可是那個馬三立還有張三平卻見不到人了，這是怎麼回事啊？」

屈彩鳳若有所思地說：「這事確實透著一絲古怪，馬三立昨天晚上就離開寨子，滄行應該是追蹤他而去了，張三平卻是今天開始消失的，我想一定是昨天楊一龍和他說了什麼，才讓他連夜離開的。」

李滄行的聲音突然在二女耳邊響了起來：「楊一龍讓他連夜回沐王府報信了。」

沐蘭湘喜道：「大師兄，你回來了呀，你一天沒回來，真是急死我們了。」

屈彩鳳道：「事情還順利嗎？」

李滄行這回易容成一個寨兵，打著火把在屋子外巡守，沒有人注意到他在振動不已的胸腹。

「我有意外的發現，馬三立的後臺，是個神秘的老人，自稱山中老人，這個人認識萬蠱門主，跟他有合作關係。」

沐蘭湘密道：「大師兄，那你抓到這個山中老人沒有？」

李滄行搖搖頭：「沒有，這個人非常厲害，他並不是親自現身跟馬三立接頭，說話的地方是一間鏡屋，鏡子的反光在香爐上匯成人的圖像，不知此人用了什麼辦法，居然可以在別處看到這種圖像，真是不可思議。」

屈彩鳳和沐蘭湘不禁睜大了眼睛，屈彩鳳好奇問道：「那這人的說話聲又是怎麼讓你聽到的？」

李滄行密道：「那個山中老人透過一根銅管傳話，而且他和我說完話後，便把裝置炸毀，我不可能追到他的人。」

沐蘭湘大嘆：「此人的心智真是聞所未聞，大師兄，你和這個人聊了些什麼？」

李滄行道：「他說萬蠱門主身負血海深仇，想要報復，才走上這條路，也因此跟山中老人成了朋友，以前萬蠱門一直是和沐王府合作的。」

屈彩鳳聞言道：「那這個山中老人又何必來害我？」

李滄行道：「彩鳳，這就是我要問你的問題了，當年你師父的屍體最後是如何處理的？」

屈彩鳳不假思索地回道：「當然是下葬了，就在我們後山的山頭，跟我們巫山派戰死的兄弟姐妹們葬在一起，她老人家說過，死後也要看著巫山派平平安安的，怎麼了？」

李滄行道：「這麼說來，你師父屍體內的那隻金蠶蠱，很可能被萬蠱門主取出送給山中老人作為見面禮了！」

屈彩鳳杏眼圓睜，幾乎要跳起來，怒道：「怎麼可能！」

李滄行道：「彩鳳，這個山中老人追求的是長生不老，所以他只關心修仙問道之事，金蠶蠱可以吸食絕頂高手的內力與精華，所以他才和萬蠱門主合作。」

沐蘭湘也是幾乎要把銀牙咬碎：「這等喪盡天良的惡賊，大師兄，下次見到這個惡賊，一定要把他粉身碎骨。」

李滄行道：「師妹，只靠意氣用事是不行的，現在只能想辦法從他的嘴裡多套出一點情報，尤其是關於萬蠱門主的。」

屈彩鳳道：「山中老人既然是萬蠱門主的朋友，為什麼要出賣萬蠱門主呢？」

李滄行道：「山中老人在乎的只是修仙和長生，如果我能幫他，他當然求之不得。而且，金蠶蠱已經用掉兩個，剩下第三個不知道種在了何人身上，如果我是山中老人，也不會把希望全寄託在萬蠱門主一人身上的。」

沐蘭湘道：「大師兄，你真的要和這個山中老人合作嗎？」

李滄行冷笑道：「此等喪盡天良的惡賊，即使不考慮到紫光師伯和林前輩的事，讓我知道有人以此邪術修煉，我也必除之，又怎麼可能助紂為虐呢。只是現在我還需要想辦法取得他更進一步的信任，只要見了面，我自然有辦法逼他說實話。」

屈彩鳳點點頭：「接下來你準備怎麼做？」

李滄行道：「這個山中老人也知道黑袍的存在和他建文帝後人的身分，但他並不清楚太祖錦囊和建文帝詔書的內容，據我推測，他可能也有奪位的野心，如果修仙不成，那過過皇帝癮也是好的。而且他讓我去找沐王府打探情報，也許從沐王府現任當主，黔國公沐朝弼身上，就能查到現任萬蟲門主的身分。」

屈彩鳳忍不住問道：「滄行，我一直不太懂，為什麼沐王府號稱王府，當主卻只是個公爵呢？」

李滄行解釋道：「按大明祖制，異姓本是不能封王的，就是開國的大將徐達、常遇春，也只是封了公爵而已，但沐英的情況特殊，他是太祖皇帝的養子，而且又領軍作戰有功，更難得的是收復雲南，坐鎮邊關，可謂大明建國之初的定海神針，守邊重臣。所以沐英死後，太祖皇帝追封他為黔寧王，讓他的子孫世襲雲南鎮守，掌管雲南全省的軍隊，但是雲南這裡的人一般稱沐家的當主為沐王，很少稱沐公。」

「原來是這樣啊，嘻嘻，大師兄，我也姓沐，說不定跟這沐家是親戚呢。」沐蘭湘打趣道。

李滄行哈哈一笑：「這麼說來，天下姓朱的人都是皇親國戚了？師妹，攀親戚也沒這樣的吧。」

三人都笑了起來。

笑罷，李滄行道：「好了，現在事情基本上已經清楚，張三平是沐王府派來監視滾龍寨的人，接下來我們可以敲山震虎，先找出張三平和沐王府的聯繫，再逼沐王府的人跟我們攤牌見面，只要想辦法從沐朝弼身上打開突破口，萬蠱門主的身分就將暴露出來了。我已經有詳細計畫了，只需要你們配合我行事……」

清晨的滾龍寨。

一抹陽光從山頭上升起，守在沐蘭湘和屈彩鳳下榻屋外的幾十名寨兵，早已睡眼惺忪，打起了瞌睡。

自從兩位尊神來到滾龍寨後，這些寨兵們就被派來日夜輪值，名為保護，實際是不想讓兩位使者在寨中到處亂轉，看出什麼端倪罷了。

楊一龍帶著手下踱到這裡，張三平也跟在身邊，楊一龍這幾天的臉色比起兩人剛來的時候好了許多，張三平斷指處的傷口，已經基本上痊癒了。

楊一龍一來，幾個正在打瞌睡的寨兵馬上又變得精神起來，站得筆直，楊一龍「哼」了聲：「才十幾天就支持不住了嗎，萬一兩位尊使出了什麼意外，我看你們有多少個腦袋夠砍的！」

為首的寨兵頭目哭喪著臉道：「寨主啊，就這二位的本事，哪兒需要小的們保護啊，他們保護我們還差不多。」

楊一龍罵道：「混蛋，不是早就跟你們說過了嗎，盯好這二位尊使的一舉一動，有什麼異常，馬上向我報告！」

寨兵頭目搖頭道：「兩位都睡得很安穩，一點聲音也沒有。」

張三平怪道：「一點聲音也沒有？兩個大男人睡覺不打呼嚕的嗎？」

那寨兵頭目笑了笑：「張爺，您有所不知，這二位可是高人，我曾經偷偷地看過，他們晚上也只是在床上打坐吐息，都不用睡覺的。」

楊一龍嘆道：「怪不得這兩人的武功如此之高，原來連睡覺都是在練功啊。」

屈彩鳳的聲音冷冷地響起，「楊寨主，你可真夠好客的，不僅白天陪我們到處走，晚上還派人來看我們睡覺啊。」

楊一龍臉色一變，張三平則是抬起沒有給削掉手指頭的左手，對著那個寨兵頭目就是一耳光，喝罵道：「不長眼的東西，哪個讓你們偷看貴客了？是不是這雙招子不想要啦！」

寨兵頭目嚇得一下子跪到地上，連連磕頭求饒：「寨主，軍師，小的可不敢偷看，明明是……」

他本想說明明是寨主的命令，一抬頭看到楊一龍眼中的殺意，嚇得把到嘴邊的話又給吞了回去。

張三平左手一動，周身的戰氣一震，背上的寶劍脫鞘而出，橫在那寨兵頭目的脖頸上，問道：「說！明明是什麼？」

寨兵頭目重重地抽了自己一巴掌：「明明是我自己鬼迷心竅，想要看兩位尊使晚上練的什麼功，都怪小人有眼無珠，尊使在上，求您饒了小人一命吧。」

屈彩鳳這幾天也給這些偷窺狂搞得有些火大，若不是李滄行吩咐不要打草驚蛇，她早就廢了他一雙招子了，聽到這裡時，冷笑道：「還真是有眼無珠的奴才啊，害我差點誤會是楊寨主派你來監視我的呢。」

楊一龍眼中凶光一閃，飛起一腳，踢中這寨兵頭目的肩膀，他的身子往左側一歪，正好撞上鋒利的劍身，喉管和氣管連同半個脖子被切了開來，連哼都沒有哼出半聲便氣絕而亡。

屈彩鳳沒料到這楊一龍下手如此之狠，先是一愣，轉而怒道：「楊寨主，只憑一句話就要殺人，這也太狠了吧。」

張三平擦拭著劍身上的血跡，接腔道：「吳護法還請原諒，此賊先是偷窺尊使，驚擾了二位，又在這裡百般抵賴，企圖挑撥我們楊寨主和上使的關係，著實可恨，殺他也是按著山寨的規矩來的。」

屈彩鳳眼中閃過一絲冷厲的光芒：「山寨的規矩？山寨的規矩就是我和楊寨

主在這裡說話，需要你張軍師來插嘴嗎？」

張三平滿臉脹得通紅，又不敢發作，只好陪著笑臉，恭立在一邊，心裡卻不斷地問候起屈彩鳳的家人。

楊一龍見氣氛有些不對，打了個哈哈：「吳護法還請息怒，張軍師也是好意，也怪我一時衝動，所以才踢了他一腳，沒想到他脖子上還架著劍。唉，不管怎麼說，死都死了，後悔也是無用，請二位尊使看在我的面子，就放過張軍師這次吧。」

沐蘭湘微微一笑：「哦，楊寨主，剛才我本來還在想，是誰有這麼大的膽子，敢在楊寨主的寨子裡監視我們兩個總舵來的人，想趁著今天楊寨主在，把此人拿下訊問的，結果您這一腳結果了他，讓我們也不好問了。」

楊一龍臉色一變：「訊問？史護法的意思是？」

沐蘭湘的臉沉了下來：「依我看，此賊必是受人指使，想要窺探我們的情況，再向他身後的主子報告，若非如此，就這種寨中的小頭目，給他幾個膽子，也不可能每天出於好奇心都在窗外偷窺我們，是吧，楊寨主。」

楊一龍一拍額頭：「啊呀，我怎麼就沒想到這一層呢，都怪我一時衝動，竟然打死了他，唉，這下可如何是好！」

沐蘭湘譏刺道：「楊寨主，你和張軍師的配合可真是默契啊，一個架劍，一個出腿，這究竟哪個是有心，哪個是無意的呢？」

張三平再也忍不住了，抬起頭道：「二位尊使，如果你們懷疑楊寨主和小人，可以直接說出來，不用這樣拐彎抹角的。」

沐蘭湘冷笑道：「張軍師，你還是忍不住出聲了，我看這裡你才是寨主，楊寨主，你這滾龍寨到底是姓楊還是姓張？」

楊一龍的臉漸漸變紅，扭頭對張三平叱道：「三平，這裡沒有你說話的份，還不退下！」又轉向沐蘭湘，替他求情道：「史護法，張軍師說話有些衝，他這人就是這樣，還請您多包涵。」

屈彩鳳哼聲道：「包涵？楊寨主，你這寨子裡還有沒有規矩了？一個屬下在上使面前這樣囂張跋扈，眼裡還有沒有你這個寨主，還有沒有我們天臺幫的規矩？」

楊一龍咬咬牙，不得已一巴掌打上張三平的臉，一聲脆響，張三平的臉腫得比剛才的那寨兵頭目還要高上了幾分。

張三平另一隻耳朵裡卻傳來了楊一龍的怒吼聲：「來人，給我把這小子押下去關起來，三天不許吃飯！」

幾個寨兵正要上前，卻聽屈彩鳳道：「楊寨主且慢，有些事我們還想問問此人，若是你現在就把人給押走了，我們可就啥也問不出啦。」

楊一龍心中暗叫糟糕，今天這兩人看來是不懷好意，只好故作鎮定道：「二位上使有什麼想要問的，請隨便問吧。」

屈彩鳳冷冷地說道：「這位張軍師，前些天一直不見蹤影，如果我記得不錯的話，昨天才重新出現。是這樣的吧。」

張三平捂著自己的半邊臉，卻不敢再有半分的狂妄之色，恭聲說道：「小的前些天因斷了兩根手指，在屋中靜養，這兩天感覺好了些，才出來陪上使的。」

屈彩鳳質問道：「真是這樣嗎？張軍師，你說這些值守的人都是你這個大總管安排的，那就是說，這個偷聽我們說話，每晚偷看我們的傢伙，也是你一手安排的嘍？」

張三平眉毛挑了挑：「不錯，是小人安排的，此人姓鄧名二通，算是精明能幹，小人正是看中他這一點才命他帶人值守的，沒想到此人竟然偷看上使，真是死有餘辜。」

屈彩鳳臉色一沉：「張總管，這事只怕沒這麼簡單吧，你見事情暴露，就把劍架上人脖子，雖然最後是楊寨主一時衝動出了腳，可此人卻是死在你的劍下，你說這是不是有些太巧了點呢？」

張三平厲聲道：「吳護法，你的意思是懷疑此人的監視偷窺之舉，是在下指使的嗎？」

屈彩鳳眉毛一挑：「張總管，種種跡象都證明了這一點啊，你被我斷指在先，趕出議事廳在後，有充分的理由和動機指派親信來監視我們吧。」

張三平不滿地道：「這一切只是吳護法的推測，沒有任何真憑實據，僅憑臆測來處罰在下，在下實難心服！」

屈彩鳳反駁道：「那我想請問張總管，你在我們來的當天晚上，悄悄地下了山，然後十幾天都不見人影，一直到前天夜裡才回來，這又要作何解釋呢？」

張三平臉色一下變得慘白，吞了泡口水，強辯道：「吳護法，你只怕是弄錯了吧，在下可一直是在寨中的，這些兄弟們都可以作證。」

一邊的幾個寨兵連忙七嘴八舌地說道這幾天張三平一直待在寨子裡，從來沒有離開過，只不過白天的時候很少出來云云。

沐蘭湘轉向楊一龍，道：「楊寨主，你敢保證張總管這些天都在寨子裡嗎？」

楊一龍只覺背上一陣發冷，咬咬牙，作出一個決定：「這個嘛，我這些天一直忙著陪二位尊使，並沒有時間去看望張總管。」

張三平聽了臉色大變，那幾個幫他作證的寨兵一個個也收住了嘴，悄悄地向後退了幾步。

沐蘭湘的笑容更加燦爛了：「這麼說，楊寨主也沒有看到張總管這些天在寨子裡嘍？」

楊一龍深吸一口氣：「我是沒有看到過，但這並不代表張總管就不在啊，我只是說，我這些天沒空去探望張總管而已。」

沐蘭湘聲音抬高了幾度：「楊寨主，你這個解釋不太能讓人信服啊，張總管可是你的軍師，他被我們削斷手指還不忘安排對我們的接待事宜，難道你作為寨主就對這些事不聞不問？退一萬步說，就算你白天陪我們，晚上總不用陪吧，又有什麼理由十幾天都不去看望一下受傷的張總管呢？就算是商量一下我們的行程和警衛之事，也該碰個頭吧。」

楊一龍擦了擦額頭上的汗，道：「這個，是我的疏忽了，張總管辦事我一向放心，所以我沒有過問，至於晚上我沒有去看張總管，是因為上次張總管得罪了二位尊使，我怕去見張總管會讓二位尊使不高興，所以才沒去。」

屈彩鳳諷刺道：「好個一向放心啊，如果這個人不是偷窺，而是下毒，或者趁我們熟睡的時候行刺，請問楊寨主，這個責任又要由誰來負呢？」

張三平突然開口道：「好了，不用再這樣得理不饒人了，二位是高人，我們這點小把戲自然瞞不過二位的火眼金睛，乾脆打開天窗說亮話吧。楊寨主，你也太不講義氣了，莫怪姓張的不講面子。」

楊一龍面如死灰，抗聲道：「張總管，你什麼意思啊，你辦事不利，所派非人，冒犯了二位尊使，不去反省自己的失誤，卻說這種話，成何體統?!我看你不只是傷了手指頭，連腦子都出問題了！來人，給我把張總管架回去，好好反省！」

屈彩鳳阻止道：「別急啊，楊寨主，張總管既然有話要說，總得讓他說出來嘛，說完了你再處罰不遲。」她扭頭轉向了張三平，「張總管，有什麼話就說吧，今天我們在此，沒有人能讓你閉嘴的！」

張三平把心一橫，梗著脖子道：「我可不是什麼滾龍寨的軍師或者總管，**我真實的身分是沐王府的執事。**」

楊一龍立即像洩了氣的皮球，向後退了兩步。

屈彩鳳瞟了他一眼，「哦」了聲道：「原來是沐王府的執事啊，失敬失敬，只是我們乃是綠林山寨，你作為官府中人，打進這綠林山寨裡，又隱瞞身分，意欲為何？」

張三平哈哈一笑：「打入滾龍寨？你們也太高看這寨子了，在我們沐王爺眼裡，這就是個土匪窩，上回沐王調集重兵圍剿，本可將這寨子一舉鏟平，但念在上天有好生之德，楊寨主也親至軍營表示降服，王爺這才放他一馬，因而特派我以軍師和總管之名坐鎮監視，明白了嗎？」

「呵呵，原來是這麼回事，這麼說來，這些寨兵也都不是苗人，而是你的手下了？」屈彩鳳的笑容更加燦爛了。

張三平點點頭：「不錯，是我從沐王府帶來的，你們兩個，最好回去帶話給屈彩鳳，滾龍寨已經歸降我們沐王府，跟你們天臺幫再無半點關係，以後也不會再奉羅剎令的指揮了。」

屈彩鳳目光落在張三平纏著綳帶的手上，故作驚訝地道：「哎呀，既然如此，我一時失手傷了張爺，這可怎麼是好呢？我怕死沐王府了，你們不會砍我幾根手指頭以作報復吧？」

這張三平出自青城派，青城派一向在川中亦正亦邪，門下弟子也多是眼高於頂、狂妄自大之輩，而且往往極為記仇，當年曾有出身青城的劍術高手因為比劍輸給了使天蠶劍法的展霸圖，一直耿耿於懷，鬱鬱寡歡而死，臨死前還傳下遺命，要青城弟子以後設法偷取天蠶劍法的劍譜，以為自己報仇，而展慕白全家被滅門的橫禍，也是因此事而來，因此青城派的門人弟子，即使是正道俠士也往往避之唯恐不及。

只是惡人自有惡人磨，當年屈彩鳳手下的巫山派勢力極盛之時，也曾深入四川，與峨嵋派和唐門交戰，青城派一看有機可乘，便派出大批弟子企圖攻擊剛被巫山派搶下的幾個原唐門分舵，於是雙方結怨，屈彩鳳曾親自帶隊，將青城派從掌門木松子到一代弟子的兩百餘名高手在一夜之間全部擊斃，青城派從此一蹶不振，名存實亡。

那時張三平正好有事外出，不在派中，這才躲過一劫，所以在他的內心深處，對巫山派是又恨又怕，也正因為這原因，沐朝弼才刻意派了這個跟巫山派有大仇的人來滾龍寨充當眼線和監視者，避免滾龍寨和巫山派總舵間再藕斷絲連。

若是換成幾年前，張三平是絕對不敢在屈彩鳳的使者面前這樣大呼小叫擺威風的，只是這幾年下來，他在滾龍寨中作威作福慣了，一時忘了自己的斤兩，再就是認定這兩個使者不敢在楊一龍的寨子裡拿自己怎麼樣，屈彩鳳畢竟新出江湖，勢力遠不如以前，在雲南之地也難敵沐王府，有這個後臺撐腰，讓他膽氣十足起來。

張三平聽屈彩鳳這樣說話，哈哈一笑，還以為屈彩鳳真的怕了他：「哼，原來巫山派也有怕的時候，回去告訴屈彩鳳，叫她別再打這裡的主意了，還有，你前些天斷我兩根手指，識相的就留下三根來，不然……」

張三平話音未落，只覺得眼前一花，還沒看清對手的招數，右手手腕處便是一涼，轉而劇痛起來，定睛一看，只見一隻斷手落在地上，自己的右手已經齊腕而斷，鮮血正從斷腕處噴湧而出。

張三平又驚又痛，本能地想要反抗，劍鞘中的長劍被他內力一震，飛到他的左手上，卻見面前的「吳晴」忽然周身騰起一陣紅氣，衣服爆裂開來，化為片片飛絮。

一陣煙霧消散之後，便見一個身著紅衣，霜髮如雪，面目美如天仙的女子，雙手持著一對鑌鐵雪花刀，右手的長刀正指向自己的咽喉不到三寸的地方。

張三平嚇得魂都沒了，聲音發著抖道：「你，你是屈，屈彩鳳！不可能，這不可能！」

屈彩鳳臉上掛著燦爛的笑容：「張三平，怎麼不可能呢？當年讓你逃得一命，這下子連本帶利收回來也不為過，青城派兩百一十七人都死在我們手上，你正好去陪你的同門師叔師兄弟們，豈不是很好？」

張三平臉如白紙，一陣頭暈目眩，左手長劍再也拿不住，落到了地上，膝蓋一軟，人也跪倒在地，暈了過去。

兩個寨兵連忙上前扶起他，將他的斷腕處包紮起來，又餵他吃下兩顆丹藥，在他背上的穴道推血過宮，如是良久，才悠悠地醒轉過來。

楊一龍被屈彩鳳的雷霆手段震得無話可說，動都不敢動一下。

此時就見站在屈彩鳳身邊的「史梅」，不知道什麼時候變成了一個身材高挑，清新脫俗，如仙子般的道姑，雲鬢高聳，肌膚勝雪，正似笑非笑地看著自己。

楊一龍本想說些什麼，可是一想到屈彩鳳剛才瞬間斷人手腕，連眼皮也不眨一下的那股狠辣勁，只覺得背上汗毛直豎，再也說不出一句話來。

只聽屈彩鳳冷冷說道：「張三平，你知道自己是在和誰說話嗎？」

張三平有氣無力地回道：「我知道你是屈寨主，小人有眼無珠，不識你老人家尊容，實在該死。」

屈彩鳳聲音如珠落玉盤般動聽，可在此時在張三平耳中，每個字都像是催命的喪鐘。

「張三平，別說沐王府，就是皇帝老子，老娘也不放在眼裡，若是你敢有半句虛言，就等著你的主子來收屍吧。」

張三平唯唯諾諾地道：「小的絕不敢有半句虛言，屈寨主儘管問。」

屈彩鳳冷笑道：「你來這滾龍寨多久了？」

張三平忙道：「小的來此三年七個月了，自沐王爺帶兵攻打滾龍寨，楊寨主舉寨投降後，沐王爺便派小人在這裡監視。」

屈彩鳳又問：「平日你是如何跟沐王府聯繫的？」

張三平回道：「每個月會有一趟沐王府的商隊經過這裡往西藏去，又有一趟從藏地回來的商隊去沐王府，我便借這兩個商隊的人給沐王爺傳信，此外，遇有緊急情況，也會飛鴿傳書。」

屈彩鳳點點頭：「那這回你為什麼要親自下山去沐王府？」

張三平咬牙道：「這是楊一龍的意思，他說這次上面派了兩個厲害的使者來，顯然來者不善，要我親自向沐王爺彙報此事，當面問到應對之法，我覺得有道理，本來我擔心我離開這寨子，會被你們察覺，可楊一龍說你們討厭我，不想見到我，加上我斷了手指，正好可以說是閉門修養，於是就讓我下了山。」

屈彩鳳微微一笑，扭頭看向楊一龍，道：「楊寨主，是這麼回事嗎？」

楊一龍心知再抵賴也沒用，咬牙承認道：「不錯，就是這麼回事，不過讓他下山的主意，是馬三立出的。」

「難怪這麼多天沒見馬寨主，他也跟你們一樣，臣服於沐王府嗎？」

張三平搶著答道：「不，扣虎塘沒有被沐王爺出兵攻擊，所以沒有和我們達成這種協議，據小的所知，沐王爺並沒有在扣虎塘放人監視。」

屈彩鳳狐疑道：「這就怪了，不投降的扣虎塘反而沒有被沐王府攻打，難道他的靠山比沐王府還要強，讓他們不敢有所行動嗎？」

張三平嘆了口氣：「小的曾經問過沐王爺，可他卻讓我不許再問此事，依小的看，一定是扣虎塘的後臺強過沐王府，或者是私下跟王爺有什麼約定才會如此。」

屈彩鳳又道：「殺人越貨的點子，究竟是誰出的？」

第四章

暗影殺機

眾人眼前一花，一陣凌厲的刀氣把竹牆砍得四分五裂，
屈彩鳳白髮飄飄，紅衣如血，
手提兩把雪花鑌鐵刀，站在這七八個苗人的面前，
冷聲道：「是誰想暗箭傷人的？」
眾人不約而同地指向剛才出損招的那個骨頭。

張三平撇清道：「屈寨主，你可要明察啊，這種事早在我來滾龍寨前，他們就一直在做了，只不過以前是假扮盜賊，到幾十里外的茶馬古道上打劫，後來巫山派總舵覆滅後，他們就放開膽子，公然在這裡攔路搶劫了，只要有敢反抗的，或者交錢動作慢了點的，就直接動手殺人。」

屈彩鳳眼神變得異常凌厲，猛的一回頭，刺得楊一龍心裡直哆嗦，幾乎站立不穩。

「楊一龍，張三平所言可屬實？」

楊一龍面如死灰，坦承不諱：「也罷，事已至此，我姓楊的也沒什麼好說的，不錯，這幾十年來，我們滾龍寨和扣虎塘兩家寨子，都是做這種沒本錢的買賣，以前依附你們巫山派時，我們還只能偷偷摸摸的，這幾年日子不好過，我們也不再管什麼綠林規矩，不然總不能讓全寨的兄弟們喝西北風吧！」

屈彩鳳眼中殺機一現：「這幾年的事我先不提，就是前面那些年，你爹沒死的時候，你們不殺人就過不下去了嗎？盜亦有道的道理你們不懂？」

楊一龍突然吼了起來：「屈彩鳳，你不用跟我說這些沒用的，你巫山派靠了那個太祖錦囊，權大財多，官府也不敢動你們，只靠收來往商隊的過路費和各分寨的份子錢就能過得很好，可我們地處苗疆，本就極為窮困，若不是有這茶馬古道，根本活不下去，總舵在的時候，也只會每年讓我們上交份子錢，卻從不幫助我們對付沐王府，在雲南地界上，沐王府，魔教，我們都得打點，那時候你們的人在哪裡?!」

屈彩鳳咬牙切齒地道：「這些事，你們為什麼從來不跟我提？」

楊一龍哈哈大笑：「跟你提？提什麼？你們總舵自然是衣食無憂，不僅可以養活自己，還能養著幾萬老弱婦孺，對各地的分寨，又要我們遵守那些狗屁規矩，又要我們每年出份子錢，你們跟伏魔盟打打殺殺，還要我們出人助戰。真當各地的寨子跟你們一樣，錢能從天上掉下來？

「屈彩鳳，實話告訴你吧，我爹和馬三立之所以對你師父林鳳仙那麼恭順，不是因為她救過我們，而是她手裡有那個讓皇帝也忌憚三分的太祖錦囊，有了這東西，沐王府便不敢拿我們怎麼樣，所以別以為我們出人出力去幫總舵的忙，是真的對你們有多忠心，無非就是不想總舵倒了，我們在這裡沒得混。」

屈彩鳳聞言道：「你倒是很乾脆，這些話為什麼早不對我們師徒說？如果你們有困難，我們可以減免你們的份子錢，甚至給你們補助。」

楊一龍冷冷回道：「我們一家不交份子錢，你還能讓家家不交嗎？如果各分寨都不交，那你們還怎麼維持你總舵這幾萬人的生計？屈彩鳳，從一開始你和你師父就沒弄清楚一件事，我們綠林人士就是不想守那些規矩才會上山落草，若是個個仁善為本，那當順民好了，何必要上山為匪呢？**你們要我們這個不搶，那個不殺的，就像讓狼盯著羊不讓吃，這可能嗎？**」

屈彩鳳的腦子變得很是混亂，她做夢也沒有想到自己和師父堅守了一輩子的理念，竟然會是一個虛無縹緲的夢，就像一個美麗的肥皂泡，被殘酷的現實擊得粉碎。

屈彩鳳崩潰地搖著頭：「不，我不信，楊一龍，我每年都派人明察暗訪，巫山派下屬的分寨沒有人像你們這樣殺人越貨，你騙人，你一定是騙人！」

楊一龍狂笑道：「屈彩鳳，你貌似精明，其實根本不懂人情世故，即使你每年來明察暗訪，各家山寨有的是辦法應付，像我們就是遠赴幾百里外蒙面做案，得手後再運回山寨，別的山寨也是各有高招，有的還會收買鏢局，殺人分贓，各種手段多了去了，只要不在自己的地界上犯事，你那些巡察使者又怎能看得出來？實話告訴你吧，**每年能向你們交出份子錢的山寨，沒一個會守你們這些規矩的**，按你說的每趟抽成才能得百分之二，我們大家都得餓死，走一趟鏢的錢都不止這些了。」

屈彩鳳的身子晃了晃，沐蘭湘連忙上前扶住她。

「那你們為什麼現在敢這樣公然搶劫殺人？就是因為總舵不在了，沒人管得了你們了嗎？」屈彩鳳逼問道。

「不錯，連沐王府都默認這種事，沒來管我們，只要我們交夠孝敬錢，就可以為所欲為，這茶馬古道上的利潤極大，走一趟就能賺個三四倍，只要有商隊上路，沐王府的人便會通知我們，我們也不會隊隊都搶，總會讓幾隊僥倖通過，不然要是隊隊都不得過，沒人走這條路，或者全都去交了沐王府的保護費，掛起他們的旗號，那我們可就什麼錢都收不到了。屈彩鳳，這才是我們這些下面山寨的生存之道，你懂麼?!」楊一龍毫不掩飾地道。

屈彩鳳恨聲道：「**好個生存之道，殺人越貨也有道理了?!**按你的說法，財物搶了就搶了，為什麼要殺人？」

楊一龍冷笑道：「有些商隊想要避開我們滾龍寨，不惜翻山走小路，對這種想占便宜的，那就讓他全隊都拋屍荒野，走大路識相的話，貨留下，人可以保一命，走小路嘛，嘿嘿，就別怪爺爺我心狠手辣了！」

屈彩鳳逼問道：「楊一龍，你老實說，這些年，你殺了多少過往的客商？」

楊一龍勾了勾嘴角：「幾十個商隊吧，具體多少人我哪記得，每個月都要宰一兩頓這樣的肥羊，加起來總有個四五百人吧，怎麼，屈彩鳳，你是不是想為了這些人向我報仇啊。」

屈彩鳳眼中殺機一現：「難道你不該死嗎？」她的周身開始騰起淡淡的紅氣，眼珠子也微微發綠。

楊一龍不自覺地向後退了幾步，沉聲道：「屈彩鳳，你是綠林宗主，得講道義，我滾龍寨對得起你們巫山派，我爹和幾百弟兄為了你們總舵戰死，你今天卻要為那些不相干的商賈來取我性命，你不配再當綠林霸主！」

沐蘭湘突然擋在屈彩鳳的面前，道：「屈姐姐，你不要動手，斬殺這些惡賊，本就是我們正道武林該做的，此事就由小妹代勞吧。」

屈彩鳳本待拒絕，卻聽到沐蘭湘用傳音入密的方式說道：「姐姐，這廝說得有幾分歪理，你畢竟是綠林的盟主，不管這傢伙有多作惡，你親手殺他，總會讓一些弟兄們寒心，現在你重建天臺幫，需要人心團結，若是有人拿此事作文章，可能會誤了你正事的。不如讓小妹來，一定會讓此人受到懲罰的。」

屈彩鳳卻道：「妹妹，我要親自清理門戶，師父訂定的規矩，如果我不能親手維護的話，即使恢復到往日的規模，又有何用？這事我不知道就算了，既然知道，就絕不能放過。如果各分寨真是像此人說的那樣，明裡遵守我們的號令，暗中卻是無惡不做，那這個巫山派不建也罷。」

沐蘭湘嘆了口氣，正準備再勸，李滄行的聲音響了起來：「彩鳳，師妹說得對，殺一個楊一龍不算什麼，但若是敵人拿此事用來挑撥離間，那些真正忠於你的那些兄弟們也有可能會失望而去，千萬不要上了這廝的當，不可能所有的分寨都跟他一樣的。」

屈彩鳳心中一番計較，終於咬咬牙，將兩把鑌鐵雪花刀收入背後的雙鞘之中，眼中泛起的綠色也漸漸消散，恢復成正常的烏黑瞳色。

沐蘭湘轉過身，粉面彷彿凝了一層寒霜，道：「楊一龍，你可知道我是誰？」

楊一龍微微一愣，道：「你？你是誰？我不認識你。」

沐蘭湘柳眉一豎：「我乃武當派妙法長老，『兩儀仙子』沐蘭湘。」

沐蘭湘在江湖上成名多年，兩儀劍法獨步江湖，手下不知斬殺過多少邪魔歪道，楊一龍腦袋「轟」地一聲，心中暗自叫苦不迭。

「原來是武當派的沐女俠，剛才多謝你出聲相助，不知道有何高見，在下洗耳恭聽。」

沐蘭湘輕啟朱脣，眼中卻是殺機盡顯：「楊一龍，我勸屈姐姐不要殺你，不是為了要留你一命，而是不想讓她中了你的奸計，給人栽贓什麼盟主殺手下的罪名，你說得不錯，綠林強盜就是專門搶劫殺人的，不然也不叫強盜，但你忘了，

除了綠林，還有正道，天下正派的俠士提三尺劍，就是為了伸張正義，斬妖除魔！屈姐姐不殺你，我卻要取你這項上人頭！」

楊一龍臉色大變，手裡緊緊抓住五股托天鋼叉的叉身，驚道：「沐蘭湘，我跟你無怨無仇，你為何要殺我？」

沐蘭湘眼中殺意越來越濃，七星兩儀劍飛鞘而出，擺開兩儀劍法的起手式「**兩儀迎客**」，嘴上說道：「無怨無仇？你殺害那些無辜的商人時，他們跟你有什麼仇恨？」

楊一龍咬牙切齒道：「哼，我們是占山為王的豪強，我們是狼，他們就是羊，羊天生就是給狼吃的，不交買路錢，想走小路避開我們，不下點狠手，這些奸商個個效仿，那我們還混個屁啊。」

沐蘭湘道：「**你若是狼，那我就是專門斬虎屠狼的獵手**，人間自有公義在，官府不管你們，我管你！受死吧！」

楊一龍叫道：「等一下！屈彩鳳，你是我們的總瓢把子，總不能看著我們被這些正道俠客給殺了吧。」

屈彩鳳拂了拂散亂的秀髮：「你不是說早已改投沐王府，不認我們天臺幫，也不再是我們的屬下了嘛，既然如此，我跟你最多也只能算是綠林同道，像你這樣敗壞綠林規矩，殺人越貨的惡賊，我沒出手取你性命已經算是客氣的了，哪會管你死活，你就自求多福吧！」

楊一龍轉頭對張三平吼道：「姓張的，沐王府對我的保護呢！」

張三平臉上掛著苦笑，「楊寨主，你看看我連自己都護不住了，哪還能管得了你？沐王府只是說不派兵來剿滅你，可從來沒說過會保護你不被人殺啊。你們江湖的事，還是你們自己解決吧。」

楊一龍臉上肌肉跳動著，怒吼道：「弟兄們，這可是咱們的寨子，怎麼能讓外人這麼輕易地在寨中稱王？不怕死的，全都給我上啊！」

二三十個忠於楊一龍的苗人親兵抽出了傢伙，作勢欲往上撲，屈彩鳳厲聲道：「今天之事，只誅元凶楊一龍一人，其他脅從全都不問，想活命的，扔下兵器，站在一邊，不然到時候別怪我手中的刀劍不認人！」

屈彩鳳滿頭白髮無風自起，周身暴出一陣紅氣，圍繞著她身體的氣流開始扭曲起來。

這幾天屈彩鳳的武功早已折服這些寨中的苗人，巫山派之主的赫赫聲名更是早就讓這些苗人視為天神，聽到這話，哪還有人敢反抗，紛紛扔下兵器作鳥獸散，除了扶著張三平的那幾個寨兵以外，就只剩下屈彩鳳，沐蘭湘和楊一龍三人。

楊一龍知道今天再無活路，狂吼一聲，五股托天叉繞著腰轉出一陣罡風，飛沙走石般帶起一團黑氣，向沐蘭湘的胸腹橫掃過來。

屈彩鳳的武功他見過，但沐蘭湘沒有出過手，楊一龍心中存了三分僥倖，心想自己神力過人，所謂一力降十會，靠著這桿五股托天叉，沒準能擊倒沐蘭湘，只要自己出手傷得一人，到時候再叫手下圍攻屈彩鳳，還有一線生機。

沐蘭湘眼中閃過一絲譏笑，唇齒吐出幾個字：「不自量力！」手中兩儀七星劍猛的一轉，拉出三個光圈，藍色的光圈圈住五股托天叉帶出的強勁黑氣，那道黑氣被三道藍色的光圈套住龍頭，竟然像是被捆繩索捆住的黑龍，任它多番掙扎，也無法動上一動。

黑龍的龍頭就是五股托天叉的叉頭，楊一龍心想武當的劍法講究後發制人，如果不在一開始占得上風，那後面自己氣力衰竭，只會越打越被動。沐蘭湘就利用了他這種急於求成的心理，算準了他進攻的方向，一招兩儀化生，抖出三個劍圈，卸掉五股托天叉上的來勢。

楊一龍胳膊和胸口的肌肉不停地隆起，青筋直冒，臉紅得像是要滴出血來，饒是他這樣使出了吃奶的力氣，仍然不能把鋼叉向後拖動哪怕是半分。

那些在開戰前四散逃開的苗人們，紛紛從樹頂或者是高腳屋的窗口裡探出頭來。

這些雲南的蠻夷之人很少見到真正的高手對絕，以往只覺得寨裡這位憑著手中一杆五股托天叉就斬虎屠豹的寨主，已經是天下無敵的英雄了，沒想到今天這個美貌道姑，居然像是施了魔法一般，把楊一龍的千斤巨叉生生地定在空中。

一處高腳屋內，幾個楊一龍的親衛們在小聲議論著：

「聽說這些中原的漢人會什麼妖術，可以呼風喚雨，你看那道姑，周身的空氣好像都在扭曲，還會冒那天藍色的氣來，這一定是妖法！」

「是的，一定是這樣！康包，還是你聰明，這都給你看出來了。」

「看出來頂個屁用啊，骨頭，那你說怎麼辦？有什麼辦法才能救大寨主。」

「咱們打不過，但咱有毒弩箭啊，就是猛虎，中了咱的毒箭也很快就死了，趁著他們正在交手，咱們去射死這個道姑，然後大家一起上，跟著大寨主一起弄死姓屈的婆娘。」

骨頭的話音未落，突然眾人只覺眼前一花，一陣凌厲的刀氣把竹牆砍得四分五裂，屈彩鳳白髮飄飄，紅衣如血，手提兩把雪花鑌鐵刀，站在這幾個苗人的面前，冷聲道：「是誰想暗箭傷人的？」

眾人不約而同地指向剛才出損招的那個骨頭，此人渾身上下都充滿紋身，賊眉鼠眼，一看就絕非善類。

他顧不得周圍這幫人對自己的背叛，怪叫一聲，手腕一翻，抖出一把閃著藍光的淬毒匕首，整個人凌空向屈彩鳳撲去。

屈彩鳳也不囉嗦，兩把雪花鑌鐵刀帶起一陣刀風，骨頭的身子還沒近屈彩鳳身邊三尺之處，最前面的那支匕首連同他握著匕首的手就被生生削斷，落到了地上，緊接著兩道如狼爪般的刀風迅速地掠過他的脖頸處，讓他來不及叫出聲，一顆腦袋就被生生削下，像個西瓜一樣，在遍是鮮血的地上滾來滾去。

屈彩鳳一聲清嘯，飛起一腳，把這具無頭斷手的屍體踢得凌空上飛，雙刀舞起天狼刀法，「**天狼剔骨流**」一下下地砍在屍身上，片片血肉在空中飛舞，空中瀰漫著濃烈的血腥味。

這些苗人們連說話都忘了，直眼看著這血腥凶殘的一幕，不禁往地上開始嘔吐，邊吐邊向屈彩鳳磕頭求饒：「奶奶饒命，奶奶饒命。」

屈彩鳳怒道：「鬼叫什麼啊！老娘有這麼老嗎？」

為首的苗兵哭喪著臉道：「咱們打不過人家的時候求饒是叫爺爺，屈宗主您是女中豪傑，自然只能叫奶奶。您要是嫌這輩分太高，那小的就叫你娘，娘啊，你就把咱們幾個當成屁，權當積德，好嗎？」

屈彩鳳只覺得噁心無比，厲聲道：「全給老娘滾得越遠越好，別再讓我看到你們這幾張醜臉，不然讓你們全都變成骨頭！」

這幾個苗兵聞言，如蒙大赦，也顧不得多磕頭，便屁滾尿流地從打開的屋牆那兒跳了下去，寨中其他嘍囉和女人們，也都嚇得紛紛奪路而逃，原來還算平靜的寨子，立即變得雞飛狗跳。

屈彩鳳收起刀，回頭對著一邊企圖架著張三平偷偷跑路的那幾個臥底苗兵道：「老娘可沒讓你們滾。」

這幾個苗兵就如同被人施了定身法，立馬就定在原地不動了。

為首的一個苗兵勉強擠出一絲笑容道：「屈宗主，我們真的不是想溜，只是想找個安全點的地方，等打完了咱們再出來。」

屈彩鳳冷冷地道：「好了，站著別動，他們也快打完了。」

那幾個苗兵順聲看去，只見楊一龍這會兒已經面色灰敗，嘴角和鼻孔都滲出血來，眼角也全是血絲，大口地喘起粗氣，另一邊的沐蘭湘，卻是神態輕鬆，腳下遊走的速度越來越快，手中的兩儀劍不斷地舞出一個個劍圈，忽快忽慢，淡藍色的劍氣緊緊地纏繞著五股托天叉。

沐蘭湘與屈彩鳳四目相對，屈彩鳳點點頭：「動手吧。」

沐蘭湘嬌叱一聲，手中劍光一閃，天藍色的劍芒暴漲，如同繩索般捆著五股托天叉的劍圈變得無比地明亮，急速地轉動起來，精鋼打造的叉身被極速旋轉的劍圈磨得通紅，有如火熱的烙鐵。

楊一龍只覺得手像是被燒焦似的，一股皮肉焦糊的味道鑽進他的鼻子裡，沐蘭湘看向自己的表情，就像是在看一個死人般，嘴角邊掛著貓戲耗子的笑容。

他的手生生地黏在鋼叉的叉身上，如同在烤熊掌一般，手掌的粗皮被熔化掉，血肉則被牢牢地黏在通紅的鐵杆上，發出陣陣焦糊味，楊一龍再也受不了了，嘴裡發出陣陣咆哮，如同野獸在臨死前的哀號，聞之讓人喪膽。

沐蘭湘的心腸畢竟不夠硬，嘆了口氣，一收內力，那柄早已變形的鋼叉落了地，連同楊一龍的兩隻掌骨也被扯下，楊一龍連叫都叫不出聲了，一屁股跌坐到地上。

沐蘭湘心中有些不忍，殺人不過頭點地，從懷中摸出裝了行軍止血散的瓶子，倒出些粉末，放在玉掌中，然後一掌擊出，蓋在癱坐於地的楊一龍的斷腕處，接著朗聲道：

「楊一龍，以你的惡行，今天本該將你斬殺當場，可是上天有好生之德，你雙手已斷，全身的怪力也已經散去，再也不能害人了，我就留你一命，你好自為之吧。」

沐蘭湘說完，轉身欲走，楊一龍的眼中突然凶光一閃，從地上蹦了起來，也不知道哪來的一股力氣，衝著沐蘭湘飛了過來，他的雙腳在空中連環踢出，靴尖突然冒出兩支閃著藍光的淬毒匕首，直指沐蘭湘背心處的四處要穴。

沐蘭湘喃喃說道：「為什麼要逼我殺人呢！」

不等她拔劍反擊，只見屈彩鳳大紅身影帶著一陣香風從她身邊一閃而過，兩道雪亮的刀光伴隨著一聲慘叫，再看時，楊一龍的胳膊和腿分別齊根而斷，殘肢散落在四周，而他那個無肢的軀幹則倒在血泊之中，可是這人的臉上卻是面目猙獰，七竅都在流血，肌肉在劇烈地跳動著，樣子像是要生吃活人般地恐怖。

屈彩鳳長刀直指地上的楊一龍，冷聲道：「楊一龍，你是自己找死，怪不得別人，沐女俠本來已經放你一馬，還給你傷藥，你卻恩將仇報，就休怪我出手狠辣了。」

楊一龍哈哈大笑起來，聲音如地府惡狼在哀號：「恩將仇報？廢了老子的武功，剁了老子兩隻手掌，然後假惺惺地給老子弄點傷藥，這就是有恩？老子的手還長得出來嗎？你們武功比老子高，要打要殺老子都認了，就是別在這裡得了便宜還賣乖，老子就是死，也要變成厲鬼來纏著你們，向你們兩個臭娘們索命！」

屈彩鳳刀身變得一片血紅，正待揮刀痛斬此賊，卻見楊一龍猛的一咬舌頭，嘴邊鮮血直流，腦袋也後仰到地上，兩眼圓睜，已經死去了。

「算便宜了你。」屈彩鳳收刀回鞘，一轉身，看到沐蘭湘站在原地，秀眉微蹙，似是有些不忍。她知道沐蘭湘從沒有這樣虐殺過別人，上前拉起沐蘭湘的手道：「妹子，可是嫌我出手太凶殘了？」

沐蘭湘搖搖頭：「不是，當年我初出江湖的時候，也曾用過兩儀劍法把一個淫賊的四肢這樣給削成人棍，今天看到姐姐出手，又勾起我那次的記憶，有點感傷罷了。」

屈彩鳳嘆了口氣：「綠林中人多是這樣凶狠強悍之輩，此賊雖然滅絕人性，但也算是條漢子，我們還是在寨子裡找人把他葬了吧。」

說完，轉向在一邊動也不敢動一下的張三平道：「張總管，滾龍寨算是完了，我想知道，你回去後會如何向沐王府交代這裡發生的事呢？」

張三平心裡摸不清屈彩鳳打的是什麼主意，但已是怕極了這個喜怒無常，談笑間取人性命的女魔頭了，忙不迭地點頭應道：「姑奶奶說什麼，小的就做什麼，如果有半分虛言，管教我跟這楊一龍一樣，死得慘不忍睹。」

屈彩鳳不耐煩地擺擺手道：「老娘沒空聽你在這裡賭咒發誓，你聽著，老娘現在就放你回去見沐朝弼，你把這裡發生的所有事情都跟他說清楚，就說滾龍寨被老娘和武當派的沐女俠聯手滅了，老娘現在人就在滾龍寨，他不是想為朝廷立功嗎？那就讓他帶兵來抓老娘，老娘絕不眨一下眼皮，若是老娘逃了，不是英雄好漢！」

張三平心裡嘀咕道：你這賊婆娘又不是男的，當然不會是什麼英雄好漢。但他嘴上卻說道：「這個，屈宗主，小的可不敢傳這話啊，萬一回去後王爺震怒，調集大兵過來，您可未必能有什麼好處啊。」

屈彩鳳的杏眼一瞪，嚇得張三平又是一哆嗦：「叫你傳話就傳話，哪來這麼多廢話。還有，告訴沐朝弼，老娘在這裡等他，若是他怕，不敢來了，就叫他以後在這雲南所有的山寨都別伸手，這雲南地界上所有的寨子，都歸老娘的天臺幫管轄，他要是敢亂插手，像是對滾龍寨這樣，放你這種人監視和控制，下場就和這楊一龍一樣！」

屈彩鳳說到這裡，身形一動，紅色的倩影閃到楊一龍的屍體旁邊，張三平只覺眼前一花，速度快得讓他看不清楚，只聽「喀喇」一聲，屈彩鳳重新奔回到他面前，手裡拎著楊一龍的人頭，遞向張三平。

張三平嚇得魂不附體，硬著頭皮接過人頭，強忍著腹中的不適，道：「小的記下了，一定會把楊一龍的首級帶給沐王爺，屈宗主還有什麼話需要小的轉告嗎？」

屈彩鳳也不多看張三平一眼，向沐蘭湘走去，聲音卻隨風飄來，每個字都讓張三平聽得清清楚楚：

「記住，老娘在這裡就等十天，沐朝弼要是十天都不來，那以後就別管雲南綠林的事了。」

屈彩鳳和沐蘭湘分頭在寨裡巡視了一趟，整個寨子裡，除了鳥鳴獸叫的聲音外，空無一人。高腳屋後面豎起了兩個新的墳包，一大一小，一身苗人打扮，古銅色胳膊露在外面的李滄行，正抱臂站在墳前，若有所思。

屈彩鳳和沐蘭湘走上前去，沐蘭湘道：「大師兄，我們還想著給這兩個死鬼挖墳呢，想不到你先做好這事了。」

李滄行嘆了口氣：「再多的罪惡，一死也算還清了，這個寨子以後還是得有人來住，如果曝屍在這裡，現在正是炎夏，只怕會有疫病出現。」

屈彩鳳點點頭：「這倒是，不過說也奇怪，這寨子裡的人怎麼一下子全跑光了，他們的家都在這裡，能去哪裡呢？」

李滄行笑道：「這些苗人多是些舉寨聚居的窮人，每個寨子就相當於中原的一個村落，跟外面的其他寨子都有些沾親帶故，所以寨裡的人一碰到危難時，就會逃亡到鄰近的寨子去，大概要等這裡重新安定了才會回來。」

沐蘭湘道：「師兄，現在楊一龍已死，滾龍寨也被我們滅掉了，馬三立很快便會知道這裡的事，他會不會告訴那個神秘的山中老人呢？」

李滄行道：「馬三立不過是條走狗罷了，一切惟那個山中老人的命令是從，但從山中老人的話來判斷，他和沐朝弼不是一路人，也不介意我跟沐朝弼作對。所以接下來我們要做的，就是**考慮一下怎麼和沐王府的人打交道**。」

屈彩鳳鳳目一閃：「滄行，你要不要先跟那四大護衛接頭？」

李滄行搖搖頭：「不，現在還不能急著做這事，我不想行蹤都被陸炳掌握，讓他牽著鼻子走，記住，**我們這回的真正目標，是那個神秘的萬蠱門，繼而從他們身上追查到幕後黑手**，別的事都可以先放一放。所以這回我們通過消滅滾龍寨向沐王府示威，同時也發出信號讓他們主動來找我們，現在我們要做的，就是潛伏於此，等待他們前來。」

沐蘭湘連連點頭，突然想到了什麼，秀眉微蹙道：「師兄，可是這樣一來，會不會讓魔教也知道我們到了雲南，繼而對我們出手呢？雖然你沒有現身，可是我和屈姐姐都露出了真面目，魔教在這裡經營多年，只怕在沐王府也有內線，會不會搶先對我們下手？」

李滄行聞言讚道：「這倒是我疏忽了，沒有考慮到這一層，師妹說得對，冷天雄已經在收縮勢力，對起家的雲南之地肯定更加嚴防，我們這回挑了滾龍寨，一定瞞不過他的。」

屈彩鳳豪氣地道：「知道最好，他們來就是，老娘還想打個痛快呢！」

李滄行警告道：「彩鳳，別說這樣的話，現在我們就三個人，魔教光總壇就有數千高手，硬拼的話，我們都得折在這裡了，再說，我們此行主要是查萬蠱門，沒必要和魔教起衝突。」

屈彩鳳聽李滄行這樣說，有些不高興地說：「消息已經放出去了，現在又能如何？趕緊跑路嗎？這樣非但躲不開魔教，還會讓沐王府的人小瞧了！」

李滄行沉吟道：「這樣吧，這兩天我們先隱身此處，若是有人前來，便悄悄地捉幾個活口，問清楚來者是魔教還是沐王府的人。若是沐府的人出現，我們就現身談判，如果是魔教大舉來攻，咱們不要硬拼，走為上計，再徐圖跟沐王府接頭的辦法。」

屈彩鳳勾了勾嘴角：「還真是麻煩，好吧，就聽你的，不打擾你們兩口子了，我去後山懸崖那裡，這寨門就交給你們了。」說完，轉身倒飛而出，兩三個起落便不見了蹤影。

沐蘭湘嘆了口氣，用傳音入密對李滄行道：「師兄，屈姑娘看來真的生氣了，她本是那種豪爽的性子，你別老對她一板一眼的，連我都聽出來那不過是玩笑話罷了，我們三個怎麼可能敵得過上千魔教精英呢。」

李滄行用暗語回道：「是我的錯，其實這些天我一直刻意對彩鳳有所回避，覺得是為了她好，但這樣是不是太絕情了？」

沐蘭湘看著李滄行道：「師兄，我早就跟你說過，女人天生就是感情的動物，尤其是和自己有了親密身體接觸的女人，你跟屈姐姐在一起經歷了那麼多生死，哪能說分就分？她跟徐師兄只怕很難再回到以前，我很清楚，**現在她的心裡只有你，沒有別人**。

「師兄，你這個人在感情一事上，實在有些過於冷漠了，只對我一個人好，卻沒有想過那些愛你愛得死去活來的姑娘，她們對你付出了真心，你卻殘忍地拒人於千里之外，這樣真的好嗎？」

李滄行道：「師妹，你這是什麼意思？印象裡，你是個對愛情容不得有半點塵埃的女人，現在怎麼會一再地勸我去接受別人的愛？難道，你不愛我了嗎？」

沐蘭湘緊緊地抓住李滄行的手，凝視著李滄行，眼衽充滿了真誠：「師兄，經歷這些年，師妹也長大了，以前我太自我，只想著跟你天長地久，卻從不考慮別人的感受，我雖是從小跟你一起長大，可真正陪你的時間，可能還沒有屈姐姐多，若說我真正愛上你，跟你定情的時間，也不過是短短的一兩年，可她卻跟了你十年有餘，我又怎麼能自私到只顧和你相守一世，卻讓屈姐姐黯然神傷呢？」

李滄行勾了勾嘴角，正要反駁，沐蘭湘卻捂住了他的嘴：「師兄，我知道你想說什麼。無非就是說你和我的愛情是真愛，不能被別的女人所分享，又或者是說你並不愛她，但這些都是你單方面的理由，**你只考慮你自己，又何曾考慮過她的感受？**」

李滄行聽了默然無語。

沐蘭湘眼中波光閃閃：「師兄，**情之一字，自古傷人傷己**，我在武當苦等你十幾年，深知這種為情所傷的感覺是多麼地難受，屈姐姐是至情之人，愛上了就不會回頭，徐師兄跟她雖然有過一段美好的回憶，但我想那遠遠比不上這些年來跟你的生死相依，在她心裡，早就把你當成了唯一的支柱，你這樣殘忍地拒絕她，我只怕如煙的悲劇會再次上演，要真的出了這種事，我和你還能安心地過此餘生嗎？」

想到鳳舞，李滄行心中又是一陣難受，儘管這兩個多月來，他儘量不去想這事，可是午夜夢迴時，仍會不時地想起那幕撕心裂肺的情景。一想到屈彩鳳有可能步她的後塵，他突然間有些不敢再想下去了。

沐蘭湘把頭埋進李滄行的懷中，珠落玉盤般的聲音，隨著胸膜的震動傳入李滄行的心中：

「我知道師兄這些年為我吃了無數的苦，可是你想想，若不是鳳舞和屈姐姐一直陪著你，你一個人那麼孤單寂寞，又怎麼能熬得過來呢？我們都是有血有肉的人，不是自私冷漠的動物，你讓人動了情，又如何能殘酷地割捨掉這份感情？

「我以前看你和林姐姐還有如煙在一起的時候，就會嫉妒，就會生氣，可能正是因為我的小心眼，上天才這樣懲罰我，讓我們分開這麼多年。現在我真的不奢求獨占你一個人，只希望你能平平安安，快快樂樂的，只要你跟我獨處的時候，心裡有師妹就行。」

李滄行感嘆道：「師妹，你這樣想，我真的是太感動了，我本想彩鳳和徐師弟能再續前緣，可是聽你這樣說，她是無法回頭了，你說得對，這些年我欠彩鳳實在太多，有了鳳舞的前車之鑑，我也不能再傷害她了。我跟她曾經有過極為親密的身體接觸，這種情況下我還一再地拒絕她，實在是太無情了一點。」

沐蘭湘嬌軀微微一震，抬起頭，吃驚地盯著李滄行：「師兄，你說你和屈姐姐進展到那一步了？」

李滄行點點頭：「師妹，我這天狼刀法雖然威力驚人，但運氣法門詭異霸道，與我從小所學的武當玄門內功完全不同，在我情緒失控的時候，有時候就會走火入魔，知道你結婚的那天，我在武當幾近瘋狂，在那種狀態下如鬼上身似的突然學會了天狼刀法；後來在巫山派的總舵，有一次因為對你思念難忍，渾身氣血逆行，就在這要命的時刻，是彩鳳在雪地裡與我相擁，口對口的度氣救了我一命，甚至不惜委身給凍僵的我取暖。若不是我想到了你，恐怕早和她成了夫妻了。」

沐蘭湘兩行珠淚順著眼角流下，緊咬著嘴脣，一言不發。

李滄行扶著沐蘭湘的香肩，趕忙道：「師妹，對不起，我對你的愛不夠堅定，我……」

沐蘭湘突然抬起手，狠狠地打了李滄行一耳光，李滄行猝不及防，這下給打得結結實實，半邊臉一下子腫了起來，他捂著臉，驚道：「你幹什麼啊！」

沐蘭湘恨恨地說道：「李滄行，你這個沒心沒肺的負心漢，你真是太不懂女人了，一個姑娘家，那樣已經算是把身子給了你，你怎麼能說得出口要跟她分手的話！」

李滄行一張嘴，吐出一口鮮血，**這下才知道小師妹怪的不是他跟別的女人有親密接觸，而是恨自己的薄情負心。**

他痛苦地閉上眼睛：「師妹，有時候我自己也恨自己，怎麼會這樣枉負佳人的一片癡心，可是，如果我接受了彩鳳，那你怎麼辦？難道你對我就不是一片癡心，苦等多年嗎？再說我心裡只有你一人，別人無法再有立足之地，我不可能強逼著自己愛上他人吧。」

沐蘭湘撲進李滄行的懷裡，粉拳在他厚實的胸膛上一陣亂捶：「藉口，都是藉口，無論你找什麼理由自欺欺人，都改變不了你把屈姐姐的心傷得千瘡百孔的事實！李滄行，你真的是天字第一號負心漢，我最愛你的一點，就是你的負責與擔當，是你的男子氣魄，可**你為什麼對我這樣好，對別人卻這樣地殘忍呢？**」

第五章

合作關係

李滄行突然想到，沐王府跟萬蠱門的合作，
莫非也是想以這種屍蠱的辦法控制他人，為己所用？
連近在身邊的魔教都精通此術，甚至魔教，
也可能在某種程度上被沐王府控制，
或者有緊密的合作關係，以待天下時局有變？

李滄行眼中也是淚光閃閃，緊緊地摟著沐蘭湘，激動地說道：「師妹，在這個世上，我什麼都可以失去，什麼都可以不在乎，人間一切的道義我都可以違背，唯獨對你的愛，容不得有半分的虛偽。我們經歷了這麼多的磨難，總算又在一起了，我不能讓任何人破壞我們這份感情，更不能接受和你分離哪怕是片刻！」

沐蘭湘青蔥般的玉指輕輕地撫著李滄行的胸口：「大師兄，有些事情發生了，不可以逆轉，不可以拒絕，更不能逃避。屈姐姐陪了你這些年，跟你又有了那種關係，絕不是那種普通的朋友，我不能那樣自私殘忍，為了自己的愛去傷害別人，不然我有預感，我們以後也一定不會幸福的，大師兄，你現在就去找屈姐姐，以後我們一起生活，我不會介意的。」

李滄行聽了一愣：「你說什麼？一起生活？」

沐蘭湘點點頭：「不錯，我現在和屈姐姐情同姐妹，等你找出幕後黑手，一切大仇得報之後，咱們就退隱江湖，去過閒雲野鶴的生活，大師兄，這是我能想到的最好的解決辦法了。」

李滄行不敢置信地道：「師妹，你一個女兒家，真能不介意？」

沐蘭湘堅定地道：「我真的一點也不介意，能和你重逢已經是上天的恩賜，這些年我也慢慢地悟到一個道理，凡事太盡，緣分勢必早盡！」

沐蘭湘的胸脯劇烈地起伏著，可以看出她內心的激動：「屈姐姐代我照顧了你這麼多年，於情於理，我都不能因為自己對你的愛，阻止和隔斷你過去十年跟別人的緣分，我自己的切膚之痛，怎麼能讓別人也這樣承受？大師兄，我是認真的，你心裡有我，我很高興，但自私而傷人的愛，我無法接受，如果你一意孤行，我即使跟著你，也會不快樂的。」

李滄行黯然說道：「可是，我在世上真的只愛你一個，對彩鳳，我並無男女之情，這樣強扭在一起，真的好嗎？你以為這樣靠著憐憫和施捨的愛，她就會接受？」

沐蘭湘道：「精誠所至，金石為開，大師兄，你並不是個絕情之人，雖然你心裡現在只有我一人，可是**男子漢大丈夫，除了愛情外，必須要有責任感，要有擔當**，照顧屈姐姐一輩子，就是你作為男子漢最起碼的擔當。時間處久了，自然會有感情，你對我的感情，不就是在武當多年，從小到大朝夕相處中得來的嗎？我也是因為你在落月峽的時候奮不顧身地救我，這才認定了你是我此生唯一的選擇。屈姐姐也同樣那樣救你，你怎麼能如此鐵石心腸呢？」

李滄行皺眉道：「可是即使我願意嘗試接受彩鳳的愛，你不覺得這樣對徐師弟太殘忍了嗎？他何嘗不是懷著對彩鳳的愛，一個人苦守了這麼多年？若說肌膚之親，彩鳳跟徐師弟更有夫妻之實，她能這麼痛快地忘掉徐師弟？」

沐蘭湘搖搖頭：「大師兄，你還是不懂女人，當屈姐姐心甘情願地把身子交給你的時候，她的心裡就只有你一個人，再也容不下徐師兄了，就跟當年的我一樣，我知道我提起往事，你可能會不高興，但我還是要說，你也知道我從小跟徐師兄一起練兩儀劍法時，也有摟抱的親密接觸，甚至……可以說是心意相通，當時無論是我還是徐師兄，都以為彼此才是一生的伴侶。

「可當我的心轉到你身上之後，對徐師兄就再無半分念想，這就是女人，現在屈姐姐心裡已經沒有徐師兄，若非如此，她一定早就去武當找徐師兄了，哪會以查探師仇的名義跟你來雲南呢？」

李滄行無力地道：「你，你說的是真的嗎？彩鳳真的完全放下徐師弟了？」

沐蘭湘急得跺腳：「你啊，在感情上真的是個榆木疙瘩，我真的是要被你給氣死啦。怪不得你還以為把屈姐姐推給徐師兄是為了她好，**你連屈姐姐心中有誰都不知道**，唉。」

李滄行沉吟半晌，道：「師妹，我答應你，一定會重新考慮此事的，若是彩鳳心中只有我，不願意再回去找徐師弟的話，那我也不能如此絕情。但現在我們身處險境，不是談情說愛的時候，這些話你暫時不要告訴彩鳳，我現在也沒有下決心，以免到時候若是沒有好的結果，只會讓她更受傷害。」

沐蘭湘臉上終於現出笑容，重又投入李滄行的懷抱，道：「我就知道我的大師兄心最軟了，絕對不會害別人的。不過你可得答應我，你把屈姐姐找回來後，也不能把我給扔到一邊，人家，人家也很黏人的。」

沐蘭湘粉頰上飛過兩朵紅雲，李滄行看著她的嬌顏如花，不禁癡了，那兩片誘人的粉脣，隨著沐蘭湘的嬌喘輕輕開合著，李滄行再也忍不住，對著小師妹就深深地吻了下去。

不知過了多久，二人才分開來。

李滄行握著沐蘭湘的手：「今天我得謝謝你，讓我從封閉的小我中能走出來，若不是你打醒了我，我們三人還不知道要在這痛苦的糾結中受多久的傷害呢。」

沐蘭湘嘴邊露出可愛的酒窩：「這麼說，大師兄你真的肯接受屈姐姐了嗎？可不許食言哦。」

李滄行道：「我剛才說了，我會認真考慮的，可沒說死，現在大敵當前，我能不能活過明天還是未知數呢。」

沐蘭湘急忙捂住李滄行的嘴，嗔道：「這說的什麼話。太不吉利了！大師兄，你絕對不會有事的，老天不會這麼殘忍。」

李滄行想到未知的前路上危機重重，突然嘆了一聲。

沐蘭湘秀目流轉，盯著李滄行道：「大師兄，你這是想到了你的爹娘嗎？」

李滄行遙望遠方道：「從我記事的那天起，就以為自己是個孤兒，在這個世界上，若說我還有父親，那也是我的師父，可是當我從黑袍的嘴裡得知我的父親居然是正德皇帝後，心裡突然生出一種奇怪的感覺，我恨我的父親，恨他沒有保護我的母親，沒有保護我，害得我家破人亡，讓我一輩子孤苦零丁。」

沐蘭湘細語安慰道：「大師兄，可他畢竟給了你生命，而且若不是當年他頂住了朝中大臣的意見，一意孤行地和你的母親在一起，也不會有你了。難道你是在恨他讓你無法當太子，繼承皇位嗎？」

李滄行捧起沐蘭湘的臉：「不，如果我真的在深宮裡長大，又怎麼可能去得了武當，怎麼可能認識我的小師妹呢？」

沐蘭湘幸福地撒嬌道：「你要是真的在皇宮裡長大，後宮三千佳麗，又怎麼會看得上我這個鄉野女子呢？」

李滄行道：「小師妹才不是鄉野女子呢，你的氣質高雅脫俗，說不定你真是沐王府的什麼人呢，哈哈。怎麼，你爹沒跟你提過你家的事嗎？」

沐蘭湘搖搖頭：「還真沒有，因為娘早死的原故，所以爹爹對沐家的事一向守口如瓶，但我曾聽紫光師伯提過，說我爹和我娘並不是一開始就出身武當，而是和你師父一樣，是帶藝投入武當的。我小時候曾經寄居在我外婆家，結果被老魔頭向天行一夜間滅了門，我爹無處可去，只有帶著我上武當了。」

李滄行奇怪地道：「你爹為什麼不帶著你回自己的家鄉呢？是怕連累家人？還是想要依靠武當的勢力復仇？」

沐蘭湘聳粥聳香肩，道：「這就不是我們作為子女可以問的了，當時我爹心心念念想的就是給我娘報仇的事，小時候我不懂事，曾經問過爹爹，爺爺奶奶在哪裡，爹卻是很生氣地打了我一頓，說我沒有爺爺奶奶，從此我就再也不敢問這事了。」

李滄行忽然想道：「對了，你爹身體怎麼樣，好點了沒？有沒有重新可以走動的希望？」

沐蘭湘突然低頭啜泣起來，李滄行連忙道歉說：「對不起，小師妹，都是我不好，我不該問你這事的。」

沐蘭湘抹了抹眼淚，嘴角勉強勾起一絲笑容，說道：「沒事，你肯定遲早要問的，不問才奇怪呢。我爹現在的情況很不好，比起你下山的時候還要糟糕許多，以前他只是全身筋脈盡斷，手腳骨折不能行動，神智還算清醒。

「可是上次紫光師伯死時，他又被刺激到了，怒吼說都是因為徐師兄把屈姐姐招來，才會害死紫光師伯，一時急火攻心，血氣上衝，就暈了過去，這麼多年來，就跟個活死人一樣，每天就那樣躺著，怎麼叫也叫不醒。正因為這樣，我才接替我爹的戒律長老之位，成為武當的妙法長老。」

李滄行想起此事也是一陣悲痛，心疼地撫著沐蘭湘的秀髮，柔聲道：「師妹，這麼多年來真是苦了你，都是我不好，把你一個人扔在武當，讓你承受這麼大的壓力和痛苦。我發誓，以後不管什麼事，我都會和你一起面對，絕不會讓我心愛的人再受一點點的委屈！」

沐蘭湘幽幽地道：「不知道世上有沒有辦法能讓我爹恢復神智，我以前聽說關外的神農幫有可以讓人起死回生的靈藥，也許他們能治好爹的病。對了，大師兄，當年你入錦衣衛的時候，不是在京師跟那個神農幫的幫主有過一段交情嗎？」

李滄行想起自己剛加入錦衣衛時，曾經在京外的茶攤上，跟神農幫主端木延，還有洞庭幫的「奪命書生」萬震有過一段交情，那次聯手大戰東廠的金不換一家人，想來仍是痛快不已，只是後來自己因為被陸炳到處差遣，就沒有再和端木延見過面，一別就是十幾年，也不知道他還記不記得這段往事了。

李滄行告訴沐蘭湘，當他知道了自己的身世，出塞後，曾經想要為屈彩鳳尋得醫治白髮和寒心丹之毒的靈藥，於是去過幾次長白山，想要找到神農幫，可是神農幫不像中原的幫派，設立固定不動的總舵，而是行蹤詭異難尋，即使是長白山內的採參夫，也很少聽說這個幫派，而且那些人多非漢人，對外來的人有天生的警惕，因而一無所獲，最後只能悻悻而歸。

沐蘭湘眼中閃過一絲失望：「這麼說，我爹的病，只怕是無望治癒了。」

李滄行連忙安慰道：「不，小師妹，你別擔心，這次事情解決後，我一定帶你四處遍訪名醫，就算是龍肝鳳膽，只要能治你爹的病，我也一定會尋到的。」

沐蘭湘一下子破泣為笑，就跟幼年時李滄行哄她時一樣，拉著李滄行的手笑道：「好，無論是千山萬水，我都會跟著大師兄的。」

李滄行抬頭看了下已經偏西的日頭，道：「好了，時間不早了，我們還是先找地方隱藏起自己的行蹤吧。不管是魔教還是沐王府，都得好好應付才是。彩鳳去了後山，寨門這裡我守著，你在寨中找個地方潛伏，有緊急情況時，響哨聯繫！」

沐蘭湘點點頭，神色又恢復了以往的平靜與鎮定，一抹藍色的倩影凌空飛去，很快就淹沒在寨中。

李滄行則飛上寨門一棵參天古樹上，緊緊地伏身於樹枝，一動不動，連呼吸也屏住，清涼的山風拂過他裸露在外面的肌膚，思維卻回到了剛才和沐蘭湘的對話之中。

突然間，他想到了一個問題，沐這個姓氏極為少見，自己行走江湖幾十年，除了小師妹外，沒有見過一個姓沐的人，直到了雲南後，才見到沐王府，黑石師伯又對自己的來歷隱瞞不提，**難道真的和這沐王府有關嗎？**

李滄行心中漸漸地起了波瀾，也許小師妹的身世真的和這沐王府有關，若是小師妹真的跟沐王府有關係，而沐王府又通過萬蠱門害過自己，到時候她又要如何自處？

想到這裡，李滄行不免緊張起來，心跳也開始加速。

但他又想到，黑石師伯即使是身遭妻子死去、岳父家被滅門的大仇，也沒有回沐王府求助，似乎已經和沐家一刀兩斷了，這才稍微放下心來。

李滄行繼續想起接下來的打算，在這苗疆之地，露出水面的勢力就有四家，一個是冷天雄的魔教，這是自己不能主動招惹的，萬一跟其他三家的矛盾公開化，到時候想要全身而退，並非易事。

今天屈彩鳳的提醒很及時，這些山寨中，有些人可能就是魔教的眼線，屈彩鳳和小師妹身在苗疆之事，也許冷天雄已經得知了，想到這裡，他暗罵自己考慮不周，無論如何也不該讓張三平得知屈彩鳳和小師妹的真實身分的。

不過李滄行轉念一想，魔教的眼線如果在這兩個寨子的話，前些天就知道屈彩鳳派人來滾龍寨的事了，那時候就應該有所動作，可是這幾天卻沒有任何魔教高手出現，不知道是他們真的在這裡沒有眼線呢，還是冷天雄在玩什麼花樣？

如果自己是冷天雄的話，若是得知屈彩鳳把手重新伸向雲南，是絕對不會坐視不理的。

思來想去，李滄行還是毫無頭緒。

自從和沐蘭湘重逢後，他覺得自己的牽掛多了起來，做事也不如原來的果斷冷厲，變得患得患失起來，他感覺到這樣很危險，**自己之所以能破解各種危局，從一次次危機四伏的殺機中挺過來，靠的不是自己的武功多高，或是比對手聰明，而是這股凜然無畏的正氣！**

面對嚴世蕃時，即使明知自己武功不敵，也拿出與敵同歸於盡的勇氣，這正是自己最大的優勢，現在若是失了這股銳氣，做事總是瞻前患後，便會失掉自己最大的優勢。

想到這裡，他深吸了一口氣，打定主意，千萬不能失掉以前那個自信滿滿，無所畏懼的自己！

和小師妹的感情也證明了一點，**凡事太在乎，太怕失去，反而更容易失去，無欲則剛，只有當這東西並不屬於自己，凡事抱持得固可喜，失亦無憾的心態，反而能有意外收穫！**

李滄行冷靜下來，決定把魔教暫時擺在一邊，無論如何，他也不可能因為魔教的存在便半途而廢，現在張三平回去報信了，接下來要考慮的，只有和這雲南地面上的第二方勢力，也就是沐王府進行接觸的事。

從張三平和滾龍寨的情況來看，沐王府多年來一直在這些綠林山寨裡布下自己的眼線，作為鎮守雲南的世代郡王，他們不能允許朝廷力量薄弱的西南邊境出現強大的勢力，尤其是不能和境外的緬甸、暹羅和安南等國形成合力，內外勾結。

魔教能在雲南發展壯大，在黑木崖重新成為頂尖的門派，看來沐王府百餘年來對魔教並沒有採取全面壓制的做法，甚至在某種程度上可能還有某種合作與默契，這是自己在這回的交涉中，需要摸清楚的。

李滄行的腦子高速運轉著：沐王府與魔教的關係暫且不說，他們和萬蠱門的合作卻是鐵般的事實，作為大明王朝極力要剷除的萬蠱門，沐王府卻在暗中和他們合作了這麼多年，所圖究竟為何？

是為了穩定雲南這裡的苗人門派嗎，還是沐家也有不臣之心，想要收攏這些江湖異端，像寧王起兵那樣，關鍵時候能為己所用？

李滄行又想到了那神秘邪惡的萬蠱門，除了三隻金蠶蠱以外，他們還掌握了多種煉蠱的邪術，比如被魔教學了去的那種三屍腦神丹，就是普通的屍蠱入體，定時發作，如無每年定時服食的解藥，那麼一定會毒蟲入腦，死狀慘不堪言，用這種辦法，魔教控制了大批的江湖人士，短短幾十年內就恢復了以前的元氣。

可是從另一方面，對於朝廷或者有意奪權的野心家來說，這種以蠱控人的辦法，不也正是求之不得的嗎？比如那個一心修仙問道的嘉靖皇帝，若是能給朝臣每人來一顆這種屍蠱腦神丹，那麼也不用再費盡心思地想辦法挑起正邪兩派朝臣互鬥了，只要掌握了這些朝臣的生死，還怕他們不會給自己乖乖地賣命嗎？

李滄行突然想到了一個很嚴重的問題，沐王府這麼多年來跟萬蠱門的合作，莫非也是想以這種屍蠱的辦法控制他人，為己所用？連近在身邊的魔教都精通此術，沐王府作為萬蠱門的直接上級，若說不會此法，簡直是不可想像的，甚至魔教，也可能在某種程度上被沐王府控制，或者有緊密的合作關係，以待天下時局有變？

李滄行的腦門開始冒汗，他終於明白為何陸炳要讓自己走這趟雲南了，這個冷血無情的錦衣衛總指揮使，永遠不可能把鳳舞的生死放在第一位，更不可能為了她，去挑戰像沐王府這樣的龐大勢力。

陸炳費盡心機讓自己來雲南，而且目標直指沐王府，只怕也是懷疑到了沐王府跟萬蠱門，甚至跟魔教都有極為密切的關係，而作為鎮守一方的世代重臣，若是起了不臣之心，那就完全可以借助沐王府在雲南百餘年的影響力起兵反叛，到時候即使無法改朝換代，也足以因為天高皇帝遠的優勢而割據一方，這恐怕才是陸炳和他背後的皇帝真正無法接受的。

想到這裡，李滄行恨得牙癢癢，本以為陸炳總算可以良心發現，真正地做一回父親，可沒想到鳳舞即使死了，還是沒逃過被他利用。

李滄行恨從心頭起，幾乎想要一掌拍出，剛一抬手，才意識到自己是在潛伏階段，沒準附近一里之內就有敵人的高手潛伏觀察，只要輕舉妄動，立馬會前功盡棄。

他想想還是忍了，沐王府是否有反叛之心，他並不在意，只要沐朝弼可以向自己坦白那個萬蠱門的秘密，他可以放過沐王府一馬，但若是沐王府的野心太大，尤其是如果他們和魔教有了勾結，那就會成為自己不死不休的敵人，到時候說不得還是得借助陸炳的力量將之剷除了。

李滄行主意既定，長舒一口氣，又想到在這雲南的勢力，那個神秘的山中老人，完全出乎自己的意料之外，他不僅熟悉萬蠱門的底細，聽起來跟沐王府也有著千絲萬縷的聯繫，絕非等閒之輩，從他控制馬三立的手段看，以馬三立的奸詐狡滑，卻被此人玩弄於股掌之間，與走狗無異，看來很可能也是用了屍蠱禁咒之類的邪術，才能把桀驁不馴的馬三立控制到如此地步。

這樣看來，這個山中老人的用心頗為險惡，感覺他跟萬蠱門還有沐王府有合作關係，但並沒有深到會為他們而得罪自己的程度上，甚至從他跟自己的約定來看，他似乎很希望自己能把萬蠱門和沐王府給剷除掉，究竟是何居心，尚且不得而知。

從這個人設計的那個鏡湖小屋，就知道此人才思敏捷，極為厲害，卻又神龍見首不見尾，一切都透著詭異，李滄行隱隱地感覺到，這個山中老人有可能會對自己這次雲南之行起到決定性的作用，至於這個作用是好是壞還不知道，看來無論何時，自己都必須對此人抱持警惕才是，但在此之前，還是不要跟此人翻臉結仇為好。

李滄行的思緒轉向最後一方勢力，也就是那個神秘的萬蠱門了。

經過山中老人的提醒，他更加確信有這麼一個神秘而邪惡的組織存在，而且很可能百餘年來一直受沐王府的庇護。可是**他們多大程度上參與了這場對於紫光師伯和林鳳仙的陰謀？他們為什麼要和那個神秘的幕後黑手合作，為什麼要這樣害自己？**

看起來這個秘密，只有等到見到萬蠱門主本人，才能真相大白，如果這一切都是沐王府或者他們的盟友的指使，自己就必須做好跟沐王府全面開戰的準備。江湖上的勢力可以由自己解決，至於朝廷方面，看來還是得依靠陸炳，向皇帝告發沐王府勾結江湖匪類，擾亂江湖，圖謀不軌，以置其於死地了。

想到這裡，李滄行終於覺得原來頭腦中亂作一團的思緒清晰許多，他長舒了口氣，頓覺神清氣爽，身體每個毛孔都灌著清涼的山風，四肢百骸說不出的暢快，雲南地區悶熱的氣息，讓人喘不過氣來的感覺也一掃而空。

正當他思緒漸漸清楚時，突然寨門方向傳來一陣輕微的聲音，雖然這聲音比起風吹過樹梢的葉子響動聲還要輕了不少，可仍然逃不過李滄行這種絕頂高手的耳朵。

他收起思路，一雙炯炯有神的眼睛看向寨門的方向，只見山下冒出一堆藍色的人影，六七條矯健的身影，正向寨門方向奔來，其中一人，李滄行看得真切，正是幾個時辰前被自己趕走的張三平。

李滄行心中一動，沒料到張三平來得如此之快，那些藍衣人，一個個都蒙著臉，制服整齊劃一，奔馳在山道上的那幾個，輕功非常高明，只一瞬間的工夫，就從二山門跑到了寨門的附近。

當先的一個，身形高大健碩，與其他人不同的是，他除了一身上乘的絲綢金線藍色勁裝外，還披了一件金色的披風，看起來氣度不凡，雖然隔了幾百步看不清他的臉面，可想來此人應該便是那**沐王府的當主，大明國的世襲鎮南黔寧王——沐朝弼**。

沐朝弼走進看起來空無人一的大寨，這下子他離李滄行不過百步以內而已，李滄行能清楚地看到此人面貌：年約五十上下，鬚髮花白，一雙眼睛如鷹隼般犀利，兩道深深的法令紋從鼻翼伸出，直到嘴角。

他的鼻梁又高又挺，嘴角微微地上翹，兩鬢的虬髮如蝟刺般倒立，全身上下透著貴氣，更有一種強勢與霸氣。不愧是列土封疆多年的一方諸侯。

沐朝弼運氣道：「在下沐朝弼，求見巫山派屈當家，不知屈當家是否肯現身一見？」

屈彩鳳那銀鈴般的聲音如空谷燕啼，回道：「哈哈哈哈，想不到沐王爺這麼快就大駕光臨，難不成你早早就守在這裡了嗎？」

屈彩鳳一襲大紅的身影從遠處如閃電般地接近，她忽而凌空飛翔，忽而在屋頂上飛簷走壁，忽而玉足一點，如火鳳凰般的身影便劃過長空。

顯然她是想以技壓服沐朝弼，只這百步的距離，就用了七八種不同的上乘身法，看得樹上的李滄行也連連點頭，暗嘆屈彩鳳輕功之高。

沐朝弼捻著頷下的三縷長鬚，點頭微笑，朗聲道：「還有武當派的兩儀仙子，既然來了，也請現身一見吧，沐某久仰大名，今天也想一睹你的風采。」

沐蘭湘的身形從一處小屋中飛射而出，正好與在屋頂上騰起的屈彩鳳，兩人一左一右，一上一下，分別使出巫山派的「**神蹤百變**」與武當派的「**九宮八卦步**」，不分軒輊地同時落在沐朝弼的左右。

兩位絕色美女，如春蘭秋菊，各擅勝場。

沐朝弼的身後，站著四個中年人，都是四十歲上下，應該就是傳說中的四大護衛了。

當年大理段氏的**「漁樵耕讀」四大護衛**，名滿江湖，沐王府在接管了雲南之後，也效法其四大護衛，把劉蘇方白這四姓護衛都變成了世襲，只不過這四家護衛在這百餘年裡開始經商，並不以漁樵耕讀的形象示人，因而看起來倒像是四個富態的商人。

不過四人高高隆起的太陽穴，以及八隻精芒四射的眼睛，顯示出這四人都是一流的高手。張三平站在沐朝弼和四大護衛的身後，低頭哈腰，奴態盡顯。

沐朝弼看著二姝，笑道：「久聞屈當家和兩儀仙子是江湖上絕色的美人，今天一見，果然名不虛傳啊。」

屈彩鳳冷冷說道：「沐王爺府上佳麗如雲，我這個土匪婆哪能入得了你的眼，今天你老人家大駕光臨，也不是為了誇讚我們的容貌吧。剛才我的問題你還沒回答呢，張三平剛走幾個時辰，你老人家就來了，就算是飛，也不可能這麼快，想來你是一早就守在滾龍寨附近吧。」

沐朝弼笑道：「三平回來報信，說是屈當家跟魔教結了仇，咱們這雲南幾十年來，算得上是一方淨土，不像中原武林的腥風血雨，你在這個時候來雲南，一來就挑了滾龍寨，又指名道姓地讓沐某前來相會，沐某不知意欲何為，只能過來聆聽屈當家的教誨了。」

屈彩鳳秀目流轉道：「沐王爺把身段擺得夠低啊，讓我都有些不太適應了，你是官，我是匪，還是朝廷通緝的要犯，你應當把我拿下，還跟我說話這麼客氣，不怕有違大明的律法嗎？」

沐朝弼身後一個年近六旬，黃臉長鬚的老者眼中寒芒一閃，喝道：「好個不知天高地厚的女娃子，我家王爺這是按江湖規矩辦事，你不知道嗎？」

屈彩鳳微微一愣：「閣下是誰，這江湖規矩又是怎麼回事？」

沐朝弼道：「只顧跟姑娘說話，忘了介紹我的幾個兄弟了，來來來，屈當家，跟你說話的這位，乃是我們沐王府四大護衛之一的劉護衛，名叫**劉伯仁**，在道上有個外號叫**『鐵爪飛鷹』**，祖傳的大力鷹爪功，可是大大的有名。」

屈彩鳳看著劉伯仁那雙枯瘦的手，心中暗道，此人的手練得如同枯柴一般，剛才那一聲，氣場十足，足有五十多年的內力修為，的確是頂尖高手。

屈彩鳳微微一笑，向劉伯仁抱拳行禮道：「鐵爪飛鷹的名字，屈某在中原也有耳聞，見過劉護衛。」

劉伯仁勾了勾嘴角，抱拳還禮。

沐朝弼指著身後第二個，紅臉皮，酒糟鼻，挺著大肚子，活像個矮胖富家翁的老者說道：「這位**『千金一算』蘇全**，可是我們雲南的首富，若論錢財，我沐王府都比不過他。而他的繡金刀，曾經連挑雲貴二十三家水陸分寨，在天南是無人不知啊。」

屈彩鳳笑顏如花，行禮道：「蘇大爺真是厲害，那刀都是金子做的，別人外號的金刀，多半是假，而您老的金刀，卻絕對不會有一兩黃銅，不知道肯不肯借小女子看看呢？」

蘇全哈哈一笑，從背上取下一把三尺長，包在珠玉外殼裡的刀，說道：「我這金刀，十足真金，只是富不可露，刀也一樣不能隨便露的，一出必見血，屈當家的還是不要看的好。」

屈彩鳳格格一陣嬌笑：「蘇大爺真是小氣，不過是看一下也不願意，罷了。」她看著站在第三個，背著柄長劍，身形比起其他三人明顯要瘦削高挑不少的一名劍客，說道：「這位想必就是鼎鼎有名的『**天南劍客**』，**白所成**白大爺吧。」

白所成看起來在四人中最年輕，頭髮仍是烏黑油亮，幾乎看不到一根白髮，臉色也是紅潤得很，甚至一根皺紋也沒有，他的手指修長，指甲修得整整齊齊，一張臉又長又瘦，加上高高突起的顴骨，讓人的第一感覺就是一匹馬修煉成了精。

白所成抱著臂，一手托著下巴，冷冷地說道：「想不到區區賤名，連遠在中原的屈寨主都知道，真是讓在下不勝惶恐。」

屈彩鳳笑道：「天南劍客當年曾經單人獨劍，擊敗密宗轉輪法王及座下八大金剛，還曾經與魔教的左護法上官武大戰三天三夜不分勝負，大名早已經傳遍中原武林，聽得屈某也心中癢癢，想要跟你討教一二呢。」

白所成的臉仍然如冰霜一般，毫無表情，點點頭道：「好說，好說。」

屈彩鳳眼光看向站在最右邊，個子也最矮，活像個冬瓜的胖老者，笑道：「這位一定就是人稱**『入地羅漢』**的**方大通**方老前輩了。你的地行之法號稱舉世無雙，再堅硬的石頭地也能來去自如，這份本事，屈某自愧不如啊。」

沐蘭湘莞爾一笑，編貝般的玉齒一露：「屈姐姐，你不知道，方前輩不僅地行之法舉世無雙，那七十二路地行鐧法，也是擊敗過無數強豪，和劉老前輩更是一上一下，有一套合擊陣法，威力十足呢。」

屈彩鳳心中一動，沐蘭湘這是有意提醒自己，四大護衛中，劉方二人可以聯手合擊，由於其一個可以凌空飛擊，一個可以地行穿刺，威力要大於普通的兩人聯手，而中路可以交給其他兩人，端的是威力十足，充分發揮每個人的攻擊特長，一會兒如果要動起手來，千萬得小心。

屈彩鳳和方大通拱手行禮後，轉向沐朝弼：「沐王爺，看來你是一早就在附近等候寨中消息了，早知道這樣，我不如直接通過張三平給你傳信，也用不著這樣大費周章了。」

沐朝弼微微一笑，打開一把描金摺扇，輕輕搖動著，道：「不用，這樣挺好，楊一龍一直對我陽奉陰違，而且畢竟是異族匪類，我早想除掉他了，屈寨主能幫我這個忙，我再高興不過。加上把閒雜人等全部給趕走了，也方便我們說話。只是小王有一事不明，還請屈姑娘和沐女俠見教。」

屈彩鳳與沐蘭湘對視一眼，屈彩鳳道：「沐王爺有話請直說。」

沐朝弼嘴角勾了勾道：「據我所知，以前沐女俠和屈寨主可以說是正邪不兩立，有很深的仇恨，這次二位卻聯手出現在雲南，甚至小王所聞二位竟以姐妹相稱，關係好到這種地步，所以小王覺得很奇怪，是什麼原因讓二位這麼多年來的仇恨，如此輕易地就能化解呢？」

沐蘭湘反問道：「沐王爺為何說我們是死敵呢？只是因為以前巫山派跟魔教一起攻擊過我們伏魔盟？還是因為紫光師伯的死？」

沐朝弼眉毛一挑：「難道這兩件事還不足以帶來深仇大恨嗎？」

沐蘭湘正色道：「王爺的消息看來還是不夠靈通啊，先說第一件，屈姐姐以前受歹人的矇騙，一時誤入歧途，跟嚴世蕃和魔教一起，與伏魔盟為敵，可是當她認清這些奸人的嘴臉後，果斷地和他們一刀兩斷，甚至因為和他們對抗，導致巫山派總舵被毀。這次屈姐姐重出江湖，在南少林大會上，屈姐姐正式和魔教一刀兩斷，現在她跟我們伏魔盟已經不再是敵人，而是朋友，王爺可明白？」

沐朝弼點了點頭：「雖然有些令人難以置信，但也說得通。只是這第二件的殺紫光師伯之仇，也可以這樣輕易地化解嗎？」

屈彩鳳冷冷地道：「南少林大會上，我多年來受到的冤屈終於得以洗雪，紫光真人是被奸人下了金蠶蠱，蠱毒發作而亡，並非被我所害，這次我和沐妹妹一起來雲南，就是為了查出金蠶蠱和萬蠱門的事，為紫光真人報仇雪恨。」

沐朝弼身後幾名護衛，臉色都微微一變，只有沐朝弼面不改色，淡淡地說道：「想不到這萬蠱門又重出江湖了，這倒是我第一次聽到。」

屈彩鳳秀目流轉，「哦」了聲道：「王爺當真是第一次聽到？」

沐朝弼很肯定地說：「當年我沐家先祖，大將軍沐英率軍進入雲南時，將這邪惡的萬蠱門一網打盡，當時的萬蠱門主也被圍攻而死，此事武林中人盡皆知，屈寨主提到萬蠱門重出江湖，本王想問一下，屈寨主有何證據肯定此事？」

屈彩鳳道：「南少林大會上，錦衣衛總指揮使陸炳親自作證，他在紫光真人的棺木裡面發現了一隻成形的金蠶蠱蟲，還把展示那蠱蟲的屍體當眾向天下英雄，難道此事王爺不知道？」

沐朝弼搖頭道：「本王遠在邊陲，你們伏魔盟開這南少林大會的事又沒有公告江湖，所以我只透過一些江湖上的朋友，聽得了一些隻言片語，說是李滄行在這次大會上正式重出江湖了，還和伏魔盟各派達成了同盟合作的關係，至於金蠶蠱的事，倒是我第一次聽說。」

屈彩鳳粉面一寒：「王爺，這次我和沐女俠前來雲南，就是想把這萬蠱門之事弄清楚，種種跡象表明，萬蠱門是實實在在存在的，這一百多年來，這個萬蠱門能在雲南繼續存在，我想沐王府若說對此事毫不知情，只怕說不過去吧。」

劉伯仁厲聲道：「屈寨主這話說得有點過分了吧，若是我們沐王府跟萬蠱門有勾結，當初沐老王爺又怎麼會親手將之剿滅？世上的人都知道萬蠱門跟我們沐王府是不共戴天的滅派之仇，我們又怎麼可能庇護他們？就是知道了他們的存在，也一定會斬草除根，不留後患的。」

白所成插話道：「就算萬蠱門有些漏網之魚，遠赴他鄉，隱姓埋名，又怎麼能說是我們沐王府在保護和利用他們？屈寨主，你也是一派之主，說話要注意分寸才是。」

屈彩鳳反駁道：「劉前輩，你可不要忘了，萬蠱門煉蠱可是需要特定的場地和名貴的藥材，絕非一般的江湖門派，隨便在哪個深山老林裡建個山寨，就可以占山為王，不引起官府的注意了，光是他們養蠱的那些材料，都是極難搞到的，如果沒有封疆大吏或者是官府達人的支持，是不可能完成這金蠶蠱的煉製的，王爺，你說是嗎？」

沐朝弼點了點頭：「屈寨主所言極是，看來你是把懷疑的目標指向了本王，是吧？」

屈彩鳳鳳目中寒芒一閃，臉上卻淺笑盈盈：「不敢，只是屈某思前想後，除了沐王府一直對萬蠱門提供各種方便外，好像實在沒有別的解釋，難道還有別的勢力能給萬蠱門提供這樣的幫助？希望沐王爺能把這事說清楚，我們滅魔盟和萬蠱門有不共戴天之仇，無論是誰想要庇護他們，都會與之為敵，決一死戰的！」

沐朝弼面色不悅地說：「屈寨主，你話不能只聽一半，我同意你的觀點，但是並不認同這個萬蠱門一定要在雲南啊。」

屈彩鳳和沐蘭湘雙雙臉色一變，異口同聲地說道：「什麼意思？」

沐朝弼道：「當年萬蠱門被我們消滅，如果有漏網之魚，未必還會留在雲南，或許去了別的地方，以萬蠱門在滇南經營幾百年，若說在別的地方全無勢力和分舵，也是不太可能的。」

屈彩鳳沉聲道：「可是萬蠱門全盛時只限於雲南一地，不是為大理國效力，就是為元朝的梁王服務，從沒聽過在別的地方有勢力！」

沐朝弼搖搖頭：「想當年魔教的總舵就設在西域的光明頂，本朝建立之初，六大派圍攻光明頂時，他們的總舵還在那裡，可是到太祖即位後，魔教在本朝的壓力下只好放棄總舵光明頂，來到雲南的黑木崖重新開始，他們能這樣做，為什麼萬蠱門就不行？」

屈彩鳳一時無話反駁，只聽沐朝弼繼續說道：「還有，以前金蠶邪蠱從沒有出過大理，中原武林中人無人中過這個東西，但是你們卻說，這東西在南少林大會時被陸炳拿了出來，還是從武當派紫光真人的體內找到的，這不就是最好的證據，說明萬蠱門早已離開雲南，進入了中原嗎？」

沐蘭湘靈機一動，道：「王爺，這最多只能證明中原有人勾結他們，可是他們培養金蠶蠱的方式，氣候、水土，卻不是隨便換個地方就能成功的，只有在悶熱濕潤的雲南之地才有可能養蠱吧。」

屈彩鳳雙眼一亮，馬上跟著說道：「不錯，王爺，就像苗人養蠱，儘管不少中原人也知道養蠱之法，可是從沒有人在雲貴兩省之外成功過。這就是因為蠱之一物，離了雲貴的獨特氣候和環境便無法生存，就算萬蠱門的人可以逃到天南海北，可是要養金蠶邪蠱，卻只有在雲貴之地，貴州地貧民窮，也沒有像沐王爺這樣的有力藩王，可以百餘年來不停地資助他們，想來想去，還是只有雲南一地可行。」

沐朝弼臉色微微一變，聲調抬高了些：「屈寨主，你這是在質疑本王嗎？請問你有什麼證據，可以證明本王和萬蠱門有瓜葛？只因為存在這個萬蠱門，就說是我沐王府多年來一直養著他們，這太可笑了吧。」

屈彩鳳心中暗道，看來自己的話終於讓沐朝弼動怒了，這是好的開始，只有讓一個早有準備的人情緒上產生波動，讓他動氣，情緒失控，才是套出更多真相的好機會。

屈彩鳳道：「王爺請不要誤會，小女子並無此意，只不過事關紫光真人的死，小女子既然和沐姑娘情同姐妹，又要洗刷自己多年的冤屈，所以走這一趟，不希望空手而歸，剛才只是小女子的大膽假設，並無真憑實據，冒犯王爺之處，還請見諒！」

沐朝弼哼了聲，道：「屈寨主，你剛才問本王，說你是朝廷要犯，本王為何不抓你，還對你以禮相待，現在本王就回答你這個問題。我們沐王府祖訓，在這雲南之地，一切有關江湖之事，都遵循以前大理國段氏的家訓，碰到江湖人士，先以沐家這個武林門派的名義接觸，如果你不按江湖規矩來，而是圖謀逆這些事情，那咱們再按朝廷的規矩辦。今天屈寨主和沐女俠只有二人前來，沒帶上你們的幾千手下，本王就以江湖規矩對待你們，不知這樣處置，屈寨主是否滿意？」

屈彩鳳哈哈一笑：「這麼說來，沐王爺也是做了充分的準備，調集了兵將，如果我真的帶了眾多手下想要重新占據滾龍寨，你就會把我當成山賊土匪加以剿滅了，是不是？」

沐朝弼道：「這事當年你師父不就做過麼？我也沒有下死手啊，其實今天本王前來，就是想跟屈寨主談談這件事的。」

屈彩鳳眼中寒芒一閃：「哦，沐王爺想必是要談有關太祖錦囊的事囉？」

沐朝弼點點頭：「屈寨主果然聰明過人，不錯。當年令師以太祖錦囊作為護身符，我不好攻擊你們，所以只能容忍滾龍寨和扣虎塘在你們巫山派的治下，可是這些年下來，除了我沐王府以外，還有根本不把這太祖錦囊放在眼裡的人，若非如此，你們的巫山派總舵，也不會遭此橫禍吧。」

屈彩鳳心猛的一沉，巫山派的滅派之禍，是她一生的痛，她柳眉倒豎，杏眼圓睜，厲聲道：「王爺，你什麼意思，是不是也想學嚴世蕃，不顧這太祖錦囊，想要強行併吞我們巫山派？」

沐朝弼哈哈一笑：「屈寨主，你誤會了，我的意思是，太祖錦囊並不能保你們巫山派平安，事實已經證明，這東西在你身上，只會給你、給你們巫山派帶來災難，**你之所以被朝廷列為欽犯，正是因為匹夫無罪，懷璧其罪之故**，朝廷對這東西有多重視你不是不知道，小閣老敢不顧你這東西的威脅，悍然攻擊你們巫山派，也是吃準了你們不可能據此物造反，既然現在情況是這樣，與其繼續保留這個禍端，何不如把東西交給本王呢？」

屈彩鳳冷笑道：「說了半天，王爺原來是想要得到太祖錦囊，好向皇帝報功請賞啊。」

沐朝弼摺扇「啪」地一下收了起來，瞬間變臉道：「屈寨主，明人不說暗話，你是綠林英豪，而我是世代食朝廷俸祿的郡王，本不是一條道上的人，我今天若是不講江湖規矩，直接帶兵來拿你，也是順理成章的事，畢竟你手裡的太祖錦囊，是可以造反起事的東西，即使你身邊沒有一兵一卒，也仍然對我大明有巨大的威脅，你說是不是？」

屈彩鳳仰天大笑，聲音中透出一股豪氣與憤怒：「很好，果然天底下當官的都一模一樣，終於把狐狸尾巴給露出來了，既然如此，你何不直接硬搶呢？這裡只有我姐妹二人，你不用動用山下的大軍，即使靠你的四大護衛，也足可將我們拿下，此時不動手，更待何時？再說這裡沒有外人，也不會有人宣揚你們五個大男人對付兩個女人的事。」

沐朝弼臉色變得十分難看，他身後的蘇全叫道：「屈彩鳳，你哪是什麼弱女子，你一個人殘殺寨中數十人，手段殘忍，哪有一點弱了？哼，看形勢不利，就想拿大帽子來誆我們不敢動手，真當我們是被唬大的嗎？」

說著，手放在兵器上，周身也開始騰起戰氣，只等沐朝弼命令一下，就準備與另三人聯手上前。

第六章

萬蠱門主

李滄行道：「王爺，萬蠱門主到底是誰？」
沐朝弼搖搖頭：「李大俠，此人用的一定是化名，
而且三十年過去，體貌特徵已經完全改變，
想要找到他，只怕難於登天。
不是我不想幫你，只是我實在沒有辦法找出他來！」

沐朝弼乾咳了兩聲，道：「屈寨主，本王覺得你對本王還是有所誤會，你因為這太祖錦囊被朝廷通緝，又被正邪各派追殺，就算你天不怕地不怕，可你巫山派想要重振，總不能這樣四處樹敵吧，得罪了朝廷，並沒有什麼好果子吃。不如本王做個和事佬，只要你肯把太祖錦囊交出來，本王一定會上奏朝廷，請皇上赦免你的罪行，准你重新建派。若是皇上不應允，本王願拿出大明皇帝所賜的丹書鐵券，可免死三次，送給你，管保你無事，如何？」

屈彩鳳冷笑道：「沐王爺，多謝你一直忍到現在沒對我出手，不過，這不是因為你有多好心，而是**你知道我不可能把太祖錦囊帶在身上，所以想先騙我交出太祖錦囊，對不對？**」

沐朝弼狡辯道：「屈寨主何出此言，這是對我們雙方都有利的事，就算我不奪取太祖錦囊，難道小閣老就能放過你了嗎？你在南少林重新現身，不論天涯海角，小閣老一定會跟蹤而至，你覺得你能躲過他的追殺嗎？」

屈彩鳳傲然道：「老娘還真想跟這狗賊算算總賬呢，他不來我還不好到京師去刺殺他，他若是離開了戒備森嚴的京師，老娘再高興不過！我巫山派幾萬條性命，新仇舊恨，正好跟他一併結算！」

沐蘭湘聞言立即道：「屈姐姐，我一定會幫你對付這個惡賊的。」

沐朝弼聽了道：「沐女俠，你是武當的長老，更是掌門夫人，捲進這種事只怕不合適吧。武當一向跟朝廷關係良好，你不幫朝廷奪回太祖錦囊就算了，怎麼能幫助屈彩鳳跟朝廷作對呢？」

沐蘭湘冷言道：「王爺，你還不知道吧，我早已不是武當掌門夫人了，我跟大師兄李滄行重歸於好，以後也只會是李夫人。」

沐朝弼道：「想不到南少林大會居然有這麼多大事發生，挺遺憾我錯過了，既然屈寨主和沐姑娘都跟那李滄行關係非同一般，想必李滄行也在附近吧，何不現身一見呢？」

李滄行哈哈一笑，從隱身的樹上長嘯而起：「沐王爺好眼力，李某在此！」話音未落，人已騰空而起，如同一隻藍色的大鳥凌空飛翔，在空中滑行十餘丈，落到二女身前。

沐朝弼上下打量著李滄行，道：「久聞黑龍會首領天狼風華絕世，是少年輩中最優秀的一位，今天一見，果然名不虛傳，真是英雄出少年啊。」

李滄行冷冷地道：「李某為奸人所陷害，蹉跎歲月，早不是什麼少年了，沐王爺，咱們還是打開天窗說亮話吧，這回李某攜兩位女俠前來雲南，就是想查出萬蠱門的秘密，而王爺關注的，顯然是那太祖錦囊，說了半天，我們總是談不到一起去，我看我們兩邊都應該拿出更多的誠意才是。」

沐朝弼眼中寒芒一閃：「你要怎麼個誠意法？直說吧。」

李滄行看了眼縮在一邊的張三平，道：「王爺，說到正經事情的時候，我不希望有什麼閒雜人等在場，你意下如何？」

沐朝弼點點頭，對張三平道：「三平，你辛苦了，到二山門那裡等我們吧，叫大家停在那裡，沒有我的召喚，誰都不要上來！」

張三平恨恨地瞪了李滄行一眼，轉身離去。偌大的寨門，只剩下李滄行三人和沐朝弼一行五人。

李滄行點點頭道：「王爺，你能告訴我，**你要太祖錦囊想做什麼呢？是想交回朝廷，還是想留著自己用？**」

沐朝弼面色一變：「李大俠，你什麼意思？我身為朝廷的黔寧王，世襲鎮守雲南，要這太祖錦囊做什麼？自然是要上交朝廷的。」

李滄行「哦」了聲：「這麼說來，王爺要這太祖錦囊，只是向朝廷報功的，對不對？」

沐朝弼道：「李大俠，聽說你也有個官身，咱們也算是同道中人了，你這樣說話，本王可不太愛聽啊，你我同食朝廷俸祿，應該知道食人所祿，忠君之事，太祖錦囊乃是可以挑動野心家的權力欲，弄得天下大亂的東西，為了大明的江山，為了蒼生百姓，都不應該讓它在江湖上流傳下來。你既然和屈寨主如此交好，也應該勸她早早拿出錦囊，歸還朝廷，這樣對大家都有好處。若是你覺得這功勞很大，那本王讓給你就是，由你送給朝廷，如何？」

李滄行哈哈一笑：「王爺可知太祖錦囊的具體內容呢？」

沐朝弼搖搖頭：「當年太祖皇帝傳下錦囊時，我家先祖已經鎮守雲南了，只知道這錦囊可以讓持有的人合法地誅凶除暴，逼昏君退位。但其中的內容，本王卻是一無所知。李大俠，這和我把錦囊取回交給皇上，有什麼關係嗎？」

李滄行道：「王爺，我告訴你一個秘密，**這錦囊只能由朱明皇子打開，傳說中可以持此錦囊誅凶除暴的人，也只能是朱明直系皇子**，像你這樣的異姓王，拿了這個是沒有用的。」

沐朝弼臉色一下子變得慘白，咬牙道：「這跟我沒什麼關係，本王再說一遍，本王並非欲行那謀逆之事，只是要上交朝廷罷了。李大俠，你話裡好像認定了本王是想騙來錦囊自己造反，太可笑了吧！」

李滄行道：「王爺，你仔細想想，若是這錦囊真的誰都可以用，那為什麼屈姑娘在遭遇如此深仇大恨後，不靠這東西奪了天下呢？而嚴世蕃又何以認定屈姑娘無力反擊，這才設下毒計，攻滅了巫山派總舵呢？」

沐朝弼聞言色變：「李大俠，你這話什麼意思？」

李滄行微微一笑：「沐王爺，今天我既然現身與你一見，又說要雙方都拿出誠意出來，就是不想拐彎抹角地把事情藏著掖著，我們要追查萬蠱門的意願，一上來就說得很清楚，你又何必跟我們玩這種猜謎語的把戲呢？」

沐朝弼想了想，道：「李大俠，可否單獨一敘？」

這正是李滄行所希望的，他很清楚，涉及謀逆的事，即使對四大護衛也一定是有所保留的，他轉頭對屈彩鳳和沐蘭湘說道：「彩鳳，師妹，請帶四位前輩找個屋子歇息一下，不要怠慢了貴客，我跟沐王爺商量一下就回來。」

沐朝弼身形一動，向後山的方向奔去，李滄行對四大護衛拱手行了個禮，也緊跟其後，很快，兩道身影便飛到後山斷崖那裡，正是上次李滄行聽見楊一龍與馬三立對話的地方。

現在是白天，四處幽靜，山風是兩人談話最好的掩護，李滄行運起內力感知了一下四周，發現並無他人，可以安心地和沐朝弼開誠布公地談話了。

沐朝弼轉過身子，剛才還和藹可親的臉立即變得陰沉沉的，道：「李大俠，你這樣緊緊巴著這個太祖錦囊不肯放手，是不是也有起兵奪位之意？」

李滄行笑道：「這麼說，沐王爺也承認你要這太祖錦囊，是有自立之心了，對吧？」

沐朝弼「哼」了聲：「我沐家為朱明皇室鎮守天南百餘年，可謂勞苦功高，但向來只能被姓朱的當成一條狗，想我先祖沐英，身為太祖皇帝的養子，卻仍然被錦衣衛監視，當年跟著他一起打天下的元老宿將，如徐達、藍玉這些人，又有哪個得以善終的？先祖在世之時，每天都憂心忡忡，惶惶不可終日，生怕哪天一紙聖旨就賜他自盡，精神壓力過大，才會不到五十歲就撒手人世。

「外人看來，我們黔寧王府是封家大吏，世襲罔替，可誰知道正是這樣的地位與實力，反成了皇帝的眼中釘肉中刺，歷代都被朱明皇家嚴密地監控著，不敢有半點異動。」

李滄行道：「所以王爺不想任人宰割，才對這太祖錦囊起了興趣，想要借此自立為王，是吧。」

沐朝弼搖搖頭：「不，你只說對了一半，**我要這個錦囊，是想有一份自保的力量**，丹書鐵券在外人看來可以免死，但對皇帝來說，想要殺你，一百張丹書鐵券也抵不了，只要扣上一個謀反的罪名就行了，但太祖錦囊不一樣，若是此物真的可以據之而得天下，那我就沒什麼好害怕的了，就算朱明皇帝想對我沐家下手，我們也有反抗之力，大不了拼個魚死網破就是。」

李滄行沉聲道：「沐王爺，你剛才也說過，嚴世蕃已經看中了太祖錦囊，不惜以毀滅巫山派來奪之，如果你得到太祖錦囊，難道就不怕嚴世蕃的報復嗎？還有，你連錦囊的內容是什麼都不知道，就想打它的主意，是不是太冒險了點？」

沐朝弼聞言道：「李大俠，這就是我要對你們表現出來的誠意了，我現在向你坦白我的心思，也不怕再跟你說得更明白些，錦囊是何內容，我確實不知，但是本王可以先把錦囊拿到手後再作計較，能用則留，不能用便交給朝廷，於我來說，是有益無害，無論如何都勝過世世代代在這裡忍氣吞生，過著提心吊膽的日子。」

李滄行笑道：「王爺算盤打得倒是精明，只是我可以很明確地告訴你，錦囊你用不了，上面說得很清楚，必須要朱明皇子才能持有，而且我可以告訴你，裡面並不是什麼藏寶圖或者兵書之類的東西，其實只是一道詔書！你也知道大明的祖制，詔書必須要留一個副本，不然就是矯詔。副本現在不在我們的手裡，這也是彩鳳無法據此一搏的原因。」

沐朝弼臉上露出極度的失望之色：「啊，原來是這樣，唉，想不到我策劃多年，到頭來還是一場空啊。」轉念又道：「李大俠，你和嚴世蕃也有不解的深仇吧，我想你是不會把太祖錦囊交給他的，既然此物無用，何不作個順水人情，把它交給我呢？我們沐家保留這東西，一邊搜尋副本的下落，朱明的皇室宗親很多，光是雲南和貴州就有十餘人，大不了我可以找個宗室，假借他的名義起兵啊。」

李滄行道：「王爺，此事沒你想像的那麼簡單，不過我可以跟你保持一定程度的合作關係，現在太祖錦囊的秘密，我告訴你了，你是不是也該跟我談談那萬蠱門了呢？」

沐朝弼裝糊塗道：「李大俠，萬蠱門之事，本王實在不知，並不是有意欺瞞你啊。」

「哦，那山中老人，你也不認識？」

沐朝弼不自覺地向後退了一步，身子也微微一抖，濃眉一挑，道：「這個人你是怎麼認識的？」

李滄行淡淡地道：「他找過我，你和萬蠱門的事，也是他告訴我的，怎麼樣，王爺，你還要繼續騙我嗎？那咱們可就沒法合作了啊。」

沐朝弼聽了，一跺腳：「好吧，不錯，先祖沐英為了控制雲南境內的漢苗各派，再就是想要留一個以後反擊朱明皇家的武器，所以我們幫萬蠱門玩了個金蠶脫殼的辦法，助他們的傳人逃過一劫，生存下來。」

沐朝弼終於承認此事了，李滄行抑制著心中的激動，道：「這麼多年來，他們一直為你們煉製金蠶蠱，你們都用到哪裡去了？」

沐朝弼長嘆一聲：「李大俠，事情沒有你想的這麼順利，萬蠱門雖然一直在我們的庇護下秘密存在，但是勢力已經與當年全盛時期不可同日而語，最要命的是，總壇被毀後，煉製金蠶蠱的秘笈也因此遺失，不少重要的配方都沒了，只能一代代人從頭摸索，這一百多年來，沐王府歷代當主不知道為了萬蠱門花費多少金錢和精力，他們養蠱的地方也是一變再變，東躲西藏。

「也就是四十多年前，本來我父王已經對萬蠱門快要失去信心了，想要把他們給剷除掉，可沒想到時任萬蠱門主的人，卻意外地實驗成功，培育出三條金蠶幼蠱，威力更勝以前的品種，這三隻幼蠱一旦進入絕頂高手的體內，便會吸取其內力精華，盡得其功力，如果能得到這成形的蠱蟲，加以服食，即可增加數十年的功力，甚至聽說配合其他的靈藥使用，還可以羽化成仙，長生不老。」

李滄行臉色一變：「什麼，你說這個東西還可以長生不老？」

沐朝弼嘴角勾起一絲邪惡的微笑：「這是那萬蠱門主說的，我也不太清楚，但是雲南這地界沒有那樣等級的高手可以供其下蠱，魔教精通下蠱之術，自己也培養三屍腦神丹，所以萬蠱門主便把下蠱的目標定在中原門派，三十年前就離開了秘密基地，前往中原，他答應我們，至少會帶一隻金蠶蠱蟲回來，給我們沐王府。」

李滄行質疑道：「人都走了，你有什麼辦法能制約這個萬蠱門主？」

沐朝弼笑道：「這就是我們沐王府跟萬蠱門主的秘密了，你放心，我們自然有辦法能控制得了萬蠱門。雖然他一走幾十年，但是無論他走到天涯海角，我們都可以找到他的。」

李滄行毫不留情地道：「那三隻蠱蟲，種在我紫光師伯身上的，已經被陸炳毀滅，剩下兩隻，我若是萬蠱門主，就會自己服下蠱蟲，羽化成仙，還怕會受你控制嗎？」

沐朝弼突然想到了什麼，臉色變得慘白，一拍腦門道：「對啊，若是他自己能羽化成仙了，自然一切都可以不管不顧，我怎麼沒想到這一層呢？」

李滄行心中猜到了個大概，冷笑道：「**原來你們是控制萬蠱門主的親人或者是後人**，這才放心地讓他去中原行蠱，對吧？」

沐朝弼額頭上冷汗涔涔而下，道：「不錯，正是如此。李大俠，你提醒了我，萬蠱門主若能成仙，還要管什麼子孫後代！難怪他這幾年都不來找我們，也不通知任何消息，**看來他是找到了羽化登仙的辦法啦！**」

李滄行道：「王爺，萬蠱門主到底是誰？你告訴我，我去找他。」

沐朝弼木然地搖搖頭：「李大俠，沒用的，此人去中原，用的一定是化名，而且三十年過去，體貌特徵已經完全改變，想要找到他，只怕難於登天。不是我不想幫你，只是我實在沒有辦法找出他來！」

李滄行怒道：「我不信，難道這麼多年，他連自己的家人也不回來見上一面嗎？」

沐朝弼嘆了口氣：「你有所不知，那個萬蠱門主，早在四十多年前就研究出了新的金蠶蠱，可是我們怕他就此一走了之，無法控制，因此不許他離開雲南，直到他娶妻生子後，才讓他離開這裡，我們在他的妻子和孩子身上種下了沐家特有的毒藥，若是十年內不服解藥的話，勢必會毒發身亡。」

李滄行瞪大了眼睛：「沐王府還有這個本事？」

沐朝弼得意地道：「不錯，大明的開國皇帝朱元璋，本來是明教中人，也就是魔教的前身，而我的先祖沐英，也曾經是明教中人，對各種慢性毒藥非常精通，之所以有信心收服萬蠱門，不擔心他們反叛，就在於此，所以歷代的萬蠱門主，我們都會給他和他的妻兒吃下慢性毒藥，以控制其人，這樣才能放心地讓他們脫離我們的視線。」

李滄行沉吟道：「這麼說，萬蠱門向來都是單傳了，對不對？」

沐朝弼點點頭：「不錯，從大理段氏建立這個秘密組織開始，就是一脈單傳，而且是傳子不傳女。」

李滄行又問：「那要是生不出兒子，斷了香火怎麼辦？」

沐朝弼笑道：「那就會傳女婿，反正生出來的孩子還是萬蠱門的血親後代，只不過這孩子要改姓為萬蠱門的姓罷了。」

李滄行雙眼一亮：「萬蠱門主姓什麼？」

沐朝弼道：「萬蠱門主本是苗人，以部落為姓氏，當年被大理段氏收服之後，賜姓為段，而被蒙古梁王控制之後，又改姓為蒙古姓氏，被我們沐家收服之後，自然就是跟了我們姓沐了。這也算是歷代雲南的統治者，對他們的一種恩賜。」

李滄行疑道：「什麼，這萬蠱門主姓沐？」

沐朝弼點點頭：「他叫沐傑，曾進過點蒼派學習劍術，後來娶妻生子，然後才去中原，至於他到中原後叫什麼，在哪裡落腳，我們就不得而知了。」

李滄行喃喃地念了這名字兩遍，他很確定，中原一帶老一輩的高手中，沒人叫這個名字，顯然他是隱姓埋名了。

「此人既然是萬蠱門之人，又怎麼會到點蒼派學劍呢？」

沐朝弼道：「他的武功都是萬蠱門的祖傳的招式，與中原各派的武功路子截然不同，所以加入名門正派點蒼派，學得點蒼的劍法，這樣可以為他以後帶藝投師加入中原正派打下基礎。」

李滄行恍悟道：「原來如此，此人聽起來天賦異稟，既能養出金蠶邪蠱，又能學得一身武藝，實在厲害。」

沐朝弼點頭道：「不錯，此人天分之高，世所罕見，加入點蒼派不到五年，就在江湖上聲名鵲起，若不是為了隱瞞身分，刻意地不出人頭地，只怕早就在江湖上成為有名的高手了，後來他在點蒼派娶了自己的師妹，生下兩個女兒，然後說要去中原正派潛伏，我們是在他的妻子和女兒身上下了毒後，才放心地讓他們去中原。」

李滄行眉頭一皺：「那沐傑的夫人又是何人？她知道沐傑的身分嗎？」

沐朝弼道：「沐傑為人心思縝密，他的真實身分，連自己的夫人和女兒都瞞著，**全天下只有我知道他的來歷**，那個毒是我趁他家人熟睡時親自下的，所以我很肯定他的妻兒中了毒，非要我的解藥不可，這才放心他們離開。這些年我曾暗中派人查探他是否在江湖上出現過，可是人海茫茫，他又刻意隱姓埋名，我打探了二十多年，仍然全無頭緒，只好作罷。」

李滄行追問道：「那沐傑又是如何來找你要解藥的？而且金蠶蠱不是只有在雲南才可以放養嗎，為何能帶到中原害人？」

沐朝弼嘆道：「這就是沐傑的厲害之處了，他培養的新品種金蠶邪蠱，可以短暫地脫離雲南之地，在中原存活一年以上，所以他去中原時，帶上蠱蟲，只要進了人體內，就可以存活下去，不再受地理環境的影響。以前沐傑每十年就回來拿一次解藥，順便向我報告他在中原的進展，可是他卻對自己所處的門派諱莫如深，每次只拿了解藥就走，我幾次問過他金蠶蠱的培育情況，他卻總是推說看時機再下手，讓我放心。」

李滄行質疑道：「難道你就對沐傑的動向這麼不關心，甚至不派人跟蹤打探嗎？」

「我曾經兩次跟蹤他，可是此人極擅追蹤術，又會易容，所以每次都讓他得以遁走，上次他來找我，已經是八年前的事了，按說他這兩年應該要出現了，可是金蠶蠱已經下在紫光道長的體內了，他卻沒有收回，這又是怎麼一回事呢？」

沐朝弼百思不解地道。

李滄行猜測道：「也許是陸炳提前下手打開了紫光師伯的棺材，事發突然，此賊正好不在武當，所以讓陸炳得了個先手。這也算是陰差陽錯，壞了他的計謀。」

沐朝弼懊惱地喃喃說道：「若是紫光真人這樣的絕頂高手培育出來的金蠶蠱，沒準真的可以讓人羽化成仙呢。該死，我怎麼沒有想到這一層呢！」

李滄行厲聲道：「沐王爺，你想要稱霸可以，但怎麼可以支持萬蠱門做這種傷天害理，滅絕人性的事呢？以人體養蠱，吸取人的血肉精華，拿這樣的蠱蟲來助自己修煉，這和吃人有什麼區別？這不是禽獸所為，是什麼？」

沐朝弼老臉一紅，抗聲道：「這修仙之事，你懂什麼？上古的丹藥師煉製長生不老的仙丹，不也照樣要用童男童女的心肝腦髓為藥引？」

李滄行劍眉一挑：「李某為人行事，就當斬妖除魔，此等殘害人命的修仙之法，只要見到了，一定剷除，沐王爺，你如果繼續支持沐傑，休怪李某不客氣了。」

沐朝弼眼珠子一轉，打哈哈道：「李大俠，何必如此動怒呢。此法確實有違天和，我們沐家世代可沒有人用這種邪法練過功，這只不過是沐傑那惡賊的鬼把戲罷了。這些年我思前想後，也覺得這辦法太邪惡，想著這沐傑回來時，一定要想辦法阻止他，你若是能幫我找到這個沐傑，將之消滅，自然是最好不過的事啦。」

李滄行冷冷地道：「沐王爺，除了你跟我說的這些情報外，還有別的線索可以找到沐傑嗎？」

沐朝弼搖搖頭：「沒有了，噢，對了，我的四大護衛之一，『天南劍客』白所成和沐傑一起出身於點蒼派，當年二人同門學過藝，也許他知道更多有關沐傑的往事。」

李滄行聽了精神一振：「哦，白所成也是點蒼派的？他不是家傳武學嗎？」

沐朝弼笑道：「這四大護衛裡，只有白所成不是家傳武功，白家本以槍法和鞭法見長，可是白所成自小就喜歡舞刀弄劍，不喜歡槍棒之術，所以五歲的時候被家人送進點蒼派學藝，果然盡得點蒼派劍法的精要，若不是因為有沐王府四大護衛的身分，他又是獨子，必須盡職責，他早就接掌點蒼派掌門的職務了。」

李滄行感嘆道：「這也不是壞事，二十年前，點蒼派被魔教所滅，全派上下弟子幾乎全部戰死，白所成算是逃過一劫呢。」

沐朝弼嘆了口氣：「可不是麼。這些年魔教的勢力膨脹得太快，連我也無法壓制，又不知道走的什麼路子，居然打通了嚴嵩父子的關係，以內閣的名義下令，不許我對魔教的發展加以阻礙，我自然不會為了這些江湖中事得罪這對父子，所以對魔教的發展也只能睜一隻眼閉一隻眼了。點蒼派被滅後，白所成曾經向我討兵請求復仇，我沒有答應他，所以他對我也若即若離，轉而專心經營自己的生意去了。」

李滄行心中暗笑，只怕這沐朝弼到現在也不知道，**白家從他們沐家在雲南立足時，就已經是錦衣衛長年監視他的一張王牌了**，至於這白所成，更是陸炳要自己暗中接頭的那個人，這樣也好，可以借著詢問沐傑的消息，暗中和白所成接上頭，省得沐朝弼起疑心。

李滄行點點頭道：「這麼說，魔教和沐王府沒有任何關係了？」

沐朝弼先是一愣，轉而怒道：「李大俠，我知道你跟魔教有很深的過節，但我連萬蠱門的事都承認了，若是真的跟魔教有什麼瓜葛，又何必隱瞞呢？在我雲南的地盤上，出現這麼一個強大的武林門派，換了你到我這個位置上，你能甘心嗎？」

李滄行微微一笑：「這倒是，好吧，我相信沐王爺和魔教沒有關係。最後一個問題，那個山中老人又是什麼來頭，他讓我來找你詢問萬蠱門的事，又是何用意？」

沐朝弼道：「此人來歷極為神秘，我也不知道是何路數，只知道他和嚴嵩有些說不清道不明的關係，想當初他第一次來找我的時候，也是出示了嚴嵩的信件，嚴嵩那時是內閣次輔，但已經勢力龐大，紅得發紫，連我也不得不給他面子，給這個山中老人在雲南一帶的活動提供一些方便。」

李滄行進一步問道：「此人長相如何，年齡多大，沐王爺可曾和他見過面？」

沐朝弼道：「這人極為神秘，第一次見我時，隱身在一輛馬車上，我並沒有看到他的面貌，他派隨從交給我嚴嵩的親筆信，要我替他建造十餘處洞府別院，對了，在滾龍寨附近的鏡湖，我就替他建了一處小築，作為其中一個基地。」

李滄行聞言道：「那地方我去過，他就是在那裡和我見面的，沐王爺，你建這些宅院的時候，可曾為他布下各種機關、暗道或傳聲銅管之類的東西？」

沐朝弼回道：「那倒沒有，我只建了屋子，這些機關是他自己設計施工的。他也不願意我知道太多他的秘密，所以每次來雲南，他也從不通知我，我也只當賣嚴嵩父子一個人情。要知道我們這些邊關的主帥，說好聽點是封疆大吏，說難聽點，天高皇帝遠，這些朝中的奸臣若是起了壞心，上表說我們謀反，只怕我們的結局比起三邊總督曾銑也不會好到哪裡去。」

李滄行想到曾銑一介忠臣，熱血為國，殫精竭慮地想要收復河套草原，為大明開邊拓土，卻不曾想被奸臣嚴嵩父子所陷害，連帶他的朝中支柱夏言一起被冤殺，自己親歷此事，卻無力保護忠良，這些年每每思之，都會黯然神傷。

李滄行幽幽地說道：「曾大人實在是太可惜了，好吧，沐王爺，你們沐王府雖然豢養了萬蠱門這樣的邪惡組織，可是畢竟為大明鎮守邊疆一百多年，保持了雲南的穩定，也算是有功於國家，你結交嚴世蕃的事，我可以暫時不跟你計較，只是我奉勸你一句，嚴世蕃這對賊父子的好日子不會太長了，你們最好不要把希望寄託在這對父子身上。」

沐朝弼眉頭一皺，道：「李大俠，雖然我知道你很有本事，但是這話也言過其實了吧，世人都知道嚴嵩父子權勢沖天，從朝堂到地方，一半以上的官員都是他們嚴黨，連皇上也動他們不得，就是在這雲南，雲南巡撫和總兵也都是嚴嵩的人，他們只要不謀反，皇上又怎麼可能動他們呢？」

李滄行眼中寒芒一閃：「**善惡有報，世間自有天道**，嚴嵩父子禍國多年，膽子越來越大，已經觸及皇帝的底限了，沐王爺怕還不知道吧，嚴世蕃這幾年一直在東南沿海勾結倭寇，壟斷沿海的貿易，甚至走私大批的絲綢，自己賺得財源廣進，國庫卻無錢可入，連官員的俸祿都發不出了，也直接影響到了皇帝的修仙大事。這些事我都有充分的證據，會找時機讓清流派的重臣把它呈給皇帝，到時候嚴黨的倒臺，會比你意料中的速度要快得多。」

沐朝弼吃驚地道：「什麼，嚴世蕃居然勾結倭寇？這怎麼可能呢！」

李滄行微微笑道：「你當嚴世蕃想爭奪太祖錦囊，難道是奉了皇帝的旨意嗎？他欲奪此物也跟你一樣，是為了自保，而且以嚴世蕃的貪婪，一旦得到，很可能真的會自立為君。」

沐朝弼懷疑道：「可是嚴氏父子把持朝政這麼多年了，雖然遍布黨羽，但只是為自己撈錢罷了，他們應該不是那種對權勢非常熱衷的人，我還是覺得這事不太靠譜，李大俠，我知道你跟嚴世蕃有很深的仇恨，本王無意捲入你們的恩怨之中。」

李滄行聳聳肩道：「王爺，這不過是李某對你的好意提醒罷了，你心中有數就行，李某會獨自對付魔教與嚴世蕃的，不需要你出手相助。不過我們來雲南的事，只怕很快魔教就會知道了，在冷天雄做出反應前，我想弄清楚這個山中老人的事。既然他是嚴嵩推薦來的，我想一定和魔教，和嚴氏父子有很深的關係，而他讓我主動找你詢問萬蠱門的事，對他的動機，沐王爺有何看法呢？」

沐朝弼道：「本王也不知道他為什麼要跟你透露此事，看來他好像很希望我們火拚一場。李大俠，幸虧你的定力夠，沒有給仇恨沖昏了頭腦，老實說，如果換成我是你，早就二話不說直接開打了。」

李滄行正色道：「不錯，那個山中老人很清楚我跟嚴世蕃、魔教還有萬蠱門的血海深仇，卻向我明言你沐王爺和萬蠱門是盟友，這就是有意提示我，王爺也很可能參與了對紫光道長的下蠱，是我李滄行的死敵！」

沐朝弼眉頭一皺：「李大俠，本王可以對天發誓，我雖然資助和庇護萬蠱門主沐傑，可是多年來都沒有他的下落，更談不上對他有所指使了，他到中原如何使用這些金蠶蠱蟲，我一點也不清楚。」

李滄行看沐朝弼的神色誠懇，不似作偽，於是道：「這點我信得過沐王爺，只是這金蠶蠱成形後的那個金蠶飛蟲，生出雙翅，而且見人就攻擊，就連陸炳都差點著了道兒，而且那蠱蟲被殺之後，流的全是黑色的汁漿，落到地上都能把石塊給腐蝕掉，堪比王水。您覺得這東西可以吃嗎？」

沐朝弼臉色一變，失聲道：「怎麼會這樣，這東西不是可以增進功力，助人成仙的嗎？」

李滄行冷笑道：「只怕這又是萬蠱門主放出來的傳言，若是金蠶邪蠱真有這麼厲害，那光靠吃蠱蟲，就可以長個幾十年功力，萬蠱門主的功力一定是天下第一，無人能敵，可還不是被魔教和錦衣衛聯手剿滅了嗎？

「可見這個萬蠱門主也沒靠吃蠱蟲變成什麼超級高手，最多也就是大派護法的武功，**這個吃了蠱可以功力大增的說法，多半是萬蠱門主為了證明自己還有利用價值而編造出來的謊言。**試想他在紫光師伯體內下了蠱蟲，**若是真的指望吃這蠱蟲增進自己的功力，又怎麼可能不盯著紫光師伯的墳墓，反而被陸炳挖了出來呢？**」

沐朝弼聽了，如逢雷擊，這個打擊對他來說太大了，百餘年來，十代人的努力，卻想不到竹籃打水一場空，他恨恨地一掌擊出，一塊山岩炸得如粉末一般，被山風一吹，飄得滿空都是，他則氣急敗壞地仰天長嘯，聲音中充滿了怨恨與懊悔！

李滄行抱著臂，冷冷地看著沐朝弼歇斯底里地發洩，四大護衛聽到沐朝弼的咆哮，以為出了什麼事，紛紛奔了過來。與他們並駕齊驅的，則是屈彩鳳和沐蘭湘一紅一藍的兩道倩影，見李滄行神情自若，兩顆芳心這才放了下來。

劉伯仁奔在最前面，看到沐朝弼仰天長嘯的樣子，連忙單膝下跪，道：「王爺，屬下護駕來遲，還請恕罪！」其他三人也跟著跪下行禮。

此時六個人都騰起了護身真氣，武器也抽了出來，只要有什麼不對勁，立馬就會開打起來。

沐朝弼咆哮半天之後，胸中怨氣出了不少，抬手沉聲道：「本王沒事，只是一時激動罷了，你們辛苦了，回去吧。沒我的信號，不要過來！」

劉伯仁遲疑道：「王爺，真的沒事嗎？」

沐朝弼冷冷地道：「本王說了沒事，到底要本王說幾遍？」

劉伯仁不敢再問，和其他三人一起站起身，向來路奔回。

李滄行對屈彩鳳和沐蘭湘點了點頭，二姝心領神會，也是幾個起落便不見了蹤影。

沐朝弼深深呼出一口氣，道：「李大俠，今天本王還得多謝你，若不是你及時提醒，本王還不知道要被沐傑這狗東西騙多久，想來這個金蠶蠱只能作為控制他人的一種厲害手法，可以食盡被下蠱之人的血肉，卻無法給施蠱者食用，哎！也是我們沐家鬼迷心竅，這麼多年竟一直相信這種鬼話！」

李滄行道：「騙子會投其所好，像大理段氏，還有沐王爺這樣的人，都是權勢沖天，富甲一方，對於權或者錢已經不再看重，更不要說美女了，你們唯一想要的就是長生不老，想要永遠地享有這樣的權勢和現在的生活，萬蠱門正是看穿這點，就在這事上做文章，不僅可以保護自己，還可以趁機脫離你們的控制。」

沐朝弼質疑道：「脫離我們的控制？李大俠，這不可能吧，沐傑一家人可是服了我們祖傳的毒藥，除了回來找我，別無他法，而且這麼多年來，沐傑都是十年回來一次，從未中斷過！」

李滄行打臉道：「**世上沒有解不了的毒藥**，你既然有解藥，我想沐傑精於使毒用蠱，也一定會想辦法加以破解的。」

沐朝弼不屑地道：「談何容易，先祖配製的**雲飛煙消丸**，乃是用七十二種至毒之物，加以一定的比例調配而成，每隔十年發作，只要一發作，一個時辰內必將肚破腸穿，死狀極慘，而且無法檢測出其中的成分，更談不上破解了。」

李滄行問道：「你不是每十年給他一次解藥嗎？難道他不會在解藥上作手腳，自行研究出來？」

沐朝弼笑了起來：「看來李大俠對我們使毒的辦法還是知之甚少啊，這所謂的解藥，同樣是這七十二種毒物所調配，天下的毒蟲，相生相剋，往往一種毒蟲就是另一種毒蟲的剋星，而我的所謂解藥，只會根據初次所下的藥性，以毒攻毒，同時把某幾味毒蟲的藥量加大，這樣就會形成新的毒性，所以他是根本不可能調配出解藥的。」

李滄行皺眉道：「這毒物之術，我也在錦衣衛學過一些，以毒攻毒之法確實不錯，可是如果是精於此道的人，把你給的解藥拆開，然後好好研究裡面的成分構成，一定能找出破解之法，王爺，你的話太主觀了。」

沐朝弼神色自若地道：「就算他去分析解藥，那藥丸也就廢了，而且我給他們四個人每人下的毒都不一樣，除非他不要某個人的命了，不然絕不可能拆開藥丸，檢測這七十二種毒物的。」

李滄行忽然心中一動：「你每十年給他四粒解藥，從來沒變？」

沐朝弼點點頭：「不錯，而且每個人的解藥不一樣，要根據下藥時的分量來調配，怎麼，有什麼問題嗎？」

李滄行反問道：「王爺，你就沒有想過，沐傑雖然還活著，可是他的妻子和那兩個女兒，若是有人死了，他不就可以把那解藥留下，自行研究了嗎？」

沐朝弼張大了嘴，他從沒有想過有這種事，半晌，才恨恨地一跺腳：「對啊，若真如李大俠所說，那這人也許真的找到解毒之法了！」

李滄行笑道：「這正是當局者迷，旁觀者清吧。王爺，我再問你個問題，你是從你這一代開始，才給萬蠱門主服用毒藥加以控制嗎？還是以前你的先祖們就這樣做了？」

沐朝弼嘆道：「從第一代黔寧王開始，就對萬蠱門主施藥控制了，只是以前的萬蠱門主都未離開過雲南，所以從來沒出過事，直到這個沐傑，是第一個離開雲南的。」

李滄行點點頭道：「這就是了，歷代萬蠱門主只怕也在不停地琢磨解藥的成分，**他們不是造不出金蠶蠱，而是在等待時機，好打破沐王府對他們的控制**，直到沐傑的上一輩，大概就已經找到解毒之法了，這才讓沐傑借著去中原下蠱的名義，擺脫你們對萬蠱門百餘年來的控制。」

沐朝弼驚得合不攏嘴，不得不承認李滄行的推斷，無奈地道：「你說得有道理，我是當局者迷，完全沒有想到事情的真相會是這樣。」

李滄行笑道：「沐王爺，只是萬蠱門人離了雲貴二省，最多也只是逃離生天，卻再也養不了蠱蟲了。我想沐傑一定是早早地找好退路，這才放心大膽地離你們沐王府而去。」

沐朝弼雙眼一亮：「你是說，沐傑找了其他的幫手，在雲貴秘密地煉他的蠱蟲？」

第七章

智計無雙

沐朝弼半晌無語，久久才道：
「此人真的是智計無雙，本王甘拜下風。
那麼李大俠，這人明明自己和萬蠱門主才是真正的勾結，
卻將此事推到我身上，還叫你來找我問話，
實際上是希望你殺了我報仇，這又是為何？」

李滄行點點頭：「王爺想想看，雲貴二省，還有什麼勢力強大到可以接納這個沐傑呢？」

沐朝弼脫口而出：「魔教，再就是山中老人了！貴州那裡沒有像樣的江湖勢力，以前的黔中十三家早被魔教消滅，難道沐傑找的新靠山是魔教不成？」

李滄行表情變得異常嚴肅，儘管他在一步步地推論，但內心深處實在是不想有這樣的結果，魔教勢力龐大，冷天雄又足智多謀，武功高絕，若是跟萬蠱門真的有聯繫，那復仇的難度將會上升許多。

李滄行突然心中一動，道：「只怕未必，魔教勢力龐大，如果只是想以蠱蟲來控制他人的話，早有三屍腦神丹之類的藥丸了，與萬蠱門主的合作，對他們未必有好處。沐傑現在下過蠱的人，除了武當的紫光師伯外，還有一個人可能是原巫山派的寨主林鳳仙，可是林鳳仙以前跟魔教的關係非同一般，他又有什麼理由要去害林鳳仙呢？林鳳仙可是鐵骨錚錚的女中豪傑，寧死也不可能受他的要脅！」

沐朝弼道：「也許是冷天雄也知道了太祖錦囊的秘密，想用這種方式逼林鳳仙交出太祖錦囊呢。或者是沐傑又拿那吃了金蠶飛蠱後可以功力大增，甚至是得道成仙的鬼話來騙他，讓他也信以為真了呢。」

李滄行想了想，還是搖頭：「王爺，你說的，我覺得可能性不大，冷天雄這些年來一直忙於和中原各派的正面交戰，自己在雲南的時間都很少，前幾年也是一直待在東南一帶與倭寇進行交易，我想他並沒有太多的時間來管控這個萬蠱門主。而且冷天雄志在江湖，而不是天下，他對太祖錦囊的興趣，遠沒有嚴世蕃來得大，所以我覺得，真正跟萬蠱門搭上關係的，可能是那個神秘的山中老人。」

沐朝弼臉上閃過狐疑之色：「怎麼會是他呢？」

李滄行沉聲道：「也許這個山中老人真的有什麼邪法，可以讓金蠶飛蠱除了害人以外，還能為他所用，若非如此，這人為何要在雲南大費周章地建立這麼多秘密基地，建立起自己龐大的地下勢力，卻不參加江湖爭霸呢？」

沐朝弼若有所思地說：「會不會是冷天雄使的障眼法，故意讓手下假扮這個什麼山中老人，和我接觸，以安我心呢？」

李滄行否決了這個想法，道：「不太可能，因為山中老人拿著嚴嵩的信件來找你，是三十多年前的事，當時冷天雄連魔教教主都沒當上，哪有資格做這些事？再說，魔教的勢力在三十年前就已經很龐大，雖然沒有進入中原，但在雲南這裡建些秘密基地，山洞之類的，易如反掌，又何必要託王爺做這件事呢？」

沐朝弼聞言道：「確實是這個道理，聽你這麼一分析，還真有可能是這山中老人跟萬蠱門主勾結在一起的呢。」

李滄行兩道劍眉不自覺地又扭到了一起，道：「這個山中老人的來歷，沐王爺可有辦法能查清楚？他第一次見你，是什麼時候的事？你能再回憶一下嗎？」

沐朝弼思索許久後，才道：「我記得那是嘉靖五年的事，因為當時剛剛經歷大禮議事件，那時我還只是黔寧王世子，八月十三正好是我的冠禮之日，就在這一天，那個山中老人找上門來，所以我記得很清楚。」

李滄行聞言道：「這個山中老人就這麼大搖大擺地直接來府上嗎？」

沐朝弼搖頭道：「當然不是，當時我剛行完冠禮，那天，雲南全省的苗族頭人，還有漢族高官們全都到場，王府內好不熱鬧，父王親自把成人的冠冕加在我的頭上，並給我表了字，賓主正在歡飲之時，管事突然進來，拿了張帖子給父王，父王還很不高興，說了句怎麼會有人不請自來，還怪那個管事不懂規矩，壞了大家的酒興，可是當父王看完拜帖後，馬上臉色就變了，當即跟所有賓客說有要事失陪，匆匆地去了後堂，由我在前面主持宴會。

「沒過多久，父王又把我給叫了過去。我原以為會到書房或者會客廳議事，沒想到管家直接帶我出了後門，後門那裡停了一輛做工非常精美的馬車，車邊站著幾個護衛隨從，都是有功夫在身的人，車裡有兩個人，但說話的卻只有一個。」

李滄行問道：「真的是兩個人嗎？王爺如何得知？」

沐朝弼微微一笑：「裡面是兩個人的氣息，我能感知得到，而且映在車窗上的影子也是兩個人。我見父王站在馬車邊，還有點生氣，想這來客好大的架子，就算是皇帝來沐王府，也不至於自己坐在車裡，卻讓父王站在一邊，忍不住想要上前理論，卻被父王拉住，他給我看了信，是嚴嵩嚴閣老寫的，要我們好生接待這個不速之客。當時那人自稱山野狂人，說是初來雲南，想要找些落腳之地，要我父王幫他安排。」

李滄行道：「嚴嵩也不是皇帝，不過當時是內閣次輔罷了，你父王為什麼要這樣對他低三下四的？」

沐朝弼嘆了口氣：「這是因為我父王在大禮議事件時，站在內閣首輔楊廷和一邊，沒想到楊廷和黯然辭官歸隱，帶頭鬧事的楊慎，則和幾百名官員一起被免官流放，官場上一片恐慌。即使是我們沐家這樣世襲的王爺，因為在這件事上站錯了邊，也很擔心皇上會借此免掉我們的王位，所以對朝中新貴嚴嵩自然是百般巴結，不敢得罪，何況來人只不過想在雲南建十幾處住所，這對我們來說是小事一樁，所以我父王當場就答應了下來。」

李滄行點點頭：「原來如此。」

突然他想到了什麼，眼中神芒一閃，問道：「沐王爺，那巫山派掌門林鳳仙帶著太祖錦囊前來雲南，收服滾龍寨和扣虎塘又是在哪一年？」

沐朝弼笑道：「巧得很，也是在這一年，跟山中老人上門只隔了幾個月而已。後來我才知道林鳳仙在寧王起兵失敗後就惶惶不可終日，她參與了謀反之事，生怕朝廷不會放過自己，於是想到了偷太祖錦囊以自保的辦法。

「只是她偷到錦囊之後，勢力薄弱，又不敢在巫山派久留，於是躲到這雲南，正好碰上我們剿滅滾龍寨，情急之下，便取出太祖錦囊，當時帶兵攻寨的人正好是我，看到太祖錦囊，不知真假，特意把我父王請了來，父王知道太祖錦囊的來歷，於是默許她立足幾處山寨，一直到幾年前巫山派被滅，屈彩鳳下落不明，我們才對滾龍寨和扣虎塘下手的。」

李滄行恍然大悟，「原來是這樣，這就是了。」

沐朝弼看著李滄行的表情，不解地道：「這就是什麼？」

李滄行哈哈一笑，說道：「這個山中老人應該是嚴世蕃的一個老相識了，他來雲南，是不甘失敗，想要東山再起，他很清楚萬蠱門的底細，所以早就做了打算，要你建那些秘密基地，我猜這些基地經過他的改造後，早就成為萬蠱門主偷偷煉蠱的地方了！」

沐朝弼吃驚地道：「這怎麼可能？那些地方我明明知道，他還敢讓沐傑在這些地方煉蠱？」

李滄行分析道：「這就是此人的高明之處，他明知沐王爺清楚這些地點，可是你不會去查這些地方，所以他就暗中加以改造，比如那個鏡湖小築，他在湖底鋪了銅管，還不知用了什麼妖法邪術，可以遠端透過煙霧來跟屋中的人對話，由此可知，他在其他地方也做了改造，必然有些地方被他弄成煉蠱的基地，供萬蠱門主使用。」

沐朝弼半晌無語，久久才道：「此人真的是智計無雙，本王甘拜下風。那麼李大俠，這人明明自己和萬蠱門主才是真正的勾結，卻將此事推到我身上，還叫你來找我問話，實際上是希望你殺了我報仇，這又是為何？」

李滄行恨聲道：「他明知我來雲南，一定掌握了一些線索，萬蠱門主出身雲南，能庇護他的也只有沐王爺，所以他把此事告訴我，讓我來質問你，你正好也想從我身上得知太祖錦囊之事，只要我們雙方稍有不慎，就會拼個你死我活，若是**我失手殺了王爺，那萬蠱門的秘密便會永遠隱藏下去，再也沒有線索了。**」

沐朝弼驚道：「好狠的毒計！李大俠，幸虧你智計過人，識破了奸人的毒計，才不至於鑄成大錯，那現在怎麼辦？」

李滄行道：「王爺，只怕你現在的處境很危險，這回山中老人還有萬蠱門主之所以沒有對你下毒手，就是因為要利用你的死，來打消我追查的念頭，如果他們知道你我已經解除誤會，可能會對你使出更陰險的毒計，比如讓嚴世蕃上報朝廷，說你多年來一直暗中勾結萬蠱門，圖謀不軌，那你就會非常被動了。」

沐朝弼冷汗涔涔地落下，連聲撇清道：「我跟那山中老人並沒有什麼實質的來往，只不過是為其在雲南置辦了一些宅院罷了，也沒有給他任何的金銀財寶，更談不上資助他圖謀不軌；至於萬蠱門，那只不過是個江湖門派，本王就算庇護萬蠱門，也不至於是謀反大罪吧，最多是結交了些江湖匪類，給罰薪罰俸祿罷了。」

李滄行搖搖頭：「王爺，國法向來只是皇帝想要殺臣子的藉口罷了，就算你保留了嚴嵩的親筆信，如果他來個抵死不認，又沒有蓋他的公章，自然可以推掉此事，說是他人偽造他的筆跡就行了。至於萬蠱門，當今皇帝最想要的就是修仙長生，作為臣子，你知道了永生的辦法卻不告知皇帝，豈不是為臣不忠？光這一條就可以滅你的族了。」

沐朝弼聞言呆若木雞，後悔不已道：「看樣子本王是上了賊船了，要被嚴嵩嚴世蕃要脅一輩子！那該如何是好？」

李滄行道：「現在對他們來說，你已經失掉了利用價值，所以你我得合計一下，避開他們的耳目才行。」

沐朝弼急道：「有什麼辦法可以避開他們的耳目呢？」

李滄行胸有成竹道：「這點我已經想好了，只是需要你的配合才行！對了，除了四大護衛，你這回還帶了多少高手來接應你呢？」

寨內一個高腳竹屋內，四大護衛或立或坐，站在門邊的白所成，則看似不經意地望著門外的一棵大樹，可是他的耳朵，卻是對著後山的方向，稍有風吹草動，就會第一時間作出反應。

沐蘭湘與屈彩鳳則是盤膝坐在屋子的一角屏氣凝神，屋內的四男二女雖然一言不發，但是氣氛卻顯得極其詭異，每個人都在暗中運氣，保持著高度的戒備。

蘇全打破沉悶道：「這都是怎麼了，三位兄弟，咱們有二位大美女陪伴，用得著搞得這麼緊張兮兮的嘛，王爺看來和李大俠談得不錯，咱們也不用如此劍拔弩張的吧。」

劉伯仁嘴角勾了勾：「老蘇，在談完之前，一切都有變數，再說，你都一大把年紀了，還是出言這麼輕浮，有點前輩的威嚴嗎？」

倚在門口的白所成突然轉過頭來，對著沐蘭湘說道：「沐女俠，久聞武當派的兩儀劍法以柔克剛，巧勁無窮，不知道能否找機會讓老夫見識一下呢？」

沐蘭湘睜開了眼睛，笑道：「怎麼，白前輩也想見識一下兩儀劍法嗎？」

蘇全哈哈笑道：「沐女俠，你有所不知，老白平生別無所好，就是嗜劍如命，是個不折不扣的劍癡，他早就和我提起過武當的兩儀劍法，是難得一見的絕頂劍法，今天兩儀仙子來，正好能讓他一開眼界，這樣的機會，老白怎麼會放過呢！」

沐蘭湘心中一陣得意，不自覺地微笑上臉，眼睛笑成了兩道彎彎的月牙：「好啊，我也聽說點蒼派的奔雷十九劍大開大合，盪氣迴腸，乃是威震天南的無上絕技，同為用劍之人，亦是心馳神往，想要見識一下，今天有幸得遇白老前輩，有機會的話我們好好切磋一下。」

白所成點點頭：「那好，不如現在咱們就出去比劃一下吧。」

沐蘭湘正待開口，屈彩鳳卻張口道：「白老前輩，屈某有一事不明，還請賜教。」

白所成眉頭一皺：「屈寨主，有話請說。」

屈彩鳳秀目流轉：「白前輩，你為何捨棄家傳武功，卻要入別派學劍呢？」

白所成淡淡說道：「老夫自幼愛劍，家父見狀，就把我送進點蒼派，從此我在點蒼派一待二十多年，奪得『天南第一劍客』的名頭之後才離開，回到沐王府當護衛，屈寨主，你還有別的問題嗎？」

屈彩鳳笑道：「原來是這樣，只是屈某更好奇了，你師承點蒼派，為何點蒼派在十幾年前被魔教所滅時，白老前輩卻沒有與其共存亡呢？」

白所成臉色一變，門派被滅，自己無能為力是他一生最大的恥辱，即使是劉伯仁等三個兄弟，也不敢在他面前提此事，沒想到屈彩鳳竟然當他的面質問，讓他一張老臉頓時拉得老長，恨恨地盯著屈彩鳳。

蘇全不滿地說道：「屈姑娘，你身為一派之主，說話應該有分寸，魔教是突然偷襲點蒼派的，派中的大半高手都不在，更不要說像白護法這樣已經出師的弟子了，所以點蒼派被滅，你不能責怪白護法。就像你們巫山派被滅，也不是每個分寨弟子都回寨赴難吧。」

屈彩鳳眼中寒芒一閃：「不錯，確實如此，屈某力所不及，擋不住賊人的幾萬大軍，還連累了數萬兄弟姐妹一起殉寨，此為屈某平生最大的憾事，終此一生，一定會向滅我巫山派的惡賊嚴世蕃討還這筆血債的。可是白老前輩看起來卻沒有報仇的意思啊，明知師門被魔教所滅，卻不想辦法找魔教復仇，或者說，在你心中，當沐王府的護衛才是主業，點蒼派只不過是個學劍的地方，並不值得留戀，是嗎？」

白所成再也忍不住了，白眉倒豎，厲聲道：「你個小丫頭片子懂什麼，你怎麼知道我沒有找魔教報復過？」

屈彩鳳搖搖頭：「恕我孤陋寡聞，我可從沒聽說過『天南劍客』與魔教為敵過，敢問你是殺了哪個魔教高層人物？或者是挑了哪個魔教的分舵、香堂呢？」

白所成咬咬牙道：「老夫曾經找王爺，請他以沐王府的名義集中所有府內高手向魔教宣戰，但王爺權衡利弊後阻止了此事，若不是老夫身為沐王府的四大護衛，無法脫身，早就一個人向魔教復仇了，師門之仇，不共戴天，我白所成一日也不敢忘懷！」

說著，他舉起自己的左手，屈彩鳳和沐蘭湘這時候才發現，他的左手小姆指不翼而飛，斷指處傷口平滑，顯然是被刀劍所削斷的。

白所成飲恨道：「老夫曾斷指發誓，此生與魔教不共戴天，等我兒子武藝學成，能繼承我的護衛一職後，老夫就去向魔教尋仇，這截斷指，就作為我白所成苟活的軀體的一部分，先到九泉之下陪我的師父和眾多同門。屈彩鳳，若論對師門的感情，我白所成一點也不輸給你！」

屈彩鳳臉上現出愧色，站起身，向白所成行了個禮：「對不起，白老前輩，是我誤會你了，屈某言出無狀，冒犯老英雄，還請見諒。」

白所成擺擺手道：「沒什麼，屈寨主，你我同是天涯淪落人，本不需要這樣相互攻擊和傷害，從我們進寨的時候，你就表現出強烈的敵意，我不知道中間有什麼原因，是我家王爺，還是我們四個以前得罪過你？或是你在怪我家王爺趁你們滅寨的時候，把名義上屬於你們的滾龍寨和扣虎塘收歸王府了呢？」

屈彩鳳搖搖頭：「不是這原因，算了，也許是我想多了，白老前輩，再次向你道歉，只是你跟魔教如此大仇，以後準備如何報復呢？」

白所成哈哈一笑：「能殺一個是一個，白某單人獨劍，就算挑不了整個魔教，也能殺得他們徒子徒孫死傷無數，在我死前，總能賺夠本才行。」

方大通跟著笑道：「老白，咱們兄弟出生入死幾十年了，你要報仇，兄弟我也不可能看著你一個人拼命，到時候我跟你一起去。」

蘇全皺了皺眉頭：「你們都忘了王爺的命令嗎？現在王府情況這麼不好，還要去得罪魔教，就不想想魔教的後臺是那嚴世蕃嗎？」

白所成嗆聲道：「那又如何？我做護衛的時候，自然是要忠於沐王府，可我離開這個位置時，就跟沐王府再無關係，只是一個要報師門血仇的點蒼派弟子而已，絕不會連累到沐王爺的。」

劉伯仁聽了道：「老白，這事咱們以後再作計較吧，咱們四大護衛，百餘年來都是四人如一，共進同退，如果沒有一個好的辦法和計畫，哥哥我也不會看你一個人去作無謂的犧牲的。」

說完，對屈彩鳳冷冷地道：「屈寨主，這是我們的私事，我知道你們巫山派跟嚴世蕃，跟魔教也有深仇大恨，但一碼歸一碼，我們就算要幫老白報仇，也不勞煩他人援手，謝謝你的好意了。」

屈彩鳳正待說什麼，突然聽到一聲慘叫從後山那裡傳來，屋中六人同時色變，大家都聽出這聲慘叫是來自於沐朝弼！

六道身形如閃電般從大門飛出，向後山奔去。

到達後山崖處，只見沐朝弼渾身是血，以劍拄地，鬚髮散亂，李滄行則是雙目盡赤，身上滿是熊熊的紅色天狼戰氣，右手斬龍刀的刀槽上，一汪碧綠的鮮血已經化成三滴血珠，在血槽中來回滾動，在這柄紅光灼目的神兵上，就像一隻餓狼的綠眼，顯得格外的駭人。

劉伯仁一聲低吼：「列陣迎敵！」

四大護衛迅速地擺開陣勢，劉伯仁和方大通分別抽出判官筆和一柄銀槍，正對李滄行，白所成和蘇全，則與二人背靠著背，一人抽刀，一人拔劍，渾身戰氣流光溢彩，擺開了攻擊的架勢。

沐蘭湘看著李滄行，急道：「師兄，這是怎麼回事？」

李滄行喝道：「這個沐朝弼，長久以來一直庇護萬蠱門，師妹，我們被萬蠱門害得那麼慘，都是此人所指使，今天說什麼我也要報這血海深仇！沐朝弼，納命來！」

沐朝弼身上已經有三四道刀痕，鮮血橫流，吃力地說道：「李……李滄行，本王……已經解釋過很多次了，那萬蠱門的行事，本王……並不知曉，他們已經脫離我的控制有幾十年了，你要尋仇，直接……找萬蠱門就是，不應該衝著本王來啊！」

李滄行喝道：「閉嘴！又想在這裡騙人，你以為我會吃你這套嗎？你剛才親口承認多年來一直是沐王府在豢養萬蠱門，養了一百多年的狗，怎麼可能說放就放！」

沐朝弼一陣劇烈地咳嗽，想要說些什麼，一口氣接不上來，鮮血順著嘴角不停地向下流，白所成怒吼一聲，與蘇全雙雙搶上，想要合攻李滄行，卻被沐朝弼攔了下來。

李滄行道：「姓沐的，我一定會把你跟萬蠱門間的關係查得清清楚楚，你等著我來報仇吧！」

白所成厲聲道：「大膽狂徒，把我家王爺打成這樣，還想一走了之！」手中長劍一震，發出一陣龍吟般的劍嘯之聲，周身青色戰氣一陣暴漲，就準備動手。

李滄行運起丹田之力，作獅子吼道：「擋我者死！哪個不要命的可以上來試試！」

白所成本來已經邁開兩步了，可是被這聲咆哮喝阻，不自覺地退了兩步，臉上的青氣也稍稍褪色。

沐朝弼調息過後，這會兒直起身子，拉住白所成，道：「不要衝動，此人武功高絕，你我都不是他的對手！」

白所成急道：「王爺，你受此大傷，是我等護衛不力，怎麼能讓此人就這麼走呢！」

沐朝弼搖搖頭：「讓他走，咱們從長計議！」

白所成心有不甘地退後兩步，側身讓開一條路，其他三名護衛趕忙集中在沐朝弼的身邊，把他保護得嚴嚴實實的。

李滄行看也不看他們，徑直大步流星地走向外面，沐蘭湘和屈彩鳳也收起兵刃，迎上前來，滿臉盡是關切之意，道：「師兄（滄行），你沒事吧！」

「出去再說。」李滄行使出黃山派的「**神行百變**」輕功身法，身形如閃電一般，很快就沒入了寨後的密林之中，沐蘭湘和屈彩鳳緊隨其後，一藍一紅兩道身影風馳電掣而去。

劉伯仁等三人的身影消失不見後，才收起兵器，扶著沐朝弼的胳膊道：「王爺，怎麼會搞成這樣？那李滄行的武功真有如此之高，連你也不是對手嗎？」

蘇全胖臉上寫滿了憤怒：「不可能，這小子不到四十歲，就是從娘胎裡練功，又怎麼可能超過王爺！一定是他趁王爺不備偷襲，這才讓王爺受了傷。」

白所成搖搖頭：「不，老蘇，此人內力之強，我前所未見，只怕就是魔尊冷天雄，內力與此人也是伯仲之間，他的武功在我們之上啊。」

方大通哼了聲：「他武功高又怎麼樣，加上那兩個娘們，也才三個人，我們四大護衛聯手出擊，未必會輸給他！實在不行，山道上還有我們沐王府的數百名護衛呢，大不了一湧而上，累也累死他們了！」

沐朝弼擺擺手：「好了，都不要說了，剛才他並沒有偷襲，本王確實不是他的對手，輸得無話可說，若不是他手下留情，這會兒本王已經死了！」

劉伯仁不信地道：「此人武功當真有如此之高嗎？王爺，你的武功在我們四人之上，又比他大了這麼多歲，也敵他不過？」

沐朝弼嘆道：「他的天狼刀法實在厲害，瞬間的爆發力太強，這地方太過狹窄，我的凌波微步難以使出，不過，若是換了開闊的地方打，只怕我也很難撐過三千招。」

劉伯仁換了個話題：「王爺，你先別說話，我們給你裹傷，您是千金之體，萬一有個閃失，我們四個就是有一百條命，也不夠賠的。」

沐朝弼聞言道：「我的傷已經不流血了。回去後只要調息一下，就不會有事。」

劉伯仁忍不住說道：「王爺，剛才屬下不方便多問，現在沒有外人，屬下想多句嘴，您真的一直在庇護萬蠱門嗎？」

沐朝弼咬咬牙道：「事到如今，我也不瞞你們了，不錯，沐家自開國以來，就一直秘密收留萬蠱門的人，一直到我這一代，不過萬蠱門主煉成金蠶蠱後，就想辦法脫離了我的控制，離開沐王府幾十年了。」

白所成倒吸一口冷氣：「原來這傳聞是真的，可是您為什麼一直不告訴我們呢？至少我們四個肯定會全力幫你去追查那萬蠱門主的下落的。」

沐朝弼嘆了口氣：「這只是我們沐家一個不切實際的執念罷了，現在想來，想靠著萬蠱門煉製的蠱藥增進功力，甚至追求長生，是一件多麼可笑的事！所以今天當李滄行為了這萬蠱門主的事找到我時，我也是理虧三分，氣勢上也給人家完全壓制住了。」

蘇全恨恨地說道：「就算王爺庇護了那萬蠱門主，又跟他姓李的有什麼關係？萬蠱門雖然邪惡陰險，但向來只禍害天南武林的各派，這李滄行出身中原，又跟這萬蠱門主有何仇怨？」

沐朝弼道：「他說武當掌門紫光道長，還有屈彩鳳的師父，巫山派寨主林鳳仙，都是被這萬蠱門主所害，他本人也被萬蠱門主害得生不如死，甚至被栽贓了武當叛徒和淫賊的惡名，所以他跟屈彩鳳、沐蘭湘來雲南，就是要追查萬蠱門主的下落，我剛才說不出萬蠱門主的下落，他一時激動就對我動了手！」

方大通氣得跺腳道：「就算他身上有仇，也不能拿王爺亂出氣啊，您都把始末告訴他了，他怎麼還能如此！王爺，屬下從沒見你向人服過軟，這回怎麼不跟這姓李的放手一搏呢？」

沐朝弼眼中寒芒一閃：「方護衛，你是想說本王怕了這李滄行麼？」

方大通剛才只圖嘴上痛快，聽到沐朝弼這句陰冷的話後，嚇得一哆嗦，連忙說道：「屬下一時失言，該死！」

沐朝弼眉毛一揚，道：「你倒是說對了一半，本王是有些忌憚這李滄行，但不是因為他的武功多高，而是因為**他身後有陸炳的影子**。」

四大護衛臉色同時一變，白所成強顏鎮定道：「王爺怕是多心了吧，李滄行早就自立門戶了，還建了一個什麼黑龍會，不是錦衣衛的人啦。」

沐朝弼搖搖頭：「我認為事情沒這麼簡單，陸炳是什麼樣的人，我們都清楚，你們說，這個天字第一號大特務，會這麼輕易地就放李滄行出來自立門戶嗎？再說了，嚴世蕃跟李滄行乃是死仇，多次想置李滄行於死地，若不是陸炳護著，李滄行就是武功再高，又豈能活到今天？沒準他們私下一直有聯繫，陸炳利用李滄行出來開幫立派作掩護，以實現他不可告人的目的呢。」

劉伯仁驚道：「王爺的意思，陸炳已經知道這些年來您一直在豢養萬蠱門的事？所以想讓李滄行來查辦王爺？」

沐朝弼眉頭一皺：「不排除這種可能，不然他不會讓李滄行來雲南，雖然李滄行找到我是個意外，但引導他來雲南的卻是陸炳，萬蠱門主脫離我的控制幾十年，我想他很可能投靠了陸炳，陸炳正好利用李滄行對萬蠱門的仇恨，借李滄行來對付我！」

白所成不解地說：「王爺，咱們跟那姓陸的無怨無仇，他為何要害我們？」

沐朝弼冷笑道：「陸炳是特務，不捉拿重臣，查獲謀逆大案，他就失去了存在的價值，以前他靠救過當今皇上一命，得以從錦衣衛的僉事直升總指揮使，後來又靠著扳倒夏言與曾銑，二十多年來一直占著這個位置。可是我聽說他為了庇護天狼，曾經得罪過嚴世蕃，現在嚴嵩父子權傾朝野，他想繼續占有這個位置，只有再立新功才行，因而把主意打到了我們沐王府上，如果能扳倒我這個百年藩王，應該夠他在這總指揮使的位置上幹到壽終正寢啦！」

方大通向地上吐了口唾沫：「無憑無據，他總不能栽贓陷害吧！只靠一個萬蠱門主，就能證明王爺有異心？我看他是打錯了算盤！」

沐朝弼嘆了口氣：「**真正麻煩的不是陸炳，而是那個山中老人**，李滄行會知道我和萬蠱門主的關係，就是此人向李滄行說的。」

劉伯仁駭然失色道：「王爺，自從三十多年前我們為這人建了宅院後，幾乎就沒聯繫過，他又是怎麼知道您和萬蠱門主間的事？」

沐朝弼道：「這就不得而知了，但他顯然有明確的證據，讓李滄行相信我就是萬蠱門主的保護者。這山中老人當年是持了嚴嵩的親筆信上門來的，看來**嚴世蕃和魔教的人也要對我們下手了！**」

蘇全插口道：「王爺，咱們可從沒得罪過嚴嵩父子吧，雲南巡撫汪大昭、總兵孫得功，我們這些年可都沒少給好處和方便啊。」

沐朝弼冷笑道：「也許人家嫌我們沐王府在這裡妨礙他們撈錢了呢。白護衛，你的追蹤術堪稱天南一絕，現在我派給你一個任務，你去跟蹤李滄行，看看他跟什麼人接觸，有消息後，飛鴿傳書回來，記住，千萬不要跟他起正面衝突！」

白所成領命道：「知道了，我在那兩個女的身上暗中作了標記，她們逃不出我的追蹤的。王爺，如果發現了那個山中老人怎麼辦，是繼續追查李滄行，還是跟著山中老人？」

沐朝弼想了想道：「還是跟蹤那個山中老人吧，李滄行遲早會來找我們的，但這個山中老人的來歷和底細，一定要靠這次的事情查個清楚。再說，李滄行那三個人的武功都很高，你追久了容易暴露，不過記住，山中老人的宅院裡機關密布，一定要當心，千萬不要冒失。」

白所成老神在在地說：「知道了，王爺您就放心吧。屬下一定不會讓你失望的。」說著，轉身隱遁於密林之後。

劉伯仁看著他遠去的身影，若有所思。

李滄行一路疾行，他沒有走正常的山道，而是從後山拐了一條小道，從山後攀藤而下。

這百餘丈的山丘，對李滄行這種高手來說如履平地，順著山石和藤蔓略一借力，就順利地來到崖底。

一陣香氣隨風拂過，沐蘭湘和屈彩鳳雙雙落在李滄行身旁。

沐蘭湘關切地道：「大師兄，你真的沒事嗎？」

李滄行搖搖頭，道：「我當然不會有事了，沐朝弼可是傷不了我的。」

屈彩鳳柳眉微蹙道：「滄行，你怎麼會無緣無故地和沐朝弼動起手來？就算他庇護萬蠱門，也用不著如此吧。」

李滄行震動胸膜，用傳音入密之法說道：「師妹，彩鳳，這不過是演戲罷了，我現在確信沐朝弼也被那萬蠱門主給騙了，當了冤大頭。」

接著他把和沐朝弼的對話告訴二女，聽得兩位美女不時色變。

沐蘭湘密語道：「師兄，那你現在有什麼打算？」

李滄行道：「我和沐朝弼約定，暫時跟他合作，白所成也許能幫上大忙，畢竟他曾經跟萬蠱門主同門學藝，從他的嘴裡，應該能知道更多的秘密。」

屈彩鳳看了眼崖頂，笑道：「只怕白所成已經跟過來了，需要我們把他擒下嗎？」

李滄行道：「沐朝弼說白所成擅長追蹤之術，你們跟他待在小木屋時，恐怕他在你們身上作了記號，不過我跟白所成沒接觸過，他不可能在我身上做什麼標記，所以你們先走，我在這裡等著他。」

屈彩鳳睜大了眼睛：「什麼標記？我怎麼不知道？」

李滄行微微一笑：「無非是些螢光粉之類的，要麼就是些氣味特別的香料。」說著，他靠近屈彩鳳，鼻子用力地嗅了嗅，笑道：「彩鳳的味道跟平時好像不太一樣啊。」又轉向沐蘭湘，道：「好像你的味道也跟平時不一樣呢。」

沐蘭湘粉面一紅，嬌嗔道：「不正經！對了，師兄，白所成好像對武當的兩儀劍法很感興趣，剛才就想跟我切磋劍術，也許你可以用這個套他的話。」

李滄行點點頭，道：「那我們就在鏡湖見吧。」

等二姝身影消失後，李滄行躲到一邊的草叢裡，蹲下身子，只露出一雙炯炯有神的眼睛。

崖邊的藤蔓一陣輕微的晃動，還有些小石塊從高處墜下，顯然是有高手從上面下來。

只見白所成不知從哪裡換了一身青綠色的衣服，在鬱鬱蔥蔥的密林裡，成了最佳的保護色。

沒多久，白所成便落到崖底，他的鼻子抽動了幾下，檢驗了一下剛才三人所站立之處的草叢，然後伏下身，用地聽術探知二姝遠去的距離。

李滄行長身而起，冷冷地道：「白護衛的追蹤之術，李某算是見識到了，佩服，佩服！」

白所成臉色一變，渾身青氣一震，「嗆啷」一聲，那柄流光溢彩、閃著寒芒的長劍，從他背後的劍匣中脫鞘而出，一下子飛到他的手中，正是點蒼派的鎮派之寶：銀龍劍。

昔日白所成在門派比劍中技壓同門，又為門派立下七大功勞，掌門師尊便以此劍相贈，沒想到因為魔教的突襲，白所成已經沒有歸還寶劍的機會了。

李滄行讚道：「久聞點蒼派的銀龍劍是天南第一柄神兵利器，今日一見，果然不同凡響，寶劍配俠士，也只有此劍，才能配得上天南第一劍客白護衛啊。」

白所成惱羞成怒地說道：「姓李的，不要得了便宜還賣乖，今天你傷了王爺，作為護衛，主辱臣死，剛才王爺拉著不讓我們動手，現在這裡就只有你我二人，別多廢話了，手底下見個真章吧！亮出兵刃，你我大戰一場！」

李滄行緩緩地伸出手，斬龍刀在他的手中變到三尺長，彎曲的刀身也一下子變得筆直，周身騰起金色的屠龍真氣，打算以兩儀劍法對戰白所成。

白所成腳下踏起各種步法，開始遊走起來，在這崖底本沒有什麼風，可是隨著白所成的身形遊走，空氣也隨之流動，風越來越大，吹得李滄行一頭亂髮隨風起舞。

儘管白所成周身的青氣一陣陣地膨脹著，但是與李滄行散發出來的金色真氣碰撞下，卻無法再前進半寸，李滄行的那身藍色短衫，也漸漸地鼓了起來，手中的斬龍刀泛起道道金光，金氣漸漸地向外頂出，與白所成的青色氣戰在空中發出一陣陣如電光火石般的爆裂之聲。

白所成遊走了小半個時辰，額頭漸漸地沁出汗珠，移動的速度也開始變慢，喘氣的聲音越來越大。

突然，金色真氣有意無意地退了一下，金氣中，李滄行的身形一閃而沒，他那雙明亮的眼睛中，神芒一陣黯淡，白所成本能地作出了反應，認為李滄行一定是內力運行出了問題，這個破綻，也許是今天自己唯一的致勝之機。

他毫不遲疑地身形暴射而出，銀龍劍貫起一道刺眼的青芒，劃過天際，從金色真氣團的那道縫隙長驅直入，直刺李滄行的咽喉。

李滄行的護體金氣，被這一道閃電般的劍光像利刃切豆腐似地劃過，這一劍貫注了白所成全部的實力，速度之快，已經不能用流星閃電來形容，他的咽喉處甚至能感覺到三尺外的銀龍劍青鋒上透出的殺意。

白所成的腦海裡浮現出三十七種對方可能採取的應對之法，其中有十三種是對方不退反進，以搏命之勢向自己反擊，所以他這一招直指對方的咽喉。

他打定了主意，勝負全在這一劍，即使是對方採用同歸於盡的打法，自己也絕不會變招，在斬龍刀刺入自己身體的一瞬間，也勢必要取李滄行的人頭！

李滄行劍眉一挑，虎目中紅芒一閃，大喝一聲：「來得好！」

他的身形滴溜溜地轉了個圈，向後退了半步，右手的斬龍刀如挽千斤之力，畫出一個極慢的大圈，他周身的金氣瞬間散了個乾乾淨淨，但在這個大圈中沸騰的金氣，卻是一道一道地纏繞住了白所成那鋒芒畢露的青鋒。

白所成感覺到手腕如有千斤之力壓迫，自己勢若萬鈞的這一刺，竟然像是刺進了一團敗絮之中，軟綿綿地發不出一點力，無形中有一股極大的力量，牽引著自己，他持劍的右臂，彷彿被捲進一個巨大的漩渦裡，像攪麻花一樣，把他的手臂硬生生地擰捲起來。

白所成大駭不已，突然意識到這也許就是武當的兩儀劍法。

白所成「天南第一劍客」的名號絕非浪得虛名，雖然從未見過這樣的兩儀劍法，但迅速地判斷出此劍法完全是以巧破千斤，靠的就是借力打力，剛才的那個破綻**一定是李滄行故意賣給自己的，目的就是引誘自己全力一擊，而他則早有準備，以兩儀劍法的柔力反擊。**

白所成立即作出反應，變刺為震，他的手腕也是一抖，舌綻春雷般大喝一聲：「開！」

點蒼派的天南劍法，本就是以腕力發劍，奧義所在，全在於手腕之力與胸中之氣相結合，提倡以劍生氣，以氣御劍，白所成雖然不像李沉香那樣可以做到取人首級於十步之外，但靠著強大無比的腕力，仍然能夠迅速地把劍身所注入的真氣生生震出，以消除兩儀劍法形成的劍圈漩渦。

只聽「波」的一聲，銀龍的劍身本來碧綠一片，這會兒隨著白所成的震氣，劍身上如同炸了鍋一樣，千萬朵的綠色劍花從劍身溢出，形成一道道旋轉的碧浪，與金色的漩渦攪在一起，碰撞出片片火花，隨著那聲巨響炸裂開來。

李滄行也是第一次碰到能以震字訣震開自己兩儀勁旋的人，只感覺虎口一陣滾燙，「好劍法！」

他渾身的金氣被這股綠波震散，外人看起來，如同籠罩在雲山霧海中的兩大高手，這回雙雙地現出了真身，如同兩條蛟龍一般纏鬥在一起。

剛才這一下攻防之戰，著實精彩，白所成的應變之道，世所罕見，不愧是在劍術上浸淫了一生的高手，也無愧於「天南第一神劍」之名，李滄行的兩儀劍法第一次被人這樣破解，兩人算是打了個平手，剛才在鬥氣階段蓄起的暴擊真氣，已經雙雙耗盡。

可兩人都無意再拉開距離重新蓄氣，李滄行有意見識一下這傳說中精妙迅捷、變化無窮的天南劍法，於是明知自己的內力占上風的情況下，仍然沒有使出天狼戰氣催動斬龍刀的神力，而是使出兩儀劍法，中間夾著一些峨嵋派紫劍的招式，與這白所成戰成一團。

白所成也是心下驚異不已，他沒想到這個年輕人不僅內力強得可怕，而且劍術之高，也是生平僅見。

八十七路天南劍法有如滾滾怒江之水，時而迅如閃電，時而凝滯如山嶽，但招招不離對手的要害之處，對方卻是順著自己的招式，畫出一個個忽快忽慢，或大或小的劍圈，企圖黏住自己的劍身，迫使自己回劍防守。

天南劍法本是**靠著變化無窮的節奏**，**配合飄忽不定的身法**，**打亂對手一貫的出招習慣**，**於亂中取勝的精妙劍法**，可是三四百招拆下來，白所成非但無法打亂李滄行的節奏，反而好幾次被帶得快慢顛倒，若不是他及時把持住手中的長劍，沒有被李滄行帶著走，只怕早就被帶入劍圈之中，寶劍脫手了。

兩道身影就這樣你攻我防，時而沒入草叢，時而飛上樹端，又彷彿水中游龍一般，忽而劍氣激蕩，在山崖下留下道道劍鋒；忽而劍波四溢，把齊腰高的雜草斬得漫天飛舞，連這密林之中的古樹也倒了楣，不少樹的樹皮被劍氣斬得紛紛落下，更有幾棵參天大樹成了二人手中神兵利器的犧牲品，應聲倒地。

李滄行一招「**兩儀如梭**」擊出，畫出三個光環，再次想要套住白所成的劍身，李滄行畢竟年輕，體力上占了優勢，白所成內力雖然精深，可年近六旬，跟正當壯年，血氣方剛的李滄行不可同日而語，打到現在，已經是三分攻勢，七分防守，氣喘如牛，揮汗如雨了。

李滄行在前面用過三次「兩儀如梭」，白所成則以兩種不同的辦法來對抗，第一次是用「**一劍南來**」，震開他的左邊光圈，然後轉「**白虹貫日**」，直刺自己的中宮，而後兩次，他是以一招「**橫掃千軍**」，蕩開他的光圈。

前一招的效果顯然更好，但耗費內力也會更大，打到現在，李滄行可以肯定，白所成已經無法再使第一招的「一劍南來」了，「橫掃千軍」之後轉刺左腰也做不到，只會虛晃一劍，繼續遊走，為自己爭取更多的喘息時間。

果不其然，白所成眉毛一挑，一招橫掃行軍，疾攻李滄行的持劍右手，可是他的劍波剛剛斬出，身形卻是向左方躍去，李滄行哈哈一笑，腳下反踏九宮八卦，不是像前兩次那樣向後躍去，而是迎劍直上，虎腰一扭，不可思議地向左一歪，一道青綠色的劍波，擦著他的腰飛了過去，而他束腰的肚帶，則被劍波斬斷，生生地斷成了兩截。

第八章

紅顏禍水

白所成嘆了口氣：「還是紅顏禍水啊，紀師妹叫道：
『陸師弟，你為什麼不用「雲在青天」呢！』
師父道，既然是同門比試，就應該拿出全部的實力，
不得藏私，於是陸師弟劍法一變，
這一下打得何師弟措手不及，險象環生。」

白所成臉上寫滿驚異之色，他不是沒考慮過李滄行會迎劍而上，但是他不認為李滄行在現在這樣占上風的情況下，還如此用險，剛才這一劍，他只需向左再偏出半寸，李滄行的腰就會被劍波斬中，絕對是重傷了，可是李滄行左手則幻起一陣金氣，一招「**暴龍之悔**」，內力順著掌心噴湧而出，化為龍形，直奔白所成已經大開的中門。

白所成和李滄行的距離太近，完全無法反擊，長嘆一聲，右手一鬆，銀龍劍「叭嗒」一下落到了地上，他的眼睛則閉了起來，心道：無論是襲向自己心口的這一掌，還是刺向咽喉的這一劍，他都無法抵擋，與其作無謂的掙扎，不如閉目等死，也不失一代劍術大師的風範。

白所成只感覺到咽喉處森冷的刀氣一閃而過，就像山風拂過自己的頸部一樣，他的胸口被輕輕地按了一掌，卻是沒有半分力量襲來，只聽到李滄行的聲音在一丈之外響起：

「白前輩的劍法果然高明，晚輩嘆服。」

白所成睜開眼睛，見李滄行已經收起了斬龍刀，雙手捧著自己剛才鬆開的銀龍劍，畢恭畢敬地向自己獻上。

他心中一喜，高興自己逃得一命，轉而板起臉來，因為他很清楚，今天的比劍，自己輸得無話可說，只是對面的這個劍客手下留情，才留了自己一條命。

白所成伸出手凌空一抓，銀龍劍飛回自己的手中，寶劍入鞘，冷冷地說道：「小子，你不殺我，是想繼續折辱老夫麼？」

李滄行笑道：「前輩言重了，武功本無高下之分，今天晚輩僥倖勝了半招，只不過是一時偶然罷了，再重新打過，輸的可能就是晚輩了。」

白所成臉上閃過一絲不快：「行了，年輕人，不用這樣得了便宜還賣乖，你我打了這麼久，老夫很清楚，你的內力和劍法都在老夫之上，若是拿出你的天狼刀法，只怕老夫三百招就輸了，能跟你撐到兩千招，只不過是你沒有用天狼真氣，純以劍術跟老夫較量的原故吧。」

李滄行聞言道：「前輩說得不錯，晚輩確實是想看看前輩名震天下的天南劍法，所以才以純劍法相抗衡，若不是晚輩強行用險取勝，只怕還要再打一千多招才能分出勝負呢。」

白所成嘆了口氣：「老夫曾自負劍法天南無敵，即使是魔尊冷天雄，論劍術也未必是我對手，想不到連你一個後輩都打不過，還談什麼報仇雪恨！罷了，今天老夫跟蹤你也被識破行蹤，比劍又是完敗，若不是要回去向王爺覆命，對我白家的護衛之職有所交代，剛才老夫真想橫劍自盡了，你走吧，老夫無臉再跟蹤你們了。」

李滄行笑道：「前輩，晚輩如此苦心守候，就是想和您直舒胸臆，談論萬蠱門之事，你怎麼可以這樣說走就走呢？」

白所成臉色一變：「老夫再說一遍，老夫對萬蠱門一無所知，今天也是第一次聽王爺承認與萬蠱門有所往來，和你一樣吃驚，你在我這裡打聽不到任何對你有用的情報的，還是死了這條心吧。」

李滄行搖搖頭：「白護衛，剛才晚輩聽師妹說，你很想見識一下武當派的兩儀劍法，所以才以兩儀劍法跟你切磋了一下，你應該能看出晚輩的誠意吧。沐王爺讓你來跟蹤晚輩，本就是晚輩和沐王爺約定好的，想借機跟您單獨談談有關萬蠱門主的事呢。」

白所成哈哈一笑：「李滄行，弄了半天，原來你不下手殺我，不是因為你有多好心，而是想從我身上得知更多的秘密啊。告訴你，士可殺不可辱，王爺被你傷成那樣，又怎麼可能跟你一夥！老夫不是三歲小孩子，可以任你唬弄！」

李滄行嘆了口氣：「前輩，你為什麼就這麼不相信我呢！我有什麼理由騙你？」

白所成傲然道：「任你舌燦蓮花，也別想讓老夫上當，年輕人，我的武功雖然不及你，可是這輩子經過的事可多了，你休想騙我，想要取我性命，動手就是，何必在這裡編造謊言呢！」

李滄行從懷裡摸出陸炳給自己的那塊權杖，擲給白所成，低聲道：「白護衛，看來不用這東西，很難讓你相信晚輩了，你且看看這是什麼？」

白所成一把抓住權杖，低頭一看，臉色大變，手也不自覺地發起抖來：「你，你怎麼會有這東西！」

李滄行道：「這回晚輩來雲南之前，陸總指揮就把你的身分向我透露了，要我找適當的時機和你接頭。」

白所成把權杖扔回給李滄行，沉聲道：「既然你已經知道了老夫的身分，那老夫也沒什麼好說的了，有什麼事，儘管問吧，只要是老夫知道的，自然會告訴你。」

李滄行收起權杖，揣回到懷裡，道：「我不是陸炳，不想用這種抓人把柄的方式和前輩交談，而是希望能敞開心胸和前輩談。前輩和魔教有血海深仇，晚輩也是一樣，萬蠱門主則很可能跟魔教有極為密切的關係，所以晚輩希望今天能和前輩好好地交換一下情報。」

白所成皺了皺眉頭：「以前只傳說萬蠱門主跟沐王爺有關係，你說他跟魔教又扯上了關係，有什麼證據嗎？」

李滄行正色道：「這就涉及到那個山中老人了，前幾天，晚輩在附近的鏡湖小築見到那個山中老人，他跟晚輩說，萬蠱門主多年來被沐王府庇護，要我去找沐王爺質詢此事，我看他的真實用意是想借刀殺人，讓我一怒之下殺了沐王爺，這樣對萬蠱門的這條線就徹底中斷了。」

白所成倒吸一口冷氣：「好毒的計策！李大俠，你這回來雲南，真的是為了追查這個萬蠱門主嗎？你既然是陸炳的手下，難道不是來找沐王爺罪證的？」

李滄行搖搖頭：「我並不是陸炳的手下，只不過這回陸炳要我來雲南追查萬蠱門的下落罷了，這個萬蠱門主，害死我紫光師伯，害死彩鳳的師父，也害死了陸炳的女兒，可以說是我們共同的敵人，所以他借給我錦衣衛權杖，也告知我前輩的身分，想要我幫他查出萬蠱門主的真正身分。」

白所成驚道：「什麼，連陸炳的女兒都死在這萬蠱門主的手上？」

李滄行壓抑著悲傷，道：「陸炳的女兒曾經臥底峨嵋，一直傾心於我，萬蠱門主便利用這點，騙她與他合作，假扮我師妹，誤我十幾年，南少林大會上，萬蠱門主的手下眼見陰謀敗露，出手偷襲我，陸炳的女兒鳳舞為了救我而死，現在白前輩明白我和陸炳與這萬蠱門主的血海深仇了嗎？」

白所成聽得眼珠子都不轉了，久久才嘆道：「想不到萬蠱門主竟然在中原掀起這麼大的風波，年輕人，我開始相信你的話了，這人一定有極為強力的外援撐腰，很可能就是你說的嚴世蕃和他所支持的魔教。」

李滄行點點頭：「那個山中老人知道沐王爺和萬蠱門主的關係，這點非常奇怪，連你們四大護衛都不知道沐王爺和萬蠱門主的事，他一個遠來的外人卻對此一清二楚，只有一個可能，就是**萬蠱門主暗中和他勾結，把自己的事情告訴了他，而他當年是持嚴嵩的親筆信前來求見沐王爺的，所以萬蠱門主一定和魔教，和嚴世蕃有著脫不清的關係！**」

白所成頻頻點頭：「你的分析很有道理，只是老夫就算想幫你，也不知道如何幫起啊，因為老夫實在是對那萬蠱門主的事一無所知。」

李滄行道：「萬蠱門主名叫沐傑，白前輩可曾聽過這個名字？」

白所成喃喃地唸了這個名字兩遍，搖搖頭：「不，我不曾聽說過。」

李滄行質疑道：「此人曾經入過點蒼劍派學藝，聽王爺說，跟你白前輩是同門師兄弟，你真的不知道？」

白所成態度磊落地說：「李大俠，老夫已經對你知無不言，我在點蒼派待了二十年，幾乎每個武藝高強的師兄弟都認識，確實是沒有聽說過你講的這個沐傑，何況他跟王爺同姓，這樣的人，我又怎麼可能不加以留意呢！」

李滄行納悶地道：「這就怪了，難道王爺跟我說的情報有誤嗎？」

白所成突然雙眼一亮，道：「我明白了，此人一定也是用化名進點蒼派的，所以我不知道，想想，他怎麼可能頂著一個沐姓，就這麼加入點蒼派呢！」

李滄行心中一動，道：「是啊，一定是如此，我聽王爺說，沐傑在點蒼派中與自己的師妹相戀，後來雙雙離開了點蒼派到了中原，他待在點蒼派的時間並不算長，可是天賦極高，白前輩，你可曾認識這樣的一個人？」

白所成突然像是想到了什麼，張口欲說，然後又搖了搖頭，自言自語道：「不會的，不可能是他們的。」

李滄行連忙問道：「您可是想到了什麼線索？」

白所成道：「三十多年前，點蒼派確實有一女兩男，三位後起之秀，當時身為傳功師兄的我特別有印象，後來這三人先後離開了點蒼派，卻是因為違反了師門的規矩，被逐出師門的。」

李滄行聽了道：「能說說這三個人的具體情形嗎？」

白所成回憶道：「女子名叫紀秋萍，兩個師弟，一個名叫何師古，另一個叫陸大為，他們三個的天分，在同一批弟子中算是出類拔萃的，也都學到了點蒼派的天南劍法，可是何師古和陸大為都喜歡上了紀秋萍，彼此明爭暗鬥，互相較勁，在切磋的過程中，兩人大打出手，各出殺招傷了對方，所以被師父逐出師門，後來小師妹也不告而別，到現在我也沒有聽說他們在江湖上出現過。」

李滄行皺眉道：「這倒是和沐王爺所說的萬蠱門主的情報不太一樣，他說沐傑在點蒼派娶了自己的師妹，還生下一對女兒，他在這四人身上都下了慢性毒藥，才放心地讓他們離開。」

白所成搖搖頭：「那就和王爺說的不一樣了。不過何師古和陸大為之所以被逐出了門派，倒不完全是因為他們在切磋比武的時候惡意傷人，而是因為他們隱瞞了自己的功力，有欺瞞師門的行為。」

李滄行好奇道：「這又是怎麼回事？」

白所成道：「是的，我們點蒼派是允許帶藝投師的，只是在入師門的時候，要把以前所學的武功，尤其是內力，向師門長輩言明，這是因為內功之法是御劍的力量之源，若是原先所習的內功與本派的傳統內力相抵觸，輕則武功盡毀，重則命喪當場，李大俠是絕頂高手，應該能明白這個道理。」

李滄行道：「不錯，不僅是點蒼派，就是我們武當收帶藝上山的弟子時，也要嚴格考察來人的武功根底，若有隱瞞，直接逐出門派。」

白所成點頭道：「正是如此，何師古和陸大為上山時，只說自己會一些粗淺的拳腳功夫，並無太多內力基礎，師父和師叔測試他們的時候，他們也只有一些蠻力，但因骨骼清奇，是上等的練武苗子，所以雖然進師門的時候都已經十五六歲了，師父還是收下了他們。」

李滄行睜大了眼睛：「十五六歲才開始學武？居然能三年內就學會天南劍法？」

白所成嘆道：「若非如此不可思議，我也不會過如此久還對此記憶猶新了。這兩位師弟是我一手所教，我也多次試過他們的功夫，卻沒有試出他們具有半分別派的上層武功來；至於紀師妹，是自幼就在派中習武，算是他們的師姐，在女子中間，武功天賦也算是極為出色的，可跟那兩人相比，還是差了一籌。」

李滄行勾了勾嘴角：「這兩人真有如此高的本事，為何我在中原從沒有聽過？還有，他們用的武功是什麼？」

白所成道：「他們都好像是刻意地收斂自己的武功，沒有表現得太突出，可是後來為了爭奪紀師妹，就在練功的時候頻頻拿出絕活來，師尊傳授他們天南劍法不過半年，他們居然都練到了第七層的功夫。要知道我練了五年，才不過練到了第八層呢。」

李滄行咋舌道：「不到二十歲，就能把這天南劍法練到第七層？」

「是的，我還記得當時拆招的時候，何師弟和陸師弟一開始打了三百多招，不分勝負，後來紀師妹跑去給陸師弟擦汗，說那一招『撥雲見日』使得實在是精妙，何師弟就不高興了。」

白所成目光變得深邃起來，彷彿又回到了少年時的場景，娓娓道：

「何師弟就冷冷地道，說『撥雲見日』有什麼稀奇的，這『雲開霧散』比『撥雲見日』可要厲害多了。紀師妹就笑道，說『雲開霧散』可是八十七路天南劍法中的三十三招，跟『撥雲見日』、『雲在青天』這三招號稱『雲煙三連殺』，只是『撥雲見日』是第七招，劍法練到第二層就可以學，『雲開霧散』可是第四層才能學到的第三十四招，威力和變化也在『撥雲見日』之上。以二人的功力，應該至少要一年的時間才能練到的，所以非但是紀師妹，就連我也不信何師弟的話。何師弟似乎是覺得受了別人的小瞧，當即就在場中使出了『雲開霧散』這一招，就像這樣！」

白所成說著，一聲清嘯，長劍出鞘，落在右手，劍隨意動，身形如走龍蛇，使出了這一招「**雲開霧散**」。

李滄行看得真切，此招在刺擊的同時需要不停地以內力震劍，形成無形的劍氣封住敵人的機動方向，可以說是燃燒本方的內力，蒸發掉對方的護體真氣的厲害招式，明顯對於內功有很高的要求，怪不得需要到第四層才能學得了。

李滄行嘆道：「這劍法確實能蒸發掉對手的護體真氣，難怪叫『雲開霧散』，那何師古少年時就能用這一招嗎？」

白所成收起了寶劍，道：「是的，而且他的一招一式非常扎實，絕非隨便比劃，我看他至少已經練此招有一年了，也就是說，一年前他就達到了這個水準，所以我非常驚訝，這時候，師父也悄悄地來到了練劍場，可是沒有出場，而是站在角落裡觀看。

「紀師妹看到何師弟使出如此精妙的劍法，驚得合不攏嘴，陸師弟則在一旁沉默不語，何師弟得意洋洋地對陸師弟說，以他的天分，能練到『撥雲見日』已經很難得了，但是想要跟他一較高下，還得勤學苦練才行。陸師弟本來是個沉默寡言的人，但聽了何師弟的話後，臉色變得通紅，站起身，對何師弟冷笑道：『不過是練到第四層罷了，有什麼了不起的。』何師弟笑說難不成你還練成了『雲在青天』不成？」

李滄行聽了道：「『雲在青天』是不是這一招呀？」

他依照剛才與白所成鬥劍時的記憶，腳下反踏七星步，斬龍刀上變得一片血紅，紅色的天狼戰氣也隨著他手腕的劇烈抖動，如火焰般地從劍尖團團噴出，向四面八方飛去，看得白所成張大了嘴，半句話也說不出來。

李滄行又使了七八個變招後，才收起斬龍刀，向白所成抱拳行禮道：「班門弄斧，讓白前輩見笑了。」

白所成讚嘆道：「你的武功真是高了老夫不少，剛才若是使出這個來，只怕老夫撐不過三百招，不錯，這正是『雲在青天』，陸師弟聽了這話之後，馬上就使出了這招劍法，我記得我還說了句『想不到陸師弟和何師弟都有這麼高的武功了』，師父卻冷冷地說，讓我少安勿躁，他們肯定還有更多我們不知道的事呢。」

李滄行問：「這『雲在青天』是天南劍法的第六層還是第七層？」

白所成道：「是第六層的末尾第六十一招，練成這招後，只要再練一招，就可以達到第七層的境界了。大概何師古也覺得這樣鬥下去不太好，會把自己的底子全給暴露了，於是笑了笑，說陸師弟好俊的功夫，他自愧不如，就想收劍離開，紀師妹卻是拉著陸師弟，問他怎麼會這麼厲害的劍法，為什麼平時不用。」

李滄行心中一陣觸動，想到自己在武當學藝的樣子，沐蘭湘也跟這紀師妹一樣，成天纏著自己切磋武功，自己對小師妹的癡戀，也許就是從那時候開始的吧。那時只要看到小師妹纏著徐林宗討教武功，心裡都會有強烈的妒忌，推己及人，自己完全可以體會到何師古和陸大為心裡的感覺，直覺告訴他，何師古絕對不會就此善罷甘休的。

果然，白所成又道：「何師古冷笑道，陸師弟真是隱藏得很深啊，想不到天南劍法已經練到快第七層了，平時切磋的時候卻不使出來，難不成是想在比劍的時候突然拿出壓倒大師兄，奪取掌門弟子的位置嗎？老實說，我也一直在想這事，卻給何師古直接說了出來。」

李滄行點點頭：「何師古的話沒有問題，任何人都會這樣想的，這時候你師父應該發話了吧。」

白所成道：「正當他老人家準備說話時，陸大為卻推開了紀師妹，反駁道他只不過是平時苦練天南劍法，進展快了一點罷了，可是他卻是親眼見到何師兄卻是除了本門的劍法外，還在偷練其他門派的武功。這話一出，震驚了所有人，雖然點蒼派並不反對和限制帶藝上山的事情，但是入派之後不得練別派武功，這是鐵律，違者一律要廢了武功，逐出師門的，陸大為分明是要把何師古置於死地啊。」

李滄行嘆道：「雖說是為情生恨，但畢竟是同門師兄弟，這樣不留後路，實在是太狠了點，這陸大為雖然沉默寡言，但一出口就是要人命啊！」

白所成道：「可不是麼。何師古勃然變色，矢口否認自己偷練別派武功，說陸大為是血口噴人，兩人就在大庭廣眾下對罵起來，後來還是師父開口，讓他們兩人各憑本領，公平正式地較量一場。」

李滄行疑道：「那有什麼意外的事發生，讓他們拿出了真正的實力？」

白所成嘆了口氣：「還是紅顏禍水啊，紀師妹突然叫道：『陸師弟，你為什麼不用「雲在青天」呢，剛才使這一招，已經打倒何師弟了！』這句話提醒了我們，師父道：『既然是同門比試，就應該拿出全部的實力，不得藏私！』於是陸師弟咬了咬牙，劍法一變，這一下打得何師弟措手不及，險象環生。

「何師古被陸大為逼得手忙腳亂，幾次都差點給刺中，紀師妹則是不停地拍手叫好，大概是受了這個刺激，他一咬牙，使出了第七層的劍法，立即形勢扭轉，跟陸大為打得有來有回，平分秋色了。」

李滄行緊張地追問道：「後來怎麼樣了呢？就這樣結束了？」

白所成搖搖頭：「沒這麼簡單，兩人的第七層劍法都只有練了三四招而已，而且劍法的變化還不熟練，我和師父一眼就看出，他們兩個不過是剛剛進展到第七層而已，師父嘆了口氣，說他們年紀尚輕，內力不足，不能完全體會此劍法的精妙之處，但是他們用來催動劍法的內力，看起來卻不像點蒼派本身的玄天真氣，而是別派的內功。

「我聽了心中一動，特地留意了兩人的動作，發現他們所用的內力運行，尤其是劍上附著的劍波，還真的跟點蒼派的玄天真氣大相徑庭。就在這時，何師古使出了一招『鳳凰點頭』，陸大為本能地想用『彩雲南飛』這一招對抗，可是何師古劍法忽然一變，劍走偏鋒，用了一招我們從沒見過的招式，先是一彈陸大為的劍身，然後長劍反轉，凌空拋起，左手接劍，一劍刺出，在陸大為的腿上留下了一條血痕！

「本來這種師兄弟的切磋，一般是用木劍的，可是他們二人的比試，師父卻有意讓他們用真劍，開始我不明白用意，現在算是清楚了，用木劍無法用內力驅動，只有用真劍的時候，才可以看出他們內功的運行，何師古久戰不下，情急下就使出別派武功來，果然一擊得手。

「可那陸大為也不是善類，按說被刺一劍，已經是敗了，師兄弟間點到為止便罷，他卻斷喝一聲，使出我從沒見過的劍法來，陰森詭異，招招致命，那絕不是我們點蒼派的武功。」

白所成越說越激動，彷彿當時的情景又在眼前浮現：

「何師古也不甘示弱，同樣使了另一套劍法，中間還夾雜著不少刀、棍、槍的招式，極為精妙，卻又融於劍式之中，這一定是祖傳或者家傳的武功，才能習得如此高深的技能。在場的師兄弟們，全都看得目瞪口呆，就連我師父也是陰沉著臉，站在一邊一句話也不說，兩人越打越快，派的招式都有，一直就這樣打了六七百招，師父才叫他們停下來，若非如此，還不知道他們要打多久呢。」

李滄行嘆了口氣：「這兩個人也真是的，為了在女人面前爭面子，逞一時之快，把自己的老底都給暴露了，不過，才二十歲就學到這麼多門派的絕學，不知道是在哪裡練的。」

白所成道：「師父也是這樣問他們，說他們這樣是何居心，那何師古倒直率，說他是想尋遍天下的名師大派，追求武道的極致，陸大為則說他自幼好劍，想要進點蒼派學得天南劍法，至於以前的功夫，也是大師所傳，不敢忘卻，但知道點蒼派不允許練習他門武功的規定，所以都是在私下裡練功。

「當時兩個師叔堅持要按門派的規矩，廢掉兩人的武功，將之趕出師門，可是師父念在兩人一身武功學來不易，也沒有對門派造成什麼實質性的傷害，決定網開一面，放他們離開點蒼派了。」

李滄行驚道：「難道點蒼派就不怕他們以後把這天南劍法到處亂傳？」

白所成聞言道：「天南劍法乃是能者得之，並不限於點蒼派中人才能學，點蒼派吸收了大量帶藝投師、武藝高強的人，也因而魚龍混雜，良莠不齊，後來魔教便趁機滲透了奸細進來，才害得點蒼派被滅，這教訓太過慘痛，也許當年不讓陸大為和何師古離開，就不會有這樣的結果了。」

李滄行感嘆道：「這誰又能料得到呢！白前輩，後來這兩人就沒有任何消息了嗎？那個紀師妹為何又離開了門派？」

「紀師妹自從兩人離開後，就一直茶飯不思，像失了魂似的，因而不到半年，紀師妹通過師門的檢驗後，也出師離山了。後來幾年，我下山時遍訪三位師弟師妹的下落，卻是沒有半點消息。按說點蒼派弟子出師後，大多是在雲貴一帶的道上開枝散葉，或是押鏢護院，成為有名的武師，但他們卻沒有任何消息，想來可能是去了中原，不在天南了。」白所成道。

李滄行分析道：「我覺得陸大為和何師古絕不是等閒之輩，背後一定有高人指點，即使到了中原，也會進入名門大派，學習這些派別的劍術武功，可是不知他們為什麼從此就銷聲匿跡，再也聽不到任何消息。」

白所成揣測道：「**也許他們加入某個名門大派後，接任掌門或者長老一類的要職，就此便不再出現了。**」

李滄行腦中靈光一現，猛的想到陸炳跟自己提過，他在少年時曾經遊學天下，遍訪名師，練成一身的功夫，鳳舞正是他跟心愛的同門師妹所生，後來那女子難產而死，所以陸炳才會對鳳舞格外疼惜，陸炳武功高絕，更是兼具各派之長，**會不會陸大為和何師古二人中，就有一個是陸炳呢？**

李滄行思緒如潮，想起在錦衣衛時，親眼見到陸炳與魔教副教主東方亮交手，當時陸炳使的劍法，從武當到峨嵋再到華山，各派都有，其中有幾招劍法，自己記憶猶新，卻是搜遍腦中記憶也不知是何門何派所用，剛才和白所成過招，有幾招他覺得特別熟悉，卻又不知道在哪裡見過，此時突然意識到那幾劍分明是天南劍法中的殺招。

李滄行的腦袋「嗡」地一下幾乎要炸開，多年來百思不得其解的疑問，居然在這樣的機緣巧合下有了答案，沒想到這次天南之行，誤打誤撞中，竟查到陸炳當年學藝點蒼派的事，也算是椿意外之喜了。

李滄行想得出神，白所成看他不說話，不禁問道：「李大俠，你可是想到了什麼？難道你見過陸大為和何師古二人？」

李滄行思路被拉了回來，笑了笑說：「沒有，他們的年齡都比我要大了二十歲左右，是我的師長輩了，在中原我還沒見過會天南劍法的人呢，不然今天也不會和前輩打這麼久，就是想看看這精妙的劍法呢。」

白所成點點頭，道：「那現在怎麼辦？我要回去找王爺覆命嗎？還是你我繼續分頭尋找那個神秘的山中老人？這回王爺給我的任務，就是跟蹤你的同時，儘量找到山中老人的下落，看來他對那人的興趣，可比萬蠱門主大。」

李滄行突然冒了句，道：「對了，白護衛，我想問問你的立場，你是沐王府的護衛，可你們白家又是錦衣衛多年前就安插在沐王府的眼線，就你個人來說，**是忠於沐王爺呢，還是忠於錦衣衛呢？**」

白所成無奈地說：「不瞞你說，我之所以年幼的時候以習劍為名，加入點蒼派，就是因為不想繼續執行這個錦衣衛眼線的使命，在我剛懂事的時候，就被父親告知家族的使命，要去監視自己名義上的主人。白家歷代的家主，都是和沐王府的少王爺從小一起長大，一起習武，早就產生了感情，情同手足，可是另一方面，又得把這個兄弟的一切情報向錦衣衛彙報，李大俠，**你明白這其中的煎熬與痛苦嗎？**」

李滄行理解地說：「我能想像得到，因為我也曾經臥底各派多年，心中確實極為矛盾，只是我不明白。您既然選擇了離家出走，而且在點蒼派過得也不錯，為何又要回到白家，擔任這個以護衛為名的密探呢？」

白所成眼神變得黯淡下來：「**宿命宿命，就是人無法逃避的命運**，我在家有個弟弟，本來跟父親早就約好，以後由他接任白家的家主，我則過自己想過的生活，可是天不遂人願，我弟弟得了怪病早逝，父親因此一病不起，白家後繼無人，不得已我只能離開點蒼派，回歸白家。」

李滄行嘆道：「原來是這樣，前輩還真是命運坎坷啊。對了，前輩為錦衣衛效力這麼多年，又是如何與錦衣衛接頭，傳遞情報的？」

白所成眉頭微微一皺：「李大俠，雖然你持有錦衣衛總指揮使的金牌，但並不代表我要把這些接頭的方式告訴你，這涉及了我們白家和錦衣衛雲南分部上百人的性命，恕難從命。」

「抱歉，晚輩一時口不擇言，問了不該問的事，還請前輩原諒。那我換個問題好了，白前輩可曾見過陸炳總指揮使本人？他有沒有給你直接下達過命令呢？」李滄行道。

白所成搖搖頭：「沒有，陸炳幾乎從不現身雲南，給我下令也是通過雲南這裡的錦衣衛都指揮使向我傳達的，這三十多年來，我只接到兩次特殊的命令，其他時候，只需要按常規向上彙報沐王府的一舉一動即可。算上你這次跟我接頭，也只是第三次陸炳向我下令。」

李滄行點點頭：「這麼說來，你並沒有見過陸總指揮了。」

白所成眉毛輕輕一挑：「不錯，老夫職責所限，做了沐王府的護衛後，就沒踏出雲南一步，是以從沒有到過中原，更是無緣和陸炳見面了。其實我一直聽說陸總指揮武功蓋世，很想和他切磋一下的，只是今天跟你比較之後，才知道天外有天，人外有人，老夫一輩子蝸居雲南，實在是井底之蛙，不知天下高手有多厲害，跟陸炳一較高下的雄心壯志也就煙消雲散了。」

李滄行道：「其實這也挺有意思的，你跟沐王爺每天相處，一起練功，卻要把他的行蹤向素未謀面的錦衣衛總指揮使陸炳報告，真是太諷刺了。」

白所成老臉微微一紅：「我也知道這樣對不起王爺，所以在力所能及的範圍內，能幫王爺多一點就是一點，李大俠，我想同樣在錦衣衛待過的你，能明白我的感受。」

李滄行正色道：「是的，我完全能明白，其實我對錦衣衛這樣通過控制別人的祖先，來逼迫人家子孫為自己賣命的做法很不以為然，以後如果我有機會掌握大權，一定會廢掉錦衣衛這個組織，最低限度，也要把這種歷代為錦衣衛效力的人家的誓書給毀掉，還你們自由。」

白所成不信地說：「李大俠，這可是祖制，就是皇上也沒法輕易修改的。」

李滄行堅定地說手：「不，太祖洪武皇帝起兵反元的時候，並沒有錦衣衛這個組織，他得了天下之後，因為有些文臣武將密謀叛亂，他才創立了錦衣衛來監控朝臣，在他晚年的時候，他也曾當著滿朝文武的面，宣布從此解散親軍都督府（錦衣衛的前身），這說明即使是太祖皇帝，也知道這種特務不得人心，只會讓朝臣人心惶惶，君臣離心。」

白所成嘆道：「可是成祖起兵之後，又重新創立了錦衣衛，而且一直延續至今，當年成祖能成功地躲過建文帝的耳目，起兵靖難成功，就在於**他瞞過了建文帝的眼線，這也是他如此重視錦衣衛的原因**。李大俠，你畢竟是江湖人士，不知道官場險惡，這樣的話還是少說為妙。」

李滄行笑了笑，他知道這白所成當了一輩子的官員，在這點上跟他基本上不可能取得共識，但他透過白所成的話，越發確定陸炳一定就是當年點蒼派那兩名弟子之一，也許找尋事件的真相，得反過來從陸炳身上尋求突破了。

李滄行打定了主意，道：「白護衛，這回陸炳給我下達的任務，就是找出萬蠱門主的下落，查清他的身分，你要做的，就是全力配合我。」

白所成道：「我已經把知道的都跟你說了，李大俠，現在怎麼辦？我們是繼續追查那個山中老人嗎？這只怕是我們唯一的線索了。」

李滄行沉吟了一下，擺擺手：「不，要是主動找他，只會引起他的警覺，一旦斷了跟他的關係，再想找他出來，可就難了。」

白所成雙目炯炯：「那你的意思是，讓我回沐王爺那裡，暫且不打草驚蛇嗎？」

李滄行點點頭：「正是如此，想必這山中老人在沐王爺身邊有眼線，我的一舉一動都會通過這個眼線回報過去。今天我和沐王爺一起做戲，就是想要擾亂這人的判斷，讓他以為我們大戰一場。現在這戲還得做得再足一點才行，白前輩，只怕要委屈你一下了。」

白所成哈哈一笑：「沒有問題，你動手吧，莫要手下留情，讓賊人看了覺得不真實！」

李滄行虎目神芒一閃，斬龍刀如電劈出，在白所成的右臂和左腿上連刺了三下，白所成悶哼一聲，三道傷口處血如泉湧，一身青衣，一半被血染得一片腥紅。

「實在抱歉，白前輩，你這樣子回去沒有問題吧？」

白所成道：「沒問題，就說我追蹤你的時候心太急，無意中暴露了行藏，結果讓你一怒之下反擊，我全力抵擋也不是你的對手，你本來想要殺我，結果被你師妹勸住，這才饒我一命，讓我回頭帶話給王爺，叫他不要再企圖跟蹤你。李大俠，你看這樣如何？」

李滄行笑道：「很好，就這樣說吧，白護衛，等我破獲了整個陰謀，一定會向你報答今天的大恩的。」

白所成哈哈一笑：「不用了，今天你肯跟我比劍，讓我見識到這樣精彩的劍法，我已經死而無憾了，但願我的那些消息對你有幫助。時候不早了，我先回去，以後要和我直接聯繫，還是到我的店裡傳話就是。」

山腳下又恢復了靜謐，李滄行一個人又陷入沉思之中，整理起思路。

從白所成的回憶來看，**那師兄弟二人中顯然有一人就是陸炳，這個紀師妹是不是就是鳳舞的母親？陸炳究竟是何師古還是陸大為？另一個人又是誰？**這一切都需要見過了陸炳之後，才能得到答案。

李滄行又想到了那個神秘的萬蠱門主，本以為會是何師古或者是陸大為中的一個，可是看起來那個紀師妹更像是跟著陸炳走了，這樣一算，沐傑只怕另有其人了。

李滄行又想到沐傑學點蒼派藝的真正用意，無非是想學幾手點蒼派的武功，這樣可以到中原冒充點蒼弟子，混進各大門派，為自己給人下蠱的惡毒計畫尋找一個跳板，這麼說，他根本不需要學到天南劍法這樣的上乘武功，隨便學些點蒼派普通劍法即可，也難怪白所成對此人毫無印象。

看來萬蠱門主這條線索，只有從山中老人身上找出破解之道了，今天自己兩度出手，假傷了沐朝弼和白所成，也不知道能不能騙得過他。

但是有一點是可以肯定的，那就是不能這麼急著去找山中老人，思前想後，暫時在雲南潛伏，暗中與陸炳聯繫，問清楚當年點蒼派學藝之事，然後再決定下一步如何行事，才是最穩妥的辦法。

李滄行把思路整理了一遍，長出一口氣，向十里外的鏡湖小築方向發足奔去。

十天之後，雲南的首府昆明城。

一處不起眼的酒店內，一個戴著斗笠的青衣大漢，坐在最裡面的一張小桌子上，面前擺著一碟鹽水花生，一碟泡椒鳳爪，就著這兩碟小菜，一口口地喝著面前的白酒，一言不發。

店裡只有他一個客人，外面下著小雨，這條小巷上的鋪子都忙著關門打烊，一個跑堂的夥計看到這個斗笠大漢在這裡乾坐著，沒有一點走的意思，忍不住上前說道：「客官，今天小店要休息了，還請你行個方便。」

斗笠大漢抬起頭，露出一張英氣逼人的臉，從懷裡扔出一錠五兩重的銀子，往桌上一丟，冷冷說道：「這能讓我在這裡待到明天嗎？」

店小二兩眼放光，使勁地揉了揉自己的眼睛，剛想要拿起銀子，一邊的胖掌櫃一個箭步奔了過來，伸出肥嘟嘟的肉掌，把銀子抄在手中，抖動著滿臉的肥肉道：「沒有問題，您待上一年也沒關係，狗子，還不快給客官上酒上菜！」

那小二嘴裡嘟囔著，不情願地轉過了身，稍後，一大罈女兒紅被抬上了桌，又添了兩盤肉，一盤醬牛肉，一盤風雞，掌櫃笑呵呵地想過來搭訕，卻撞上斗笠大漢那冷電般的雙眼，心中一寒，沒敢說話就走開了。

小二一邊小聲地罵著掌櫃，一邊懶洋洋地鋪著門板，外面的雨越下越大，落在屋簷上的雨水下成了一條條的雨線，落在門外的青石板街石上，濺起朵朵雨花。

這個叫狗子的小二剛安好一扇門板，正要去抬下一扇時，突然發現眼前光線一暗，抬頭一看，眼前站著一個全身穿著蓑衣，戴著斗笠的高大漢子，全身都是水淋淋的，面色黑裡透紅，一雙眼睛精光閃閃，在這昏暗的環境裡，如同閃電一般，懾人心神。

狗子不自覺地退後了兩步，這才站定，怒道：「走路不能說一聲嗎，差點讓我撞到！」

來人五十上下，鬚眉花白，緩緩地開口道：「大雨，路過，還請行個方便！」

狗子不耐煩地伸出手，想把來人往門外推，一邊推一邊說道：「走走走走走，沒看到我們關門打烊了嗎？要躲雨到西街的福順客棧去。」

可是他的手一觸到來人的身體，彷彿像是摸到了一塊烙鐵，燙得他「哎喲」一聲大叫，向後跳出一步，仔細一看自己的手，卻是一點燒傷的痕跡也沒有，而來人正似笑非笑地看著自己，眼神中帶著三分嘲諷的味道。

狗子捋起袖子，厲聲道：「好傢伙，敢暗算小爺是吧，看來不教訓教訓你，還不知道小爺的厲害！」

黑臉斗笠客臉色一沉，道：「你這夥計，好生無禮，明明說打烊了，為什麼那人還在裡面喝酒？」

狗子回頭一看，只見先來的那名青衣斗笠大漢正自顧自地在喝酒，連看也沒向這裡看一眼，他咬咬牙說道：「那位大爺花了錢把這裡包下來了，你若想留這裡，只要肯花錢也可以。」

青衣斗笠大漢突然說道：「小二，給這位大爺上一罈酒，四樣下酒小菜，和我一樣就可以。」

狗子正待開口，只見銀光一閃，那青衣斗笠大漢手微微一抬，一樣東西就飛了過來，直入狗子的手裡，狗子只覺手心一涼，低頭一看，發現竟是一錠跟剛才一樣重的五兩銀子！

這回他也顧不得再揉眼睛了，馬上把銀子揣進懷裡，滿臉堆笑，點頭哈腰地說道：「好咧，客官，酒菜馬上就到。」

黑臉斗笠客也不答話，在青衣斗笠大漢身邊的一張桌子坐下，一言不發，小二抱著一大罈酒過來，又端來四盤小菜，青衣大漢冷冷地說道：「這裡沒你什麼事了，下去吧，有需要我會叫你的。」

狗子拿肩頭的抹布擦了擦黑衣斗笠客面前的桌子，然後興沖沖地走開了。

黑臉斗笠客緩緩地摘下了頭上的斗笠，對著青衣大漢微微一笑：「什麼時候你出手也變得這麼大方了？」

青衣大漢正是李滄行！

他喝了一口酒，面無表情地用傳音入密說道：「以你陸總指揮的個性，這小二如此冒犯你，只怕你一出手就會要了他的命，與其讓我看到你亂殺無辜，不如花點錢把這人打發走，也算積德行善。陸炳，我本以為你會像在台州城一樣，選擇錦衣衛的秘密窩點來接頭，可沒想到你約我見面的地方，竟然就是普通的酒館。」

陸炳微微一笑，給自己倒了一碗酒，一飲而盡：「你現在又不是我們錦衣衛的人了，錦衣衛的各處據點和聯絡站，當然不能對你像以前那樣完全公開了，若不是要給你留一個和我緊急聯繫的方式，我連接頭人都不想告訴你。好了，不要多廢話了，你這麼急找我來雲南，有什麼事情要找我？」

李滄行冷笑道：「你是新趕來雲南？陸總指揮，不用再騙我了吧，你明明就是在我動身之後就一直在雲南等我的消息，還要說這話嗎？」

陸炳面不改色，又喝了一碗酒，道：「怎麼，你是不是又想說我在利用你？不錯，這回我就是想利用你查這萬蠱門的事情，這可是我們一開始就說好的，你不想做，隨時可以退出啊，我不逼你。」

李滄行眼中寒芒一閃：「陸炳，你連女兒的死也能利用，鳳舞有你這樣冷血無情的爹，實在是太可悲了。」

陸炳劍眉一挑：「鳳舞愛上你這冷血無情的負心漢，才是真正的可悲，她對你一片癡情，卻溫暖不了你這顆鐵石心腸。李滄行，你今天是想和我吵架嗎？要是吵架，我就不奉陪了，我還有不少要緊的事情，沒空跟你在這裡浪費時間。」

李滄行也喝了碗酒，平復一下自己的心情，道：「在這雲南的地面上，你可知道一個叫山中老人的？」

陸炳喉結微動，密語道：「你問這個做什麼？這跟萬蠱門主有關係嗎？」

李滄行道：「你只要告訴我你認不認識這個山中老人就行了，別的事情，我會在你回答此事後告訴你。」

陸炳沉吟一下，說道：「在沐朝弼行冠禮的那天，曾經有個人，自稱山中之人，持著嚴嵩的親筆信前來見沐朝弼父子，後來沐朝弼為此人在雲南各處建了十幾處宅院，你說的山中老人，就是此人嗎？」

李滄行點點頭：「不錯，就是這個人，陸炳，看來你也對此人有所留意，不然不會我一提他，你就想到這個人，怎麼樣，你對此人的身分底細，有沒有什麼情報？」

陸炳眉頭一皺：「滄行，你把我們錦衣衛當成什麼了，包打聽嗎？我們的任務是監控朝臣和邊關大將，就算再有本事，也不可能對每個跟這些人有接觸的傢伙都跟蹤調查吧，何況那是三十多年前在沐朝弼的成人禮上只出現一次的人，我只知道沐朝弼為此人建了不少宅院，此人的下落和身分始終是個謎。」

李滄行不信地說：「以你陸總指揮的警覺，對這樣持了嚴嵩的介紹信前來與沐朝弼接觸的人，會沒有一點興趣？就不想去查查沐朝弼給他建了這麼多莊園宅院，是要做什麼？」

陸炳嘆了口氣：「滄行，你有所不知啊，那時候正是大禮議事件剛剛結束的時候，朝中一大半的官員都被貶官流放，連內閣首輔楊廷和都給逼著致仕回家，我當時還不是錦衣衛總指揮使，只不過是個僉事罷了，接到的任務是去監視幾個被流放到西北邊關的官員，沐王府的事，還是我聽同僚說的，我並不清楚這事。

「再說了，這些朝中顯貴，一朝失勢被流放外地，那些地方大將為了巴結這些人，都會給這些人蓋宅院和莊園，以圖以後有一朝這些人東山再起後，不忘了提攜自己。事後雲南站的錦衣衛曾暗中查過這些莊園的用處，發現多數是閒置或者是出租，並無違禁之用，也沒有什麼秘密的非法集會，過了幾年便不再監視了。」

李滄行聽了道：「原來如此，可是，你就不想想為什麼嚴嵩要給一個給貶到雲南的人特地寫信，請沐王府對他有所關照呢？我聽說嚴嵩原來也是楊廷和的門生，最開始是站在楊廷和他們那邊，是後來看風向不對才背叛了楊廷和，以他的老奸巨滑，這時候脫離跟楊廷和一夥人的關係還來不及，怎麼會主動寫信呢？」

陸炳微微一笑：「滄行，你就這麼肯定那個什麼山中老人是因為大禮議事件給罷免的官員嗎？如果此人現在還活著，離當年都過了三十多年了，可見他當年也就是個二三十歲的小子，不可能官居要職，嚴嵩又怎麼會為這樣的人專門寫介紹信呢？除非一種可能，那就是這人是個名滿天下的才子，或者……」

說到這裡，陸炳眼睛突然一亮，猛的一拍大腿，幾乎要說出聲來，剛說了一個字出來，才意識到自己有點失態，改用密語道：「對啊，我怎麼沒想到呢，**這個山中老人，該不會就是嚴世蕃吧！**」

李滄行道：「聽你這麼說，倒是很有可能，只是那天跟我對話的那個山中老人，給我的感覺卻不像嚴世蕃，倒不是說他說話的聲音不對，以嚴世蕃這樣的高手，改變自己說話的聲音是輕而易舉的事情，但是嚴世蕃和我也接觸過不少次，那種與生俱來的狂妄和目空一切的囂張是改不了的，但和我接觸過的山中老人卻不一樣，彷彿胸中充滿了一股怨毒與恨意，就像全世界都欠了他似的。」

陸炳道：「這麼說，你見過那個山中老人了？說說詳細的情況吧，看來你找我，就是為了這山中老人的事吧。」

第九章

一較高下

李滄行道：「陸總指揮，今天對你的冒犯之處，還請見諒，
我也是對這件事很好奇，
尤其是知道世上有何師古這樣天分高絕，
足以可以跟你一較高下，才想知道他的身分和現狀，
你既然也不知道，那就算了。」

李滄行沉聲密道：「你猜對了一半，也不完全是為了他的事，不過這確實是我今天找你的目的之一。我來雲南之後，就去找了那滾龍寨的楊一龍和扣虎塘的馬三立，卻意外地發現，楊一龍固然是已經投靠了沐朝弼，可是**馬三立的背後，竟然是這個山中老人。**」

陸炳臉色微微一變：「哦，竟然還有這種事情？看來這小小的雲南，倒是有各路神仙啊。滄行，以你之能，應該能跟蹤查到這個山中老人的身分了吧。」

李滄行卻道：「沒有，這個山中老人隱藏自己身分的本事，實在是匪夷所思。」

他把那天和山中老人在小屋中見面的對話描述了一番，聽得這位天下頭號特務頭子也咋舌不已，臉色一變再變。

聽完，陸炳嘆了口氣：「想不到傳說中的**萬里傳煙**之法，居然是真的，還被這山中老人學了去。」

李滄行疑道：「什麼萬里傳煙之法？」

陸炳若有所思地密道：「我也是曾經看過一本古書上記載的，這是上古的道家法門，傳說還是姜子牙之類的半神留下來的呢，可以用意念和真氣，在相隔很遠的地方同時點兩炷香，然後通過神秘的咒語與法術和道具，比如你所見的那些銅鏡，看到遠處的景象，他自己也能把自己的身形幻成那些煙柱，給你看見，只是這個人顯然沒有仙人的本事，所以傳聲還是要通過那種銅管，而不能直接靠著那些香火產生的煙霧來傳形發聲。」

李滄行倒吸一口冷氣：「世上真有這麼神奇的法術？太可怕了，這麼說來，練到一定的境界，只需要留下這種香灶什麼的，就可以監視千里之外的一舉一動？你見過這樣的人？不，是神仙嗎？」

陸炳哈哈一笑：「我從不信鬼神的，當然沒見過這樣的人，不過古書裡確實提到這個，我以為是荒誕不經的騙人之法，所以直接把那書就扔了，今天要不是聽你說起還真有人能用這種辦法異地傳音看形，我還真不會想起來此事呢。」

李滄行皺了皺眉頭：「看來這個山中老人倒是個練氣修道之人了，那嚴嵩一輩子都陪著皇帝修仙問道，嚴世蕃這個狗東西更是精於此道，寫這種青詞的功夫當世首屈一指，聽你這麼說，這山中老人倒是真的挺像他的呢。」

陸炳正色道：「嚴世蕃並不像你想的那樣只會囂張狂妄，在皇上面前，他大氣都不敢喘一下，甚至搶先服用皇上還沒有用過的新煉丹藥，為皇上試毒表忠心，老實說，這種事我做不來，誰知道那些方士煉的丹藥會不會吃死人呢。」

李滄行冷笑道：「這狗賊在皇帝面前裝孫子，就是為了在別人面前裝皇帝，也許那種囂張和狂妄，就是因為在皇帝面前被壓得太狠了，才需要轉過頭來狠狠地在別人身上發洩吧，哼，這個懦夫！」

陸炳喝止道：「好了，滄行，我知道你恨極嚴世蕃，但你再罵，他也不會少一塊肉，還是商量正事吧。從你的判斷來看，這個山中老人有意要挑起你和沐朝弼的仇殺，如果你一時失手殺了沐朝弼的話，自然無法查下去萬蠱門的線索，而且這線索是你自己斷掉的，怪不得他人，可謂是絕妙不過的掩飾痕跡的辦法。」

李滄行點點頭：「虧得我能控制情緒，沒有直接找沐朝弼報仇，甚至後來還想辦法和他交換了情報，這正是我要找你的第二件事情，也是最重要的一件。」

李滄行頓了頓，凝視著陸炳的臉，一字一頓地道：「陸炳，請你告訴我實話，**三十多年前，你是不是隱姓改名，加入過點蒼派，還學到了那天南劍法？**」

陸炳嘆了口氣：「我就知道，以你的聰明，來雲南探查，早晚會查到這一層，只是我不清楚，白所成怎麼會無緣無故地跟你說起當年點蒼派的事情！你猜得不錯，**我當年曾經化名陸大為，加入過點蒼派，為的就是學到天南劍法**，後來因為跟何師古比劍露出了馬腳，被迫離開，白所成為何會對你說起這些，你能告訴我嗎？」

李滄行滿意地道：「這回你沒有騙我，我也不妨告訴你實話，因為沐朝弼跟我說，萬蠱門主沐傑曾經進過點蒼派學劍，後來還在門派內娶妻生子，所以我就向白所成打聽當年有沒有什麼天賦異稟之人進過點蒼派，他一下就說出了陸大為和何師古二人，還有那個姓紀的師妹，叫什麼紀秋萍的，就是鳳舞的母親嗎？」

陸炳眼中目光炯炯：「你要知道這個做什麼？」

李滄行正色道：「這件事很重要，也許真的有關萬蠱門主的下落，如果紀秋萍是你的妻子，那何師古是萬蠱門主的可能就可以排除了。但若是紀秋萍並不是你的妻子，而是後來跟了何師古的話，這何師古就有很大的可能是那萬蠱門主沐傑了。陸炳，你如果真的想為鳳舞報仇的話，我希望你能告訴我實話。」

陸炳閉上了眼睛，他放在桌上的手微微抖動著，胸膛也在不停起伏，看得出他這會兒心潮澎湃，思緒萬千，似乎在艱難地做著決定。

這副模樣讓李滄行有些意外，即使是鳳舞死時，陸炳方寸大亂，也沒有一絲一毫的抖動，可是今天，他的手卻是抖得厲害，連自己肉眼也能看出來，非是心中亂了方寸何至於此！

陸炳緩緩地睜開眼睛，搖搖頭道：「這涉及我少年時的一段不想告人的往事，我也不會向任何人提及，不過看在你這回這麼賣力的份上，我可以告訴你，

紀秋萍是我第一個妻子，也是我今生唯一愛過的女人，鳳舞就是我和秋萍生的女

兒，我對不起秋萍，也對不起鳳舞，但是，她和何師古從來就沒有任何關係，以後也請你不要再問這個問題了。」

李滄行看到陸炳的眼中閃出一絲淚光，這位天字第一號大特務今天難得地動了真情，在這雙清澈泛著淚花的眼睛裡，他看不到一絲虛偽，相反，只有難言的悔恨，是在痛悔自己沒有照顧好愛妻，害得紅顏薄命，還是在自責連二人唯一的骨肉也沒有保護好，害得她死於非命？

李滄行黯然道：「陸炳，對不起，又讓你想到了傷心的往事。她是為我而死，今生我欠她的深情厚愛，已經再也還不上了，只希望能查到那凶手萬蠱門主，為她報得此仇。」

陸炳眼中寒芒一閃：「李滄行，你要查萬蠱門主只是為你自己所查，為你的小師妹，甚至為你的屈彩鳳查，可別說為了鳳舞，你不配！她活著的時候你不珍惜，毀棄婚約，逼她說出真相，可以說她的死是你一手促成，如果不是她死前的苦苦哀求，要我饒你一命，我當時就會殺了你！我女兒的仇我自己會報，輪不到你動手！」

李滄行嘆道：「我確實無顏見鳳舞於九泉之下，她死前曾經再三地叮囑過我，讓我千萬不要試著為她報仇，我不知道原因，陸總指揮，你有什麼線索嗎？」

陸炳「哼」了聲：「這丫頭至死也不想讓你為難，可憐我的女兒，愛錯負心漢！」

李滄行心中一動：「你這話是什麼意思？我為她報仇怎麼會為難？」

陸炳嘴角勾了勾，道：「鳳舞不是說得很清楚嗎，那個仇人實力強大，不要說你一個人，就是整個黑龍會，加上伏魔盟各派，甚至加上老夫我，都不是他的對手，要向他復仇，只會讓你陷入更大的痛苦之中。」

李滄行哈哈一笑：「我從生出以來還沒有怕過誰，男子漢大丈夫活在世上，就要求個轟轟烈烈，人固有一死，若是明知有邪惡還不敢去對抗，那還活個啥勁！」

陸炳嗤了聲，道：「你這個人就是這樣，永遠只想著自己逞英雄，當大丈夫，卻從不顧及你身邊的人，不去想想那些你愛的人和愛你的人，我的鳳舞就不用說了，在這事上，我永遠也不會原諒你，就說你的那個小師妹，你跟她過了這麼多年，總算是掃清一切誤會，重新在一起了，可還是這麼不惜性命，非要去追尋那個真相，你萬一有個三長兩短，讓沐蘭湘怎麼過？就算你現在本事不小，那個萬蠱門主未必能傷得了你，難道就不會向你的女人下手嗎？」

李滄行一挺胸膛：「是福不是禍，是禍躲不過，以前我在武當的時候，我和小師妹也從沒想要招惹過誰，可是那個萬蠱門主還不是對我們下了毒手？這麼多年過去了，他也早知道我已經一步步地接近真相，就是我這時候放棄，帶師妹回武當，他就肯善罷甘休，放過我們了嗎？

「再說，現在的事情越來越明顯，萬蠱門主跟嚴嵩嚴世蕃父子有著千絲萬縷的關係，就衝著我一定要打倒嚴世蕃，消滅魔教的目標，他也一定會與我為敵到底的。陸炳，這件事我不能逃避，也無法退縮，賭上我這條命，我也一定要親手殺了萬蠱門主，報這血海深仇！」

陸炳冷冷地說道：「事情可能沒你想的這麼容易，山中老人的修為非同小可，雖然不能萬里傳音，也可以聚煙化形，銅鏡視物，光是這本事，你就不一定能對付得了的。你武功再高，碰到妖術邪法也未必能施展得出來。

「這人知道萬蠱門主和沐朝弼的關係，幾乎可以肯定是萬蠱門主告訴他的，也就是說，萬蠱門主沐傑和山中老人已經勾結到了一起，雖然現在還不知道他是否也通過這山中老人，跟嚴世蕃和魔教同時扯上關係，但這個可能性不小，萬一你的這些敵人都集中在了一起，只怕你的黑龍會，甚至滅魔盟，都不一定能對付。」

李滄行雙目炯炯，直視陸炳：「你在這事上作何選擇？如果萬蠱門主真的投靠了嚴世蕃，你會不會再次選擇中立，或者乾脆倒向嚴世蕃？哼，反正你也不是第一次違心跟嚴世蕃合作了。只要皇帝需要通過嚴世蕃，或者萬蠱門主來剷除我的話，你一定也會遵聖旨吧。」

陸炳沉吟道：「我覺得他們合作的可能不大，有一點你可能沒有想到，就是這山中老人的身分，剛才我說他有可能是嚴世蕃本人，如果是這樣，那就沒話說了，萬蠱門主必然早已經和嚴世蕃勾結在一起，可是還有另一種可能，**那就是這個山中老人，也許是當年大禮議事件中失意的官員**，給貶到了雲南，如果是這樣的人，跟嚴氏父子就是敵非友，即使知道萬蠱門主的身分，也不會為萬蠱門主和嚴氏父子穿針引線的。」

李滄行疑惑地道：「以嚴氏父子的精明，怎麼可能反過來幫助那些大禮議事件中給打倒的政敵呢？陸總指揮，你的話我覺得不太可靠啊。」

陸炳微微一笑：「**政治上哪有明確的對手或者敵人，今天是敵人，明天也許就是朋友**。反之亦然！**一個真正成熟的政治家，是不會把所有的後路都堵死的**。你看看徐階、高拱、張居正這些清流派的重臣，表面上看跟嚴嵩鬥得是死去活來，但只要出價合適，照樣可以跟嚴嵩合作，**不是因為他們不想下狠手，而是因**

為他們太清楚這些官場老油條的關係和人脈了，打蛇不死，反被蛇咬，沒有一擊必殺、連鍋端掉的把握，無論是清流派還是嚴黨，都會**留有餘地**，這是給自己留餘地，也做給跟著自己的黨羽們看。」

李滄行不屑地道：「那嚴賊對夏大人和曾大人可曾留有過餘地？」

陸炳搖搖頭：「那不一樣，當時是聖意已明，因為要在三邊花大量的軍費，妨礙到皇上的清修，但皇上曾經親口誇過曾銑的忠心愛國之舉，如果駁回曾銑的計畫，那就成了打自己的臉，承認自己當初的決策失誤，所以一定要有人背這個黑鍋。嚴氏父子正是看透了這點，才意識到此時是對夏言痛下殺手的時候！」

李滄行恨恨地說道：「這狗皇帝所有的聰明都不用在正事上，全放在陷害忠良上了，陸炳，我真後悔當初為你，為皇帝做這些陷害忠良的事！」

陸炳冷冷道：「你不做也有的是人做，夏言和曾銑也不是你想的那樣一心為國，還是想要加強自己的權勢罷了，兩人的通信中，夏言曾向曾銑暗示過，如果他成功地收復河套，就會想辦法讓他入閣為相，最後擠掉嚴嵩的位置，因為夏言當時也意識到嚴嵩這個老滑頭跟自己絕不是一條心，不知什麼時候就會給他黑了，所以他想要找個更聽話的副手來。嚴黨和清流派的官員都是大肆貪汙，而給皇上寫青詞，助他修仙問道的事情，夏言也從沒有少做過，只不過是成王敗寇的權力鬥爭罷了，沒什麼忠良不忠良的！」

李滄行冷冷地回道：「是啊，像你陸大人，只忠於自己，忠於你們世代為官的陸家就行了。你也沒那麼忠心，甚至還想要跟我這個未來說不定會造反的王子起兵呢。」

陸炳的臉微微一紅：「那叫識時務者為俊傑，但現在天下人心未亂，國家也沒到流民遍地，可以有人登高一呼就從者雲集的地步。我勸你這個靠了太祖錦囊就想得到天下的夢，還是保持清醒較好。」

李滄行點點頭：「我不是黑袍，可不想為了自己的皇帝夢而讓天下血流成河，只要皇帝不干涉我報仇就行了。好了，陸炳，今天還是很感謝你肯來見我，沒別的事的話，我要走了。」

陸炳微微一笑：「別這麼急著走嘛，接下來你有什麼打算和計畫，能不能向我透露一二？」

李滄行劍眉一挑：「你若是我，會怎麼做？」

陸炳沉吟了一下，說道：「山中老人那裡應該是你唯一的線索，也是你唯一的追查目標，但你現在最好不要直接找他，而是等他找你。」

李滄行不動聲色地說：「這話什麼意思？我完全有理由主動找他，向他問更多有關萬蠱門主的事。」

陸炳笑了起來：「滄行，這可一點不像你，你這麼聰明的人，這些天早該想明白了利害關係，山中老人就是想挑起你和沐朝弼的仇殺，讓你斷了這條線的，結果看到你沒殺沐朝弼，儘管你為了掩人耳目，先後傷了沐朝弼和白所成，但以山中老人的精明，只怕不會上你的當的，你還是無法從他那裡得到什麼實質的情報。」

李滄行認同道：「你說得對，現在確實不是和那山中老人見面的好機會，我的意思，是想通過你查這個山中老人的來歷，看看三十多年前有什麼重要的人物給流放到雲南；還有，你跟嚴世蕃關係這麼好，也可以試著問問嚴世蕃，三十多年前他們給了誰介紹信，讓他來雲南和沐王府接頭的，只要他們肯說實話，那這山中老人的身分，就不言自明了。」

陸炳嘆了口氣：「你是不是以為嚴世蕃是我的手下？我問他什麼他就會回答什麼？這三十多年前的介紹信，剛才已經分析過，很可能就是他的政敵，如果真是這樣的話，那這層關係是嚴嵩父子極力想要隱瞞的，怎麼可能在三十多年後舊事重提呢？現在我貿然去問他這事，只會引起他們的警覺，把注意力集中到雲南這裡，到時候他們若是知道你就在雲南查探此事，一定就會跟冷天雄聯手，置你於死地。滄行，我勸你還是謹慎點好，不要打草驚蛇。」

李滄行陷入了沉思之中，道：「我覺得奇怪的一件事是，這魔教為何這次如此沉默呢？按說魔教的大本營在這裡，對不受控制的門派，如點蒼派，早就消滅了，其他不聽號令的山寨像滾龍寨、扣虎塘等，就算以前看著林鳳仙的面子，沒有出手，可是既然和屈彩鳳已經正式翻臉，沒有任何理由還要手下留情。

「若說魔教要顧慮沐王府的關係，更不可能了，以嚴世蕃的勢力，完全可以壓制沐王府，當年他們滅掉點蒼派，也完全不顧白所成是沐王府的四大護衛之一，至不濟，也會在扣虎塘和滾龍寨裡留下一些眼線。彩鳳和小師妹明明已經公開現身滾龍寨，可是魔教卻全無動作，陸炳，你覺得這合理嗎？」

陸炳笑道：「滄行，你可是越來越會分析了，不錯，你說得很有道理，這事確實不太合理，但**不合理的事情，往往都有著合理的解釋**，如果是嚴世蕃和魔教早知道你已經身在雲南，卻沒有動手，你想他們是想知道什麼呢？」

李滄行雙目一寒：「你是說他們也有可能想要從我的探查中得知這萬蠱門主的事？」

陸炳收起了笑容，正色道：「這只怕是最合理的解釋了。」

李滄行想了想道：「如果是這樣的話，那就說明當年那個山中老人並不是嚴世蕃了，他並不知道萬蠱門的秘密，那他又怎麼會得知這個神秘組織的存在？」

陸炳道：「南少林大會的時候，萬蠱門就公然地現身江湖了，那金蠶邪蠱的作用，江湖上很多人知道，就是那煉製之法，想必博覽群書、鑽研各種邪法異術的嚴世蕃也知道一二，既然你說那個萬蠱門主對沐朝弼說過，此物可以增加功力，甚至修仙長生，那嚴世蕃也肯定是深信不疑的，他自己沒有任何線索去找萬蠱門主，所以就通過你來為他查明此事。」

李滄行冷笑道：「可是這麼多天以來，沒有人跟蹤我，如果他連我的行蹤也無法掌握，又怎麼可能知道我查到哪一步了呢？」

陸炳搖搖頭：「滄行，不要太過自信了，**自信過了頭就成了自負**，嚴世蕃精於各種妖法邪術，追蹤之法也不一定是跟我們錦衣衛那樣，也許他有別的辦法，能查到你人在哪裡，在做什麼！你想想，這次你重出江湖，人在東南一帶周旋於多方勢力之間，可是嚴世蕃根本沒有露面，卻派出盧鏜的官軍來置你於死地，這說明他對你的動向和行蹤瞭若指掌，**千萬不要低估你的對手！**」

李滄行收起了笑容與鄙夷不屑的神色，正色道：「多謝陸大人的提醒，是我太過托大了，你說得對，對於嚴世蕃，無論何時也不能放鬆警惕的。這麼說來，可能你我今天的見面也在他的掌握之中了。」

陸炳點點頭道：「你確實要做好這個準備，想辦法擺脫他的監視與控制，我之所以今天沒有和你在我們錦衣衛的地盤見面，也是不想讓他可能滲透到錦衣衛裡的眼線上報我們的事情，不過看來這也沒有太大的作用了，對了，你和屈彩鳳、沐蘭湘在一起嗎？」

李滄行道：「她們在城外等我。」

陸炳建議道：「你們最好易容分頭走，再找個地方接頭，也許這樣可以避開嚴世蕃的追蹤，對了，我記得屈彩鳳的師父林鳳仙好像在山中老人出現的那一年來過雲南，也許你去問問屈彩鳳，會有意外的收穫。」

李滄行心中一動，連忙問道：「陸炳，這是什麼意思？什麼意外的收穫？林鳳仙曾經護送過前首輔楊廷和之子來過雲南，你是不是想說那個山中老人就是楊慎？」

陸炳搖搖頭：「我可沒這麼說，而且我也覺得不太可能，因為楊廷和父子當年就是被作為楊廷和得意門生的嚴嵩背叛，才會輸得那麼慘，嚴嵩連楊慎串聯了多少官員，拉了多少同夥都查得一清二楚，報告給皇上，這才讓皇上徹底地摸清楚楊廷和一夥的底牌，知道他們還不至於能一手遮天，控制整個大明的官僚機構，所以才下定決心把他們借機全部清掃出朝堂，換一批新的官員。

「這樣看來，楊廷和跟嚴嵩是不共戴天之仇，聽說嚴嵩為了斬草除根，還派出殺手在路上行刺楊慎，但因為有林鳳仙的護衛才沒能得手，你說他們怎麼可能合作呢？而山中老人的手上又有嚴嵩親筆寫的介紹信，他怎麼可能是那楊慎呢。」

李滄行心中暗暗鬆了口氣，道：「陸總指揮，那你讓我去問彩鳳這事做什麼，完全就沒關係嘛。」

陸炳眼中光芒閃爍：「未必，**有時候真相就藏在我們忽略的細節之中**，林鳳仙確實是護送了楊慎到雲南，你怎能肯定她沒有和那個山中老人接觸過？她若是送完人就走，為什麼還會身在滾龍寨和扣虎塘，跟沐王府起了衝突，最後還要拿出太祖錦囊呢？」

李滄行心中一動：「你是說，林鳳仙可能會知道那個山中老人的下落？因為他們可能在私下接觸過，是嗎？」

陸炳微微一笑：「滄行，難道沒有這個可能嗎？林鳳仙當時身負太祖錦囊的事，本就是楊廷和指使她做的，所以她才會去保護楊慎到雲南，一來是躲風聲，二來也是報恩，那個山中老人在雲南絕對不是甘於寂寞的人，太祖錦囊失竊這麼重要的事，他會不知道嗎？林鳳仙在雲南待著不走，去跟扣虎塘和滾龍寨這樣的綠林山寨攬來攬去的，你覺得會是出於那所謂的俠義之心？別忘了，馬三立就是山中老人的手下，也不知道是世代忠僕還是來雲南後收編的。」

李滄行佩服道：「陸炳不愧是陸炳，居然能把這幾件看起來沒有任何關聯的事湊到了一起，好吧，聽你這麼一說，確實可以向彩鳳打聽一下，只是，即使如你的分析，林鳳仙跟山中老人有過接觸，可是當時彩鳳還只是個嬰兒，她又怎麼會知道這些事？林鳳仙雖然是她的師父，但也不可能把這些事情都向她透露吧，如果真的有說，彩鳳早就告訴我了，不會等我去問她的。」

陸炳冷笑道：「李滄行，你是不是以為屈彩鳳也跟你的小師妹一樣，對你死心塌地，毫無保留？你記住了，她除了是一個對你有好感的女人之外，還有個身分是巫山派的寨主，這就決定了她不會像沐蘭湘那樣，可以扔下一切跟著你，為了自己門派的利益，為了自己師父的面子，對你都會有所保留的！」

李滄行厲聲道：「不許你挑撥我和彩鳳的關係，我們的事，你什麼也不知道，我明白你作為錦衣衛總指揮使，跟彩鳳乃是天敵，所以找一切機會中傷她，攻擊她，可是我卻是絕對信任彩鳳的，她連太祖錦囊的事情都跟我說過了，還有什麼好對我隱瞞的！」

陸炳搖搖頭：「告訴你太祖錦囊又算什麼，她本就是那時候想要拉你下水，最好是進巫山派跟她雙宿雙飛，所以用這個來引誘你，取得你的信任罷了，滄行，你自己摸著良心，用你的腦子想想，**難道當年的屈彩鳳，沒有說過讓你進巫山派，甚至願意以身相許，把巫山派託付給你的話?!**」

李滄行微微一愣，屈彩鳳確實跟自己提過願意嫁給自己，由自己來接掌巫山派，只是他從未考慮過這種事情，也沒向心裡去，可今天卻給陸炳一口就提了出來，不由得呆在了當場，說不出話來。

陸炳一看李滄行這模樣，就知道自己猜中了，冷笑道：

「看來我果然沒有猜錯，滄行，雖然你已經不是錦衣衛的人了，甚至因為鳳舞的事，可以說我們之間還有點仇恨，充其量是因為有共同敵人，暫時合作罷了，但我也不想看著我多年栽培出來，曾經寄予重大希望的你被一個女人玩弄於股掌之間。

「你好好想想吧，現在你是黑龍會之主，屈彩鳳的勢力遠不及你，所以想要依附你，你是官身，她是土匪，就算她肯洗手不幹，她手下那些打打殺殺多年的悍匪也是賊性難改，現在大家都知道太祖錦囊不能保命，於是轉而投向更有勢力的黑龍會，你可莫要上了當，跟他們同流合汙，以後毀了自己的大好前程！」

李滄行把心一橫，沉聲道：「行了，陸炳，我跟彩鳳相交多年，對她的人品非常瞭解，我曾經也非常相信過你，一心一意地以為你是真的肯為國家，為蒼生請命的人，可現在我才知道，你對權勢的熱衷遠遠超過對正義的追求，這世上沒有什麼事情是你不會做的，甚至放棄良知，投靠嚴世蕃，或者是把女兒推入火坑，這些事情你都做得出來。我沒必要也沒興趣聽你的挑撥之言，該問的事情我自然會去問，你不用多說了。」

陸炳嘴角勾了勾：「那你好自為之吧，朝中還有些事情我要處理，所以我要離開雲南了，但願你在這裡一切順利，這三個月不用找我，找我我也不在，希望我下次再見你的時候，你能有重大的進展！」

陸炳說完這句，拿起斗笠戴在頭上，準備離去時，李滄行突然密語道：「等一下，我還有件事情想要問你。」

陸炳回過頭，眼中寒芒如電：「什麼事，說吧！」

「如果你覺得這事不方便回答，可以保持沉默，你的妻子，也就是鳳舞的母親，那位紀秋萍女俠，是何方人氏，娘家在哪裡？」

陸炳臉上閃過一絲不悅：「你問這個做什麼？」

李滄行道：「你可以不回答，但我想知道，畢竟跟鳳舞相處一場，對她的家世想知道一些。」

陸炳猶豫了一下，道：「秋萍自幼父母雙亡，是個孤兒，她叔叔把她送進點蒼派學藝，所以她沒有直系的親人，跟我在一起後，也因為連家也沒有，所以我娘堅決不同意一個來歷不明的江湖女子進入我們陸家，這才造成了她的鬱鬱寡歡，在生鳳舞的時候難產而死。」

李滄行嘆了口氣：「對不起，勾起你傷心的回憶了，可是我還是想問一下，那何師古又是什麼來歷，後來去了哪裡？你們下山之後，就沒再聯繫過？」

陸炳冷冷地道：「這個人害得我在點蒼派待不下去，沒有學全天南劍法，我又何必要跟他搞好關係，繼續做朋友呢？再說，當時我正要雲遊天下，到各派去學藝，也沒時間跟他糾纏不清，所以對他也就沒再跟蹤過。」

李滄行「哦」了聲：「這不太合理啊，以你陸總指揮的心思縝密，碰到如此的勁敵，還害得你暴露了身分，給趕出點蒼派，這樣的強勁對手，這樣的奇恥大辱，你居然可以一笑而過？」

陸炳冷笑道：「滄行，你在我那個年紀的時候，二十多歲的時候，在做什麼？還是在好好的做你的武當大師兄，對吧。」

李滄行點了點頭：「那又如何？我們武當不是你的錦衣衛。」

陸炳笑道：「這就是了，你在武當自然不用聽命於人，只要給師弟們傳功授藝就行了，再要不就是成天看著你的小師妹，心理就能得到安寧與滿足。可我當時已經是錦衣衛的僉事了，包括進點蒼派學藝，都是我的任務和使命，學劍不成，就只能去別的地方執行新的任務，哪有時間和精力去追蹤一個何師古？」

李滄行懷疑道：「那你的紀師妹又是怎麼找到你的？我記得你們兩個給趕出師門的時候，她還沒有馬上離開吧。」

陸炳顯然有些不耐煩了：「我當年對秋萍的愛，不比你對沐蘭湘的愛來得少多少，我的身分暴露之後，在離開門派的前一天夜裡去找過她，向她表達了我這幾年來對她的愛慕之情，也告訴了她我的真正身分，讓她來找我，所以幾年之後，當我坐上錦衣衛副總指揮使的位置時，秋萍就來找我了，我們後來就秘密地成了夫妻，這有什麼問題嗎？」

李滄行聞言道：「聽起來確實無懈可擊，陸總指揮，今天對你的冒犯之處，還請見諒，我也是對這件事很好奇，尤其是知道世上有何師古這樣天分高絕，足以可以跟你一較高下的人，才想要知道他的身分和現狀的，你既然也不知道，那就算了，也許這個人也早就不在人世了呢。」

陸炳長嘆一聲，「其實少年時我們都太衝動，為了女人爭風吃醋，我被逐出點蒼派，可他又何嘗不是如此！學藝的好時光就是那麼幾年，未遇明師，也許就會泯然眾人了，滄行，如果今天何師古還活在人世，我倒是想和他一起喝杯酒，算清這筆三十多年來的舊賬，如果你真的對此事感興趣，也查到了何師古的身分，請一定要告訴我，好嗎？」

李滄行正色道：「那是一定。陸炳，祝你這次回去也一切順利，萬蠱門主的事情，我會全力追查的，你放心！」

陸炳抄起桌上的酒罈，仰起脖子，把一罈烈酒都灌進了嘴裡，李滄行認識陸炳這麼多年，知道他喝酒極有節制，這樣鯨吞牛飲，還是第一次。

一罈酒盡，陸炳把酒罈子向桌上一頓，抹了抹嘴，也不說話，轉身就走。

不知為何，今天的陸炳讓李滄行感覺很反常，就連離去的背影也透著一股沉重，不曉得是不是今天自己對他的提問勾起了他塵封已久的感情，以至於讓這位冷酷絕世的錦衣衛總指揮使也有了一絲的人性和傷感。

昆明城外，一處土地廟中。

雨正淅淅瀝瀝地下，天空中一道道閃電劃破長空，讓這黑雲壓城城欲摧的景象變得格外恐怖，土地廟裡供奉著的地藏菩薩，那張猙獰可怕的臉，也被廟外的一道道閃電照亮，顯得更加嚇人，即使是成年人看到這情景，也八成會給嚇得魂不附體的。

一個全身青衣已經被淋得透濕，戴著斗笠的大漢緩步走進了廟裡，雨水順著他的斗笠邊緣如絲線般地垂下，一張英武過人的臉上，虯髯和兩鬢蓄起的鬚髮皆是水淋淋的一片，青衫緊緊地貼在他的身上，把一身健美體魄襯托得格外明顯，可不正是剛剛與陸炳會面過的李滄行！

兩陣香風襲過，兩個黑衣打扮，蒙著臉的身影，一個飽滿豐腴，另一個高挑細長，分別從神像背後和屋簷處雙雙跳下，兩聲銀鈴般地聲音吼道：「來者何人，納命來！」

李滄行取下了頭上的斗笠，開玩笑道：「女俠饒命！」

屈彩鳳一把拉下黑色的面巾，霜雪般的白髮隨著透進來的風一陣亂舞，絕美的容顏上堆著笑容，一手按著肚子，指著李滄行笑道：「哈哈哈哈，太好玩了，想不到大俠李滄行還會說這個話。」

沐蘭湘無奈地拉下了面巾，嘆道：「姐姐也真是的，非要想出這麼一個接頭暗號，可不是故意要出師兄的洋相嘛。」

屈彩鳳秀目流轉：「哼，這是接頭暗號，要不然陸炳或者其他壞人派個手下易容成你的大師兄，來騙我們，像妹妹這麼單純，還不是要上當呀。」

沐蘭湘臉上飛過一道紅雲：「我，我才不會上當呢，姐姐也太小瞧人啦。」

屈彩鳳笑著走到沐蘭湘的身邊，拉起了她的素手：「好啦好啦，開個玩笑罷了，難得有占你師兄便宜的機會，你還不讓讓我啊。」

沐蘭湘的小嘴剛才已經嘟了起來，聽了這話，總算眉頭舒展了開來，微微一笑：「好了，全是我們兩個在說話啦，師兄，你跟陸炳的接頭怎麼樣了，他真的是當年那兩個人之一嗎？」

李滄行收起笑容，表情也變得嚴肅起來，用傳音入密道：「是的，陸大為就是陸炳的化名。」

屈彩鳳眉頭一皺，道：「那何師古又是誰，是萬蠱門主嗎？」

李滄行搖搖頭：「陸炳說被逐出師門後就沒見過這個何師古，也不知道他的真正身分，但是那個師妹紀秋萍，卻是後來跟了陸炳，也就是鳳舞的娘。」

沐蘭湘的秀目流轉：「好奇怪啊，從那個白所成的描述來聽，我倒覺得那個紀師妹好像更喜歡何師古多一點。」

屈彩鳳笑了起來：「何以見得呢？妹子！」

沐蘭湘臉上飛過一朵紅雲：「這個，這個嘛，總之我知道就行了。哎呀，姐姐你壞死了，問人家這種問題。」

李滄行知道屈彩鳳在有意地暗示當年沐蘭湘也是在自己和徐林宗之間做過同樣的選擇，所以感同身受，心中暗嘆這女子的天性果然還是如此，即使跟沐蘭湘已經處得情同姐妹了，但凡有一絲可以爭取自己的機會，還是不會放棄，從這點上看，用情至深的屈彩鳳也算是個可憐之人啊。

但李滄行馬上岔開了話題，密語道：「師妹，陸炳說他在下山前跟那個紀女俠說過他的身分，讓她來找自己，後來這個紀女俠果然就來找了陸炳，只是因為陸炳家人的堅決反對，不許她進陸家的門，所以只能在外面私訂終身，生下了鳳舞，這就是陸炳跟我說的經歷，至於那何師古，他不願意多談，說自己因為公務繁忙，要執行其他的任務，就沒有再去追查此人下落，也不知他是死是活。」

屈彩鳳勾了勾嘴角：「老娘才不信陸炳這個傢伙會放著這個勁敵不去追查呢，他肯定早就知道那人的下落，只不過因為自己心愛的女人曾經喜歡過這個何師古，搞不好還有些什麼不清不楚的關係，所以不好意思向你言明罷了。滄行，那看來這一回你在陸炳那裡沒有什麼收穫啊。山中老人的事情，他怎麼說？」

李滄行雙目炯炯看著屈彩鳳，他一路上都在思考陸炳的話，但他告訴自己，這一定是陸炳的挑撥之語，以屈彩鳳對自己的感情，絕不可能像他說的那樣，一直在利用和欺瞞自己的，但是現在所有的線索全部中斷，又不可能就這麼輕易地去找山中老人攤牌，也許試著向屈彩鳳問些以前的事，能幫她回想起一些被忽略過的細節吧。

想到這裡，李滄行沉聲道：「彩鳳，當年你師父護送楊慎來雲南，還有什麼細節是你沒有想到的嗎？」

屈彩鳳微微一愣：「怎麼突然問起我這事？這和我們現在追查的事情有關係嗎？」

李滄行點點頭：「因為今天據陸炳的回憶，還有上次沐朝弼所說的，恰恰就是在那山中老人出現在雲南的那一年，你師父也是那時候護送楊慎來雲南。說不定會跟這山中老人有什麼關係呢。」

屈彩鳳臉上如同罩了一層嚴霜，秀眉也擰了起來：「滄行，你這話是什麼意思，我師父是綠林豪傑，怎麼會和山中老人這樣陰險歹毒的傢伙扯上關係？而且，那次的經過我全告訴你了，沒有任何隱瞞之處，你這樣追問我，是陸炳的意思嗎？」

李滄行早就預料到了屈彩鳳會有這樣的反應，正色道：「不，這跟陸炳沒有任何關係，是我自己的推測，彩鳳，我無意說你師父的壞話，但請你仔細想想，令師當年結交楊廷和這樣的內閣首輔，還護送他的兒子一路來雲南，可見她並不完全排斥和官府中人打交道，不是嗎？」

屈彩鳳冷冷地說道：「那不過是師尊想要自保的不得已之法罷了，而且我們綠林中人，恩怨分明，有恩必報，楊廷和指給了師尊一條盜取太祖錦囊以自保的明路，後來他失了勢，師尊自然也要保他家人周全，退一步說，他們楊家父子為國直言，想要削弱昏君的權力，採君臣共治，結果被昏君打擊忠良，作為武林中人，保護忠良，不至於讓他給滅門，也是份內之事吧。你當年不也是庇護了夏言和曾銑的家人嗎?!」

李滄行嘆了口氣：「彩鳳，你冷靜一點好嗎，我並無意說你師父的不是，只是我要追查山中老人的下落，線索全部中斷，目前只有你師父那裡還有一點可能，她當年護送完楊慎後，沒有馬上回中原，而是待在這裡收服了扣虎塘和滾龍寨，彩鳳，那扣虎塘主馬三立是山中老人的手下，你覺得這只是個巧合嗎？」

屈彩鳳的鳳目中神光閃閃：「你是想說師尊透過馬三立，和山中老人扯上了關係？滄行，你怎麼總以為我師尊會結交山中老人這樣的陰謀家呢？他們根本不是一路的人。」

李滄行搖搖頭：「我沒說你師父結交山中老人，反過來，也許是山中老人主動來找你師父呢！這個可能性，難道你沒有想過？」

屈彩鳳的秀眉微蹙：「這是什麼意思？且不說我師父護送楊慎來雲南的事，別人未必會知道，就算知道了，這山中老人又為何要與我師尊接觸？」

李滄行微微一笑：「你師父手上有太祖錦囊啊，只憑這一點，天底下所有的野心家都會想辦法跟你師父談談的。」

屈彩鳳臉色一變：「師父手上有太祖錦囊的事，也是她在救了扣虎塘和滾龍寨之後才曝光於天下的，而你剛才所說，師父在送完楊慎之後，還留在雲南不走，那山中老人和她的接觸不是在這段時間嗎？他又是怎麼知道師尊手上有這東西的？」

沐蘭湘一直在仔細聽著兩人的對話，聽到這裡時，忽然發聲道：「姐姐，**會不會是楊廷和在讓你師父盜出太祖錦囊後，也把這消息洩露給了山中老人呢？**我總覺得那個楊廷和不懷好意，他自己不動這太祖錦囊，卻要身為綠林豪傑的尊師做這件事，而你師父又是他無法控制的，也許通過山中老人這樣的人，可以有效地控制你師父呢。」

屈彩鳳冷笑道：「妹子，你還是不太瞭解我師父啊，她跟我幾乎是一個脾氣，不可能任人擺布，受人驅使的，楊廷和不行，那個山中老人更不可能了！」

李滄行嘆了口氣：「彩鳳，個性是個性，大局是大局，就算是你，今天為了巫山派的幾萬人眾，也會做出妥協和讓步吧。」

屈彩鳳堅定地說：「就算是妥協和讓步，也有一定的原則和底限的，我可以找你，找徐林宗，找伏魔盟的各派來幫忙，但永遠不會向嚴世蕃低頭求饒，這就是我的原則和底限，也是我師尊的原則和底限。」

李滄行雙目炯炯，道：「可是當年你不知道嚴世蕃真面目的時候，不也是跟他合作過嗎？跟陸炳不也是長期合作過嗎？」

屈彩鳳一時語塞，說不出話來。

李滄行嘆了口氣：「壞人也不會把壞字寫在臉上，要認清一個人的人心，分辨忠奸善惡，本就是非常困難的事，像山中老人那樣心機深沉的傢伙，又怎麼可能一下子暴露出他凶惡陰險的本來面目呢。彩鳳，你師父當年不過是個二十多歲的少女，涉世不深，給壞人一時矇騙，也是很正常的。」

屈彩鳳心中煩燥，卻知道李滄行說得有理，無法反駁，只好轉過身來，氣乎乎地擺弄著自己的衣角，一語不發。

沐蘭湘走上前去，拉著屈彩鳳的手，緩頰道：「姐姐，我們這次來雲南，不就是想查明黑手，為你師父報仇嗎？**那個萬蠱門主很有可能害了你師父，是我們要追查的真凶**，而他的下落和身分，大概也只有山中老人才知道了。你看看有什麼辦法，能找到當年跟你師父一起來雲南的前輩，問問當年的事呢？」

屈彩鳳皺著眉頭，想了想道：「當年的事，師父也沒有跟我多說什麼，若說師父身邊的人，也多數在路上或死或傷，只剩下三個人活著跟她回到中原，其中兩人已經不在人世了，只有一位**劉七娘**，綽號『**飛刀羅剎**』的還活著，十年前在江湖仇殺中失掉一條左臂，後來就在川南一帶隱居，如果真要知道師尊的事，這劉七娘大概是唯一的線索啦。」

李滄行聽了道：「那事不宜遲，我們趕快去動身找這位劉七娘吧。只要知道當年你師尊在雲南和誰有過接觸，真相就會一切大白了。」

屈彩鳳點點頭：「嗯，這裡反正暫時也查不出什麼，不如去找劉七娘，我也有十年多沒見過她了，不知道她現在過得怎麼樣。」

沐蘭湘突然道：「我們就這麼走了，白護衛那裡怎麼辦呢，還有沐王府，若是查出什麼消息，我們如何跟他們聯繫？」

李滄行眼中寒芒一閃：「沐朝弼現在肯定也恨透了山中老人，一定是想方設法地要找他報仇呢，所以山中老人一定會切斷跟他的所有聯繫，趁著他們兩方勢力開戰，我們正好抽身而退，偷偷地去找劉七娘問清楚當年之事，我總覺得，真相離我們不遠了！」

川南，雅安，劉家村。

這是一處平靜無奇的小山村，幾十戶圍著黃土壩子的民宅湊在一起，就成了一處錯落有致的小村子。

已是黃昏，在田裡耕作的村民們開始三五成群地牽著牛，扛著鋤頭回歸，一路有說有笑，談著最近村中的趣事，家家戶戶的煙囪裡也冒著嫋嫋的炊煙，飯香味隔著老遠就能聞到。

在這個小山村的一角，一處孤零零的小院子，卻顯得格外地特別，這裡的煙囪裡並沒有冒出黑煙，紡機的聲音卻是一直沒有斷過，堂屋裡，一位看起來六十歲，滿臉皺紋，額頭上圍著青布圈巾的老婦，正在一邊用腳踏著紡車的踏板，一邊拉著紡車上的梭子在織東西。

與眾不同的是，她只有一隻右臂是完好的，左臂那裡空空如也，她就靠著這一隻手，慢慢地，有條不紊地紡著紗線，她的動作不快，但很穩，沒有一絲抖動，似乎外面的各種響聲，完全沒有影響到她。

一個半赤著上身，只穿著一條短褂的漢子，和一個荊衩布裙，黑瘦矮小的婦人，手裡拿著兩個麵餅，走進這個小院。

漢子喊道：「七婆婆，我們給您送飯來了。」

那名被喚為七婆婆的老婦頭都不抬一下，冷冷地說道：「三兒啊，我還不餓，你們早點回去吧。一會兒我自己會有吃的。」

被喚為三兒的漢子臉上閃過一絲迷茫，他身邊的那個女人看來是他的媳婦，笑道：「七婆婆，這時間家家戶戶都在吃飯了，我們看您這裡沒有開伙的動靜，才拿了兩張餅過來，您就先吃嘛。」

七婆婆突然抬起了頭，本來昏暗渾濁的老眼裡精光一閃，刺得那婦人有些害怕，後退了小半步，只聽七婆婆厲聲道：「我老太婆就是餓死，也不吃你們的剩菜剩飯，都給我滾，今天老太婆不想看到你們！」

三兒連忙道：「七婆婆你誤會了，這兩張餅絕不是什麼剩菜剩飯，我們還沒動一口呢，一直給您留著的。」

七婆婆冷笑道：「三兒，以為我不知道嗎？這兩個餅是明天你下地幹活時的午飯，你媳婦兒早就做好了，我老太婆雖然眼睛不太好使了，但鼻子還靈得很，一聞就能聞出味兒來。休想騙我！」

三兒轉過頭，對婦人厲聲道：「怎麼回事，真的是中午做剩下來的嗎？」

婦人臉上閃過一絲愧意：「這飯怎麼能頓頓吃完呢，你每天下地幹活，吃的都是前天中午烙的餅啊。這哪叫什麼剩菜剩飯！」

三兒二話不說，抬手就是一巴掌甩在那婦人的臉上，打得她一下子摔倒在地，兩個麵餅也掉到了地上。

只聽三兒罵道：「好你個不孝的東西，給七婆婆就吃這種東西！我今天回來的時候不是還有雞嗎，為什麼不拿新鮮的飯菜過來！現在給我回去，再做一隻雞，連同米飯送過來，聽到沒有?!」

那婦人眼含淚水，哭哭啼啼地撿起地上的餅，拍了拍上面的泥土，揣在懷裡往外走去。

三兒趕走了媳婦後，跪在外面，滿臉都是歉意：「七婆婆，都怪我不好，沒教育好我媳婦，回去後我一定狠狠地收拾她，讓她知道什麼是尊卑有序！」

七婆婆手裡的活兒始終沒有停，搖搖頭嘆道：「三兒啊，雖然當年是我把你這小子給抱來這個村子，可是你現在也娶媳婦成家了，我老太婆一個人可以生活，你不能像以前那樣每天還來給我送飯，有時間多跟你媳婦在一起，沒必要每天下地前和收工後再來給我送吃的。」

三兒急道：「這怎麼可以呢，我劉三兒是個被扔在路邊的棄嬰，要不是七婆婆你救了我，我早就死了，在我心裡，您就是我的親娘，哪有兒子能不孝順自己親娘的呢！這些年您把我趕出這屋子，要我單過，我心裡可真不是滋味。七婆婆啊，是不是您不要三兒了，不把三兒當成您的孩子了，才不願意和我們一起生活呢？或者是我那婆娘實在不懂事，伺候不好您老人家？要是她對您不孝，我轉頭回去就休了她！」

七婆婆長嘆一聲：「三兒啊，你多心了，婆婆只是想要一個人清靜罷了，你家裡又有媳婦又有娃兒的，太吵鬧，婆婆已經沒有精力再帶小孩了，對了，聽說今天村裡來了幾個陌生人，是什麼人？」

三兒道：「是三個外地來的客商，為首的是個壯漢，帶著兩個隨從，說是路過我們劉家村，討碗水喝，我就把我罐子裡的水分他們喝了幾碗，喝完後他們就走了。」

七婆婆不動聲色又問道：「這三個人只問了這一句，沒問別的就走了嗎？」

三兒想了想，說：「有一個隨從隨口問了句，說村裡是不是有個叫劉七娘的，村裡沒這個人，我當然就說沒有啦！」

七婆婆腳下的踏板突然停了下來，眼中神芒一閃：「那隨從真的在問劉七娘？」

三兒點點頭：「是啊，這村子裡的女人都是外村嫁過來的，根本沒劉七娘這個人嘛，七婆婆，有什麼問題嗎？」

七婆婆罵道：「哼，我看你是越來越出息了，成天跟外人搭訕，婆婆沒告訴過你，外面沒幾個好人，要你離遠點嗎？」

三兒低下頭，像個做錯事的孩子似的，道：「婆婆，是我的錯，請您責罰。」

第十章

陳年舊事

劉七娘看了看李滄行，臉上的皺紋動了動：
「好吧，我知道李大俠數次為我們巫山派捨生忘死，
你一定會為少寨主重振巫山派出力的，
既然事關老寨主的死，那我也沒什麼好隱瞞的了，
我就把這件陳年的舊事一一道來吧。」

七婆婆冷冷說道：「你回去吧，叫你媳婦也別送菜過來了，今天婆婆不高興，不想見你們，回去好好閉門思過，這幾天我不想見你們，聽到沒有？」

三兒還想要分辯幾句，卻撞上七婆婆那張枯如樹皮，陰沉的老臉，什麼話也說不出來了，只能磕了三個頭，順從地離去。

七婆婆看著他遠去的身影，面沉如水，站起身，把外面院子的院門給合上，然後走回堂屋裡，又關上兩扇房門，堂屋內的光線變得異常昏暗。

她小心翼翼地點起一盞油燈，坐在桌邊，跳動的燭光映著她皺紋密布的臉，只聽她緩緩說道：「既然來了這麼久，何不現身一見呢？」

堂屋後的窗戶無風自動，突然向上翻轉，風吹得油燈一陣搖晃，幾乎要燈滅，等到燭光重新穩定下來時，屋裡已經多了三個人，全是黑衣蒙面打扮，為首一人，身材豐盈，黑巾蒙面，一雙眼睛如秋水般地水波蕩漾，站在她身後的兩人，一人壯碩高大，兩道劍眉配著虎目，炯炯有神，另一人則是身形高挑，藍布包頭，背著一柄長劍，一看即非凡器。

七婆婆臉色微微一變，嘆道：「想不到老身隱居這裡三十多年，還是被你們找到了，罷了，你們都這麼厲害，老身絕非對手，動手吧！只是在老身死之前，還請三位亮出萬兒，也好讓老身能死個明白，不至於做個糊塗鬼。」

為首那名女子把面巾向下一拉，露出那張絕美的嬌顏，臉上掛著微笑：「七姨，是我啊，彩鳳。」

劉七娘睜大了眼，不敢相信自己面前的女子竟是屈彩鳳，拿著那隻僅存的手使勁地揉了揉眼睛，再睜開一看，才發現屈彩鳳正笑意盈盈地站在自己面前，她的鼻子開始抽泣，激動地說道：「少寨主，真的，真的是你嗎？」

屈彩鳳也是熱淚盈眶，抓住劉七娘那隻獨手，說道：「七姨，是我，這些年一直沒來看您老人家，是我的不是。」

劉七娘淚光閃閃道：「聽說幾年前總舵被毀，少寨主也不知所蹤，我就悔恨不已，為什麼沒有共赴寨難，當年老寨主對我們天高地厚之恩，我卻沒能與巫山派共存亡，這些年我一直活得像行屍走肉一樣，今天看到了少寨主，這才讓我的心有了一絲安慰。對了！少寨主，你今天怎麼來找我？是要重組巫山派，向害我們的狗賊復仇嗎？」

屈彩鳳微微一笑：「這事暫時從長計議，七姨，你人在這個偏遠的山村，又是怎麼會知道江湖上的事的？」

劉七娘微微一笑：「老婆子我雖然斷了一隻手，不能再追隨老寨主了，但眼還沒瞎，耳朵也沒聾，每三個月，我都會到雅安城裡賣一些紡的布，順便也會打聽一些江湖上的消息，只是這川南本就偏僻，武林人士也少，傳過來的消息很多都是幾個月甚至一年前的事了，若不是老寨主嚴令我不許離開雅安地區，我早就想離開這裡，到別的地方打聽少寨主的下落了！」

屈彩鳳聽了點點頭，回頭指著露出本來面目的李滄行和沐蘭湘，說道：「這位是以前武當派的大師兄李滄行，也就是這些年來在江湖上大名鼎鼎的錦衣衛天狼，是我屈彩鳳的救命恩人和最好的朋友，上次巫山派被滅，若不是李大俠捨命相救，我早就死了。」

劉七娘對李滄行幾乎就要下跪，被李滄行連忙托住：「劉前輩，使不得，彩鳳也救過我，朋友間就應該互相幫助的。」

劉七娘搖搖頭：「不，李大俠，你救了少寨主的事，江湖上早就傳遍了，你是我們巫山派的大救星，我老婆子理當向你行禮的。」

李滄行嘆了口氣：「算了，劉前輩，當年就是因為我的自以為是，中了歹人的奸計，沒有救下整個巫山派，最後只帶著彩鳳殺了出來，直到今天，我還經常夢到巫山派的那些人，這都是我的錯啊。」

說到這裡，李滄行也不禁淚光閃閃，一邊的沐蘭湘看到他這樣子，芳心一痛，伸出纖纖素手，搭在李滄行的胳膊上以示安慰。

劉七娘看著沐蘭湘，不待屈彩鳳介紹，便道：「這位想必就是武當派的『兩儀仙子』沐女俠了吧！多年不見，還是這麼美麗動人。」

沐蘭湘微微一笑，拱手還禮道：「見過劉前輩。」

屈彩鳳笑道：「沐女俠也是我的好朋友了，現在我們巫山派已經解除了跟伏魔盟的誤會，當年師父的死，我們也查到，是一個叫萬蠱門主的奸人下的手，他在師父身上下了金蠶邪蠱，想要控制師父，師父寧死不從，才會命喪在小人之手，後面多年我們被嚴世蕃利用，受其驅使，想來真是慚愧得很，都是我領導無方，才苦了眾家兄弟姐妹。」

劉七娘咬牙切齒地道：「少寨主，這個仇一定要報，那個什麼萬蠱門主，老身當年好像隱約聽過，就是一時間想不起來了。」

屈彩鳳雙眼一亮，連忙問道：「七姨，你是在什麼時候聽說過這萬蠱門的？」

劉七娘想了想，眼中仍是一片迷茫：「時間太久了，真的記不太清楚，彷彿是什麼時候聽老寨主提過一句。」

李滄行開口道：「劉前輩，可是你當年跟著林寨主去雲南護送楊慎大人時候的事？」

劉七娘猛的一拍大腿：「對，就是那次，李大俠，你是怎麼知道的？」

屈彩鳳秀眉一皺：「七姨，今天我們來找您，就是想弄清楚當年師父在雲南的事，這很重要，有可能關係到師父的仇人，您是目前這世上唯一跟著師父從雲南回來的當事人了，劉叔叔和張叔叔都已經走了，只有您還活著，所以我希望您能仔細回想一下當時的情形！」

劉七娘遲疑道：「少寨主，老寨主曾經讓我們立下誓言，對此事絕不能聲張，若違此誓，必將死於非命！」

屈彩鳳道：「師父也訓斥過我，叫我不要問這件事，但是這事涉及師父的死，作為徒弟，我必須要為師父報仇。而且現在看來，**很可能巫山派從一開始就陷入了一個巨大的陰謀，被一個無形的黑手操縱，只有找出這個萬蠱門主，才能為師父報仇雪恨**。七姨，我知道這件事你很為難，但請你念在死去的師父份上，念在巫山派冤死的數萬兄弟姐妹的份上，說出當年的真相吧。」

劉七娘看了看李滄行，臉上的皺紋動了動：「好吧，我知道李大俠數次為我們巫山派捨生忘死，你一定會為少寨主重振巫山派出力的，既然事關老寨主的死，那我也沒什麼好隱瞞的了，我就把這件陳年的舊事一一道來吧。」

劉七娘的眼光變得深邃起來，緩緩說道：

「那還是近四十年前的事了，當時我爹劉黑達乃是湘西一帶盤龍寨的寨主，也是家傳了好幾代的綠林豪傑，因為被官府圍剿，差點要寨破人亡，我爹也戰死了。可是當時剛來中原的老寨主，也就是你師父救了我們，還向出兵圍剿我們的寧王說情，由她擔保，江南七省的綠林分寨不會再做有損於朝廷的事，於是寧王就冊封她為江南七省的綠林總瓢把子。

「老寨主就這樣建立了巫山派，帶著我們這些受過她恩惠，發誓以死相報的綠林群雄，開始到處收編各路綠林的勢力，我們這些人，本來多是良民，因為官府的欺壓，活不下去才上山為盜的，既然寧王給了我們正式的官家身分，編為軍戶，我們自然也不想過那種朝不保夕的生活。所以老寨主以這官方身分和蓋世的武功收服了一個個山寨，短短兩年，就以玉羅剎的名頭收編了江西，湖廣，四川這三省的上百個山寨，威震天下。

「只是天有不測風雲，想不到寧王的野心極大，他看老寨主收服了一個個的山寨，終於露出真面目，想要自立為君，這時，他不知從哪裡弄來了一個太祖錦囊，聽說持此物可以號令天下，所以老寨主一是為了報恩，二也是想從龍建業，便帶著我們這些兄弟編入了寧王的軍隊，一起起事。」

屈彩鳳接口道：「可惜寧王起事準備不足，那個太祖錦囊也沒有起到作用，更是碰上了絕代的謀臣王陽明，所以功虧一簣，師父也在兵敗後，只剩下七姨你這樣的忠心部下幾十人還跟著她，對嗎？」

劉七娘長嘆了口氣：「正是如此，兵敗之初，朝廷四處搜捕我們這些義軍的將領，老寨主說我們在一起目標太大，最好分散行事，於是就跟我們分開了，我們一個個便都回到自己原來的山寨，惶惶不可終日，就這樣，過了三四年，聽說換了皇帝，大赦天下，我們心裡才稍稍安定了些。

「突然有一天，老寨主重新出現了，來到我的山寨，還帶著以前的二十幾個老弟兄，她說事情已經解決，巫山派可以東山再起了，朝廷也答應赦免我們的罪，只要我們做一件事，就可以從此太平無事。」

屈彩鳳眉頭一皺：「不是大赦天下了嗎，怎麼還要再赦免一次？」

李滄行微微一笑：「彩鳳，大赦天下是不赦免謀反這種大逆之罪的，除非是皇帝下令的特赦才行。」

屈彩鳳「噢」了一聲，對劉七娘說道：「七姨，你繼續說。」

劉七娘點了點頭：「李大俠說得不錯，當時我也是這樣問老寨主的，老寨主說，她和當朝首輔楊廷和楊大人搭上了關係，楊大人體會我們是誤信人言，出於報恩才加入叛軍的，這些年已經洗心革面，便答應赦免了我們的罪過，還寫下大赦文書，報皇帝批准，所以巫山派可以正式重出江湖，再不用擔心被官府圍剿了。後來我才知道，是老寨主得到那太祖錦囊，才逼得楊大人和皇帝答應不再為難我們巫山派的。」

「所以師父就說要報楊大人的恩情，願護送他的公子到雲南，是這樣嗎？」屈彩鳳推想道。

劉七娘道：「不錯，就是如此，老寨主說楊大人對我們巫山派有存亡續絕之恩，他在朝中為了主持正義，被奸臣所排擠，連兒子都要被流放到偏遠的雲南，聽說那些奸臣為了斬草除根，還派了殺手沿途追殺，皇帝又禁止楊公子帶上家丁護衛，所以保護楊公子的重任，我們巫山派責無旁貸。

「少寨主，從京師到雲南，萬里之遙，我們經歷了無數次暗殺和攻擊，若不是老寨主神功蓋世，眾家兄弟又捨命相助，只怕楊公子早就被殺害了，就這樣，我們出發時一行三十多兄弟，等到達目的地，只剩下老寨主，我，還有『旋風狂刀』劉平，以及『草上飛虹劍』張白陸四個人了。」

李滄行插話道：「那個楊慎楊公子，是個什麼樣的人？一路上，你們跟他的接觸，對這人還有啥印象？」

劉七娘微微一笑：「楊公子是個標準的書生，那年也就二十七八歲吧，人長得很帥氣，瘦瘦高高的，一看就是個貴公子，可是奇怪的是，自從上路以來，他就一直是趴在車上，而不是坐車，我們開始還以為他有什麼怪癖呢。」

李滄行道：「我記得大禮議事件，楊慎與各部年輕官員跪在萬壽宮前向皇帝死諫，引得皇帝龍顏大怒，派東廠太監毆打這些逼宮的朝臣，為首的楊慎更是被打了一百廷杖，連命都差點丟了。那次光打死的朝臣就有十幾個，楊慎被罰得最重，卻逃過一死，實在是奇哉怪事！」

劉七娘笑道：「李大俠說得對極了，後來我們才知道，楊公子那樣趴著，就是因為屁股給打開了花，沒辦法坐車，所以只能每天趴在車裡。這是給我印象最深的一件事。至於第二件嘛，就是楊公子一路帶了足有十幾車的東西，裝了十幾口大箱子，我們還以為是他貪汙得來的錢，很瞧不起他，但有一次我們遭到攻擊時，有幾支火箭射到箱子上，楊公子急得從車裡爬出來，伏在箱子上滅火，差點被箭射中，為了救他，我還被射中一箭呢，你們看，就是這裡！」

劉七娘解開上衣的扣子，露出小半個肩頭，只見上面一個箭孔，看著令人觸目驚心，正是當年留下的舊傷。

李滄行道：「這箭痕這麼厲害，看來是直接穿透了肩部，絕非一般的官兵能達到的，只怕是高手所為。」

劉七娘點點頭，一邊扣上衣服，一邊說道：「李大俠好眼力，這箭是被當年以箭術聞名的『箭嘯三江』江一奇所射，那還是我們在洛陽的時候被伏擊，這江一奇早年加入過錦衣衛，後來因為貪汙和吃空餉的事被楊廷和楊大人給開除了，所以懷恨在心，糾合一批江湖匪類想要劫殺，那些火箭正是他和他的兩個徒弟先射的，就是想誘出楊公子來。最後還是我給擋了一箭，才救了楊公子一命。而江一奇也被老寨主斃於刀下。」

屈彩鳳心疼地道：「七姨，好險啊，這些事你從不跟我們說。」

劉七娘笑道：「少寨主，我們跟老寨主一起打天下的時候，這樣刀頭舔血的日子數都數不過來呢，要是件件都跟你講，講個四五天也講不完。對了，我剛才講到哪兒了？」

沐蘭湘連忙道：「您說楊公子爬出來，蓋住那鐵箱子，您為她擋了一箭。對了，這鐵箱子裡真有這麼值錢的寶貝嗎？值得他捨身去擋？」

劉七娘聞言道：「是啊，我們都以為是什麼了不得的寶貝，可後來才知道那十幾口箱子裡，全都是書，有些還是竹簡哩，聽楊公子說，都是秦朝時傳下來的古書古簡。」

屈彩鳳取笑道：「這個楊慎還真是個不折不扣的書呆子啊。」

李滄行道：「聽說此人學富五車，才高八斗，被認為是大明開國以來數一數二的才子。他去參加科舉，沒有一個人不認為他是狀元的，朝廷那些官員本來對這種重臣之子參加科舉的行為頗有微辭，覺得他們這些人是靠了父親的權勢，而不是真才實學中舉的，御史也會對這種行為加以彈劾，但楊慎去參加科舉時，卻沒有人懷疑他是靠特權才當上狀元。可見此人確實讀書厲害。按說文無第一，武無第二，這楊慎卻是個特例，這些古書古簡，正相當於我們武人的絕世武功秘笈啊。」

劉七娘點點頭：「是啊，從此我們對這楊公子便刮目相看了，我們綠林人士，最看不慣的便是那些搜刮民脂民膏的貪官汙吏，對真正的讀書人，是很尊敬的，就是老寨主，也不再對楊公子冷嘲熱諷。但楊公子卻是傲慢得很，每天就是在車裡讀書，對我們不理不睬的，就這樣，終於來到川滇交界的康巴，也就是他流放的地方，把他交給當地的官府後，這趟任務就算完成了。」

屈彩鳳秀眉微蹙：「這麼說來，師父並沒有帶楊慎進雲南？那為什麼你們後來還要到茶馬古道，去見滾龍寨和扣虎塘的人呢？」

劉七娘道：「楊慎到雲南時，屁股上的傷也好得差不多了，這段日子一直是老寨主在服侍他，每天給他端藥送飯，甚至還為他換藥呢，雖然楊慎總是一副冷冰冰的模樣，可是老寨主好像挺喜歡他這副傲慢勁兒的。」

屈彩鳳臉色微微一紅，李滄行也恍然大悟，為何林鳳仙要劉七娘等人要立誓不得向外洩露此事了，看來林鳳仙一路上竟對楊慎生出了情愫。

屈彩鳳咳了兩聲，繼續道：「那後來怎麼樣了？」

劉七娘接著說道：「當時老寨主有意讓我們先回去，她留下陪楊慎一段時間，可是楊慎卻說大好男兒怎麼能如籠中鳥一樣地給困在這小小的康巴城，他想去昔日的大理國看看雄奇秀麗的山水，老寨主拗不過他，只好一路隨行。」

李滄行突然道：「等一下，楊慎不是犯了重罪的充軍之人嗎，怎麼可以未經允許擅自離開自己的流放地？」

屈彩鳳和沐蘭湘不約而同露出困惑的表情。

劉七娘道：「楊慎有一門獨門手藝，自稱是跟古書上學的，拿一塊豬皮，削薄了，然後在豬皮裡填上泥土，可以做成面具，戴上就像換了張臉似的，他說這個叫易容術，可以用來假扮他人。」

李滄行笑道：「想不到天底下除了錦衣衛和黃山派外，還有會易容術的人！楊慎博覽群書，有這本事倒也可以理解。那他後來找誰扮成他自己呢？」

劉七娘道：「楊慎身邊有個書僮，每天照顧楊慎的起居，所以對楊慎的舉手投足十分瞭解，楊慎就把他扮成自己，留在康巴，他則扮成公差的模樣，跟我們一起走了。」

李滄行道：「後來你們去了哪些地方呢？扣虎塘和滾龍寨？」

劉七娘搖搖頭：「我們一路遊山玩水，甚至到黑木崖，去見當時魔教的教主陰步雲，當時冷天雄只是陰步雲的徒弟呢，已經隱然有那種梟雄之氣，我們去魔教一直是他陪同接待，也就從那次開始，老寨主跟魔教建立了不錯的關係。」

李滄行怪道：「楊慎不過一個文人罷了，他去魔教做什麼？難道這是林前輩想要跟魔教建立聯繫，刻意去黑木崖嗎？」

劉七娘擺了擺手：「不，李大俠猜錯了，**要去黑木崖的，不是老寨主，而是楊慎**！是他主動說黑木崖值得一去，一定要走走。我們說那裡是魔教的總舵，陌生人去有死無生，他卻說有辦法和魔教的人交上朋友，我們迫於無奈，只能跟了過去。那天，陰布雲、冷天雄和楊公子還有老寨主談了足足有半天的時間，出來時，他們就已經談笑風生，成為朋友了。」

李滄行疑心大起：「居然有這種事，楊慎一個官場的文人，又被貶官到雲南，他要跟魔教搭上什麼關係？這實在很啟人疑竇。劉前輩，後來老寨主有提到過那天他們商量了什麼事嗎？」

劉七娘愛莫能助地說：「這些事不是我們這些做下屬能問的，不然老寨主也不會讓我們留在外面，只和楊公子兩個人進去了。但從他們出來的表情看，很明顯是達成了某種默契和協議，陰步雲本來只派了大弟子冷天雄出來接待，可是卻親自送老寨主和楊公子到山下，可見其態度的改變。」

李滄行臉色越來越嚴肅：「那麼，離開黑木崖後，你們還去了哪裡呢？」

劉七娘道：「楊公子說，過幾天正好是雲南的黔寧王，也就是沐王府的世子成人的儀式，到時雲南各地的首腦人物，無論是苗人的部落首領，還是漢人的軍政大員，都會到沐王府道賀，不妨趁這個機會好好跟沐王府建立關係。」

李滄行腦子「嗡」地一聲，屈彩鳳和沐蘭湘也雙雙臉色大變，屈彩鳳急道：「後來呢，你們是不是坐一輛馬車過去的？」

劉七娘訝異道：「少寨主怎麼會知道？我們去沐王府所在的大理舊城時，臨時租了一輛豪華的馬車，就停在沐王府的後門，我還很問老寨主，為何不走正門進入，楊公子卻笑著說不用去湊那個熱鬧，沐王爺自然會過來相見。

「然後楊公子從懷裡摸出一封信，讓劉平拿去遞給看門的僕役，過了一會兒，果然沐王爺就一個人出來了，老寨主讓我們離遠一點，沐王爺也把護衛和僕役支開，因此我聽不見他們說了些什麼。只看到過了一會兒之後，沐王府的世子穿著禮服也出來了，沐王爺跟他交代了幾句後，老寨主就帶著我們離開了，自始至終，她和楊公子沒下過馬車一步。」

李滄行雙眼盡赤，拳頭捏得骨結直響，咬牙切齒地道：「好啊，鬧了半天，原來**這山中老人居然是楊慎！**今天這一趟真沒白來，多年的謎團總算快要展開了。劉前輩，你可知這楊慎現在在何處？」

劉七娘道：「後來我們回到了康巴，楊慎就說我們任務已經完成，沒必要再待下去，我們便與他分道揚鑣，老寨主後來去雲南收服了滾龍寨和扣虎塘，我不知道此事是不是與楊慎有關，但從此之後，我就再沒有見過楊慎，如果他一直沒有離開流放地的話，應該還在那個康巴小城吧。」

李滄行轉頭對屈彩鳳道：「彩鳳，事情已經很明朗了，楊慎就是當年找沐朝弼的山中老人，我們也不用跟他繞圈子了，直接到康巴去找他，聽說皇帝到現在也沒有赦免他，甚至在皇宮的柱子上刻著楊慎的名字，寫著『永不赦免』四個大字，所以我想楊慎是不敢隨便離開自己的流放地的，就算他再怎麼玩易容的把戲，也得留人在那裡守候，咱們過去，總會抓住他的把柄！」

屈彩鳳長出一口氣：「想不到踏破鐵鞋無覓處，得來全不費功夫，不過，我還是有一點不明白，那個楊慎父子都是被嚴嵩參倒的，按說跟嚴嵩是血海深仇，又怎麼會拿著嚴嵩的信，來雲南找這沐王爺呢？」

李滄行忿忿地道：「陸炳說政治上沒有永遠的敵人，也沒有永遠的朋友，嚴嵩也許是給自己留條後路，**兩頭下注，一方面向皇帝表忠心，另一方面暗中結好楊慎**，這是很有可能的。」

沐蘭湘撅著嘴道：「師兄，這些當官的都好壞，這回我們報了仇以後，我再也不想見到他們的嘴臉了，咱們也別回武當山了，省得以後再被徐師兄他爹驅使，做那些不想做的事。」

屈彩鳳笑了起來，摸了摸沐蘭湘的秀髮：「就是啊，咱們江湖人士，就是應該不求名利，快意恩仇，何必跟這些當官的攪和在一起，妹子，我支持你。」

李滄行看著二位美女笑顏如花的樣子，心情也不禁開朗不少，今天總算是找到了重要的線索，算是不虛此行，他一轉身，正準備對劉七娘道謝，卻聽到「砰」地一聲，只見劉七娘癱倒在地上，心口上插著一把匕首。

屈彩鳳秀目圓睜，一個箭步飛撲過來，扶起劉七娘的身子，叫道：「七姨，你這是做什麼！」

插在劉七娘心口的那把刀，已經沒了柄，鮮血不停地從刀口向外湧，三人都清楚，此時就是大羅金仙也救不了她了。

劉七娘的臉已經如紙一般蒼白，她吃力地睜開眼睛，道：「少主，老身……曾經在老寨主…面前發過誓，說絕不會洩露…當年之事，否則，就得……得自我…了斷，咱們綠林豪傑，一定…要說話算話，請恕……老身不能追隨了，你一定要…好好地振興我們…巫山……」

說到這裡，雙腿一蹬，已然氣絕。

屈彩鳳眼淚如斷了線的珠子一樣落下，不住地搖頭道：「都怪我，非要逼你說當年的事。」

李滄行神色黯然，臉上寫滿了歉意，自己為求真相，竟導致這樣的結果，劉七娘剛烈過人，大概是自知身已殘疾，不願再拖累屈彩鳳，才會自行了斷，心中不禁對這位老婦肅然起敬。

屈彩鳳哭了半天後，才抹乾眼淚，站起身來，鼻子抽動著道：「滄行，妹子，我們走吧。」

李滄行道：「就這麼走嗎？起碼我們要讓劉前輩入土為安吧。」

屈彩鳳搖搖頭：「不用，我們綠林的兄弟姐妹，並不追求死後入土，她的靈魂早已回到天上的家園，再說現在這情況也沒辦法給她下葬，不然會驚動這裡的村民，把這裡一把火燒了吧，這樣應該是最好的結局。」

沐蘭湘也抹了抹自己的眼淚，眨了眨眼睛：「屈姐姐，這樣真的可以嗎？」

屈彩鳳的臉上現出一貫的冷厲與決絕，直接從懷裡摸出一小瓶火油，倒在了劉七娘的身上，又在房內的紡車和桌子，以及樑柱上都灑了一些，然後拿起桌上的那個燭臺，向劉七娘的身上一丟，頓時屋內騰起了熊熊的火焰，而她那黑色的豐腴身形穿窗而出，轉眼就不見了蹤影。

李滄行和沐蘭湘拉上面巾，也趕緊穿窗而出，他們身後，小木屋已經騰起了沖天的火光，只聽一陣驚呼聲：「走水了，快來人啊，是七婆婆的家！」

滇川交界的康巴城，正是大明王朝流放犯人的一個定點。

這是一座只有千餘戶人家的小城，多是世襲的軍戶，雖然名為一個軍屯，可是百餘年下來，這裡也和大明幾乎所有的衛所一樣，衛所兵早已經不堪作戰，只能成為那些世襲軍官們的家奴，為其耕種城外的軍戶屯田，充當其家中的僕役，過著世世代代牛馬不如的生活，而那些充軍到這裡的犯人，則很悲劇地接替這些可憐的軍戶，成為這些世代奴隸的新成員。

羅藝就是這康巴城的千戶，這個城中一共一千零二十七個軍戶家庭，包括七個百戶，也就是說，其他的一千零二十個軍戶全都是羅藝的世代奴隸，高興的時候多賞那幾個百戶幾家，不高興的時候就從這些百戶手裡奪個幾家給自己用，全看他的心情。

有時候羅藝也會覺得那沐王府也沒什麼好羨慕的，大明對這種擁兵自重的王爺心存忌憚，多方限制，但對他這樣一個小小的千戶，又在這邊遠之地，從來不會加以為難，羅家在康巴城已經當了一百多年的千戶了，幾乎與大明朝的壽命相當，過著這種山高皇帝遠，不知有多舒服。

羅藝是個五十多歲的胖子，胖得連呼吸都有些困難，坐著的一把搖椅是經過特製的，比普通的搖椅要厚實了兩倍不止。

羅藝躺在搖椅上，微微地閉著眼，右手拿著上好的青花瓷碗，裡面盛著酸梅湯，那冰涼甜美的味道，在他的鼻翼尖縈繞著，為他驅除了盛夏的暑氣。

他的另一隻手，則摸向站在身邊，為他搖著扇子的一名苗族侍婢的屁股，苗女不覺地向一旁挪了挪，沒有讓他得手，他睜開眼，哈哈一笑：「小妮子，躲什麼，還不快過來！」

那個苗女的皮膚比起一般的苗女來說，要好上許多，不像有些山裡妹子整天曝曬在外面，弄得皮膚又黑又粗糙，如凝脂般觸手滑膩，細細一看，還閃著健康油亮的古銅色光芒，透著一股野性美。

羅藝臉上露出不懷好意的淫笑，好久沒有看到這樣的女人了，他色眯眯地對那個苗女說道：「叫什麼名字，從哪兒來的啊？」

那苗女低著腦袋，兩隻手緊張地撥弄著自己的衣服，一句話也說不出來。

一邊一個尖嘴猴腮，師爺打扮的幕僚，正是羅藝的狗頭軍師張雲松，平時出去搜刮軍戶，欺男霸女的壞事，多是此人一手操辦。

他一看羅藝對這苗女起了色心，便涎著臉湊上前去，皮笑肉不笑地說道：「爺，這是城外丁字屯裡的苗兵，莆六如家的閨女。」

羅藝「哦」了聲：「莆六如家的？他怎麼把自己的閨女送來了？我記得他的家境還可以啊。」

張雲松一臉壞笑道：「姓莆的前兩年染上了賭博的毛病，剛開始贏了錢，後來越輸越多，連耕牛和房子都輸掉了，沒辦法只能賣女兒茉蓉還債，千戶大人一直說，要為軍戶們解決難題，所以小的就出錢把這茉蓉給買了下來，她雖是苗人，卻不是山裡的野女人，您看這模樣，這皮膚，可比那些女人強多了。」

羅藝哈哈一笑，拍了拍張雲松的肩膀：「你小子辦事就是給力，正好天熱，本官想敗敗火，你們都出去，本官跟這小女子好好聊聊。」

張雲松直起了身，一招手，把屋內的三個軍士和兩個丫環給帶了出去，茉蓉也想跟著離開，張雲松卻冷冷地說道：「你留下，繼續服侍千戶大人，若是惹得大人不高興，當心你爹娘和全家！」

屋裡的人走了個乾乾淨淨，羅藝不懷好意的眼睛上下打量著茉蓉，盯得這女子渾身不自在。

羅藝的喉結「咕」地一聲，咽了泡口水，這姑娘身上淡淡的香氣，刺激著他那顆猥瑣的色心，他哈哈一笑，說道：「你叫茉蓉是吧，幾歲了？」

茉蓉低頭小聲道：「回千戶大人的話，小女今年十七歲。」

羅藝又問：「十七歲啊，這些天，在我們這裡還吃得慣，住得慣嗎？」

茉蓉點點頭：「小女賣身為奴，哪還敢奢望這些，只盼能讓大人滿意就是，大人，還有什麼吩咐嗎？」

羅藝笑道：「外面的鳥兒叫得煩，你去把門窗都關上。」

茉蓉戒備地道：「大人，這是白天啊，要關門窗做什麼？」

羅藝道：「本官說了，鳥兒叫得煩，我要清靜一下，你去把門窗關了，然後過來給本官打扇子。」

茉蓉走過去把門窗關上，羅藝注意到這姑娘居然還赤著腳，一雙雪白的天足看起來比她身上的皮膚還要白淨。

就在她關上大門的那一瞬間，屋內也陷入了一片黑暗，羅藝騰地從大椅中彈起，衝到茉蓉的身後，張開雙臂想抱住她。

茉蓉輕巧地一閃身，躲開了這下熊抱。

「千戶大人，你可還真是心急啊！嚇壞茉蓉了！」

羅藝哈哈一笑：「小妮子，你還跑，看大人抓住你，怎麼教訓你！」

茉蓉銀鈴般的聲音在羅藝的耳邊迴蕩著：「喲，千戶大人，那可得等你先抓到我才行！」

站在門外的軍士聽到屋內二人的對話，臉上都帶著壞笑，茉蓉放蕩的笑聲和羅藝那肥大身子到處亂撞，弄得桌倒椅歪的聲音不停地傳了出來。

一個小兵道：「想不到這小妞兒還真夠騷的，看來沒少跟男人廝混過。」

另一個年紀稍大一點的接口道：「可不是嘛，以前千戶大人玩那些苗女的時候，一個個都哭哭啼啼，百般不從，這次這個夠浪，看那老莆是個老實人，怎麼會養個女兒成這樣，該不會是他在外面賭錢，老婆偷別的漢子生下的野種吧。哈哈哈哈。」

正說笑間，卻聽到張雲松尖細的聲音響起：「亂嚼什麼舌頭，當心千戶大人聽到了，把你們的老婆也弄來，還不快走遠點。」

兩個小兵連忙收住了嘴，右邊那個兵遲疑道：「張師爺，咱們若是走了，千戶大人的安全怎麼辦？」

張雲松冷笑道：「千戶大人的身手你們不是不知道，咱這康巴城誰比得過，還用得著你們兩個嗎？別在這裡聽壁腳了，都到外頭待著去。」

兩個小兵不情願地走了出去，張雲松站在原地聽了一會兒，笑著搖搖頭，自言自語道：「娘的，老莆這閨女還真夠浪的，他家裡還有一個，找時間一併弄過來才是。」

說著負手背後，走出了院子，卻沒有注意到兩道快如閃電的影子詭異地從屋下的地底冒出，悄無聲息地從窗子翻了進去。

羅藝又是一個熊抱撲空，有些惱了，嚷道：「小寶貝，你再這樣躲來躲去的，老爺我可就要生氣了啊。」

茉蓉「嘻嘻」一笑：「好好好，就依大人，小女站在這兒不動，你可要找準位置哦。」

羅藝雖然胖得快走不動路了，但早年也學過一些武藝，聽風辨位的本事還是有的，加上茉蓉身上的香氣，一下子就找到了茉蓉的位置，得意地道：「我來了！可不許動哦！」接著便如黑熊撲食，張開雙臂就往那裡撲去。

他已經打好了主意，以自己的體型，只要把茉蓉撲倒，那她再怎麼掙扎，也不可能脫離自己的控制了。

羅藝果然抱到了一個人，心裡一陣激動，可是很快，他就發現有些不對勁，這人的身體魁梧壯實，自己的胖臉貼著的正是他的胸膛，兩塊如同鋼板似的肌肉，絕不是女人柔弱的那兩團肉可比擬。

他心中一驚，剛想叫出聲來，只覺得一隻如鐵鉗般有力的大手，掐住了自己的喉嚨，讓他透不過氣來，一個冷酷低沉，富有磁性的男聲低低地在他耳邊響起：「想要活命的話，就照我的吩咐做，違背半個字，馬上扭斷你的脖子。」

羅藝這下魂飛魄散，本能地飛出右腳，想要攻擊來人的下身，還沒來得及踢出，就覺得一道火流從自己的脖子那裡鑽了進來，五臟六腑都像是被燒烤似的，痛得他忍不住要叫出聲來，然而喉管上的那隻大手一緊，他的脖子幾乎要給擰斷，連氣也透不過來。

那個冰冷的聲音再次響起：「我警告你，別玩花樣，再有下次，直接要你的命，聽明白了嗎！」

羅藝額頭上滿是汗水，連聲道：「好…好漢，你…你究竟是什麼人，要這樣對我！」

屋內的光線突然亮了起來，桌上的一盞油燈被點亮，羅藝終於看清楚了面前的情形，一個肌肉發達，留著短髯的英武大漢正站在自己的面前，只用一隻手，就像提小孩似的把自己凌空提起，他的身邊，卻站著兩個美貌如花的女子，那個「茉蓉」已經變成了一個容顏絕世，卻是一頭白髮，背著兩柄雙刀的姑娘，冷冷地看著自己，另一個女子，身穿天藍色道袍，梳了個道姑髻，大眼櫻口，清秀脫俗。

這會兒羅藝半點色心也不敢有了，小命就捏在面前的這條大漢手裡，嘴裡求饒道：「好漢，我不認識你，咱們無怨無仇，只要你放了我，我什麼都可以給你。」

屈彩鳳鄙視地道：「滄行，這廝看起來禍害了不少姑娘，不能留他性命，不然他會害更多的人！」

羅藝的魂都快嚇沒了，忙道：「女俠饒命，剛才我只是想開個，玩笑罷了，不是當真的，我向天發誓！」

屈彩鳳眼中寒光一現，背上一柄刀離鞘飛出，落到她的手裡，只見她輕舒玉臂，羅藝眼前一花，就覺脖子一寒，一道紅印瞬間就留在脖子上，他「哎喲」一聲，本能地一摸自己的脖子，沒有看到任何鮮血，這才稍稍地放寬了心。

屈彩鳳冷冷道：「剛才只是拿刀背教訓你一下，你若是再不好好回話，老娘下一刀直接閹了你，看你這輩子還怎麼害人！」

羅藝帶著哭腔道：「饒命啊！大俠，女俠，念在我上有八十老母，下有妻兒老小的份上，請饒我一命吧！」

李滄行喝道：「好了，羅藝，我不想跟你浪費時間，現在我問一句，你答一句，有半句虛話，就閹了你，聽明白了嗎？」

羅藝忙道：「明白，明白！」

李滄行手一鬆，羅藝足有三百斤重的身子重重地砸到了地上，一陣煙塵騰起，嗆得羅藝的鼻子一陣難受，但剛才給卡了半天的呼吸總算可以通暢了，他顧不得髒土灰塵，貪婪地大口呼吸起來。

李滄行喝問道：「羅藝，你的軍戶中，是不是有個叫楊慎的？」

羅藝抬起頭，目光中閃過一絲警覺：「大，大俠，你問這個做什麼！」

李滄行面無表情地道：「你的話太多了，不想挨打就回答問題！」

羅藝道：「是是是，這裡確實有個叫楊慎的，大俠要找他？」

李滄行點點頭：「這人是嘉靖四年的時候，被充軍流放到這裡的嗎？」

「是的，這楊慎是曾經擔任過內閣首輔的楊廷和之子，自己也當過禮部主事的官職，後來因為犯了事，給發配到這裡，這三十多年一直在我們康巴，從嘉靖十四年我調任這裡當千戶後，一直歸我管。」

「那這楊慎有沒有離開過康巴，到別的地方去呢？」

羅藝支吾道：「這個嘛！」

李滄行作勢要動手，「嗯」了一聲：「怎麼，還要我再說一遍嗎？」

羅藝連忙擺了擺自己的肥手，說道：「不不不，大俠，這楊慎確實每年要出去一兩趟，多則兩個月，少則十幾天。」

屈彩鳳質問道：「楊慎可是朝廷重犯，你作為千戶，就這麼看著他擅自離開？」

羅藝苦笑道：「女俠，這個楊慎可是大有來頭啊，前任內閣首輔是他爹，後來還有貴人跟我打招呼，要我對他多加關照，不能違了他的意思。我這個千戶也就是在這康巴城裡還算個事，哪敢得罪貴人啊，所以只要楊慎的家人還在這裡，他本人有時候出去轉轉，我是不敢攔著的。」

李滄行冷笑道：「什麼貴人不貴人的，不就是嚴世蕃嗎！你怕他，我可不怕。」

羅藝吃驚地睜大了眼睛，他無法想像，在這個世界上，居然有人敢對一手遮天、權傾天下的嚴世蕃如此不屑。

李滄行看著他的表情，就猜到了自己所料不錯，繼續說道：「也是，對你這種人來說，嚴世蕃就像是上天的神仙一樣，主宰著你的生死，也難怪你不敢得罪楊慎了。現在楊慎可在城中？」

羅藝搖搖頭：「不，楊慎在前天離開了，現在並不在城裡。」

李滄行眉頭一皺：「你說什麼？他不在城裡？你可知他去了哪裡？」

羅藝眼珠子一轉，似乎是在思考怎麼回話，李滄行眼中寒芒一閃，掐住他的脖子，厲聲道：「說！楊慎去哪裡了？跟誰走的！」

羅藝的臉一下子脹得紫紅，吃力地動了動嘴：「大俠，饒命啊，小人真的不能說啊！會，會沒命的！」

李滄行眼中殺機一現，手上加了半分力：「你要是不說，現在就沒命！楊慎是跟誰走的，走了多久，快點告訴我！」

羅藝眼睛一閉，咬牙道：「你殺了我吧，這件事，我，我就是死也不能說的，不然，下場只會比死還要慘！」

李滄行心中一陣驚疑，**究竟是什麼事嚇得這個貪財又好色的胖子不敢開口？**

他鬆開了手，沉吟道：「你是不是因為不知道我們的身分，所以才不敢開口？」

羅藝搖搖頭：「小人知道，三位都是厲害的大俠，小人只是世代做這千戶，跟你們這些江湖俠客可是井水不犯河水，這次帶走楊慎的人來頭太大，小人就是死，也不敢得罪這位大爺的，不然死的可不就是小人一個人，我的全家老小也別想活啦！」

李滄行微微一笑，從懷中摸出了那塊錦衣衛總指揮使的金牌遞給羅藝：「你現在應該知道我的身分了吧。」

羅藝接過金牌一看，臉色一下子變得慘白，手也發起抖來，牙齒不停地打著冷戰：「錦，錦衣衛，金，金牌！」

李滄行一把抄回那塊金牌，恐嚇道：「哼，我們錦衣衛辦事的手段，你應該清楚吧，這世上沒有我們查不出來的事，現在讓你說，是給你機會，你若是再有所隱瞞，哼哼，不要說你的全家老小，就是你羅千戶的九族，都別想活命了！」

屈彩鳳著說道：「嘿嘿，九族算什麼，成祖爺可是讓咱錦衣衛滅了方孝孺的十族的，你可要想清楚了！」

羅藝咬咬牙，像是下了很大決心似的：「敢問這位大爺，在錦衣衛裡身居何職，怎麼會有這塊金牌？」

沐蘭湘喝道：「大膽，區區一個千戶，竟然敢問我家大人的官職，你是不是不想活了！」

李滄行擺擺手，阻止了沐蘭湘的虛張聲勢，沉聲道：「告訴你也無妨，本官乃是錦衣衛副總指揮使，代號黑龍，是皇上親自下令，要本官來雲南查案的，楊慎與此案有關，皇上為了讓本官順利辦案，親賜這面錦衣衛總指揮使的權杖，見牌如見君上，羅藝，你還有什麼話說！」

羅藝眨了眨眼睛，道：「敢問黑龍大人，你來這裡時，總指揮使陸大人是否知道你的使命？」

李滄行臉色一變：「你說什麼？陸總指揮來過？」

羅藝點點頭：「不錯，**前天帶走楊慎的，正是陸總指揮本人**！他還出具了提走楊慎的公文，本來我要用囚車和護衛，按標準押解犯官上路的程序送他們走，可陸總指揮卻說不必了，強調說是秘密查案，只帶楊慎一個人走，還要我嚴守秘密，若是敢洩露半個字，就要滅我全家。黑龍大人，你若是不信，現在可以到楊家去看看，也可以驗證我所說的話。」

「哼，原來是這樣，羅藝，你聽好了，我們三人來這裡的事，乃是絕密，即使是陸大人以後向你問起，你也不許透露半個字，否則……」

李滄行說著，一揮手，一道掌刀的勁氣拂過，把一丈外燭臺上的蠟燭生生切成了兩段，上面半截直衝半空，而那上飛的半截落下時，卻又穩穩地落在下面那半截的斷處，嚴絲合縫，彷彿根本沒有斷過，連燭火也只微微地晃了一下，又繼續燃燒起來，這等功力，看得羅藝目瞪口呆，半天說不出話來。

李滄行對身後的屈彩鳳和沐蘭湘使了個眼色，三人先後從後窗中飛了出去，只剩下羅藝呆在原地，自言自語道：「這幾天我是得罪誰了，來這麼多神仙！看來得找大師求求福了！」

半個時辰後。

康巴城外一處小樹林裡，李滄行的身影穿林而入，剛一站定，隔壁樹上兩道身影跟著凌空躍下，優雅地落在他的身邊，正是白髮勝雪的屈彩鳳和清秀高挑的沐蘭湘。

屈彩鳳問道：「怎麼樣，滄行，那楊慎真的不在家中嗎？」

李滄行嘆道：「不錯，看來姓羅的沒騙我們，他絕沒有時間做這個手腳的，楊慎的家人說，他前天晚上就出門了，你們說，陸炳為什麼要帶走楊慎？他們又會去了哪裡？」

沐蘭湘若有所思地道：「師兄，剛才我就一直在想這件事，陸炳跟你見面之後，就說有要事要辦，不在雲南，卻又讓你來找屈姐姐問明白當年林寨主在雲南的事，這明顯是想要拖延時間，因為屈姐姐不可能對你有所隱瞞，要知道事情真相，還得繞一大圈去找當時經歷過此事的人，若不是劉七娘前輩正好就住在川南，離這裡很近，只怕我們得花上更多的時間去查明此事，所以陸炳一定是有意想支開我們，他好帶走楊慎！」

屈彩鳳咬牙切齒地道：「老娘早就說過陸炳不是好人，一肚子壞水，果然這回又上了他的當！哼，這回若不是滄行有那塊御賜金牌，逼姓羅的開了口，我們還不知道楊慎居然是被他給帶走的。只是，他要帶走這楊慎做什麼？難道是想借此人繼續跟嚴世蕃這狗賊合作？」

李滄行凝神思考著，聽著兩位美女的話，一言不發，屈彩鳳看他不說話，心急道：「滄行，你是怎麼想的，說說你的看法啊。」

李滄行眉頭一皺：「我在想陸炳做事，一向不留痕跡，按他的手段，如果帶走楊慎，又怎麼會留下羅藝這傢伙在這裡跟我們透露這些事呢？他明知我們早晚會找過來，還留下羅藝這條線索，好像是故意把我們往他身上引似的。」

沐蘭湘心中一動，疑道：「師兄，你的意思是？」

李滄行道：「我的意思是，這只怕是他們給我們做的一個局，我跟陸炳見面的事，一直關注我們一舉一動的楊慎恐怕早就知道了，所以故意設了這個局，想要騙過我們，讓我們去追蹤陸炳，甚至跟陸炳起了衝突，這才是他的目的。」

屈彩鳳驚道：「好毒的計策，我們差點上了他們的當！滄行，那現在怎麼辦呢？」

李滄行露出高深莫測的表情：「彩鳳，我想楊慎也在盯著我們，我們只有將計就計了。」

請續看《滄狼行》20 世道蒼茫

滄狼行 卷19 暗影殺機

作者：指雲笑天道
發行人：陳曉林
出版所：風雲時代出版股份有限公司
地址：10576台北市民生東路五段178號7樓之3
電話：(02) 2756-0949
傳真：(02) 2765-3799
執行主編：朱墨菲
美術設計：許惠芳
行銷企劃：林安莉
業務總監：張瑋鳳

初版日期：2021年9月
版權授權：閱文集團
ISBN ：978-986-5589-24-0
風雲書網：http://www.eastbooks.com.tw
官方部落格：http://eastbooks.pixnet.net/blog
Facebook：http://www.facebook.com/h7560949
E-mail：h7560949@ms15.hinet.net
劃撥帳號：12043291
戶名：風雲時代出版股份有限公司

風雲發行所：33373桃園市龜山區公西村2鄰復興街304巷96號
電話：(03) 318-1378
傳真：(03) 318-1378
法律顧問：永然法律事務所 李永然律師
　　　　　北辰著作權事務所 蕭雄淋律師

行政院新聞局局版台業字第3595號 營利事業統一編號22759935

定價：270元

國家圖書館出版品預行編目資料

滄狼行／指雲笑天道 著. -- 初版 -- 臺北市：風雲時代，2021.01- 冊；公分

ISBN 978-986-5589-24-0（第19冊；平裝）

857.7　　109020729